爛柯の宴

上巻

マイナビ

爛柯の宴　上巻　目次

第一局　004
第二局　118
第三局　246

第一局

序章

囲碁は「魔訶不思議」なゲームである。

基本はただ碁盤の上に黒石と白石を交互に置いて、お互いの陣地を囲うだけの単なる「陣取り合戦」であり、そのルールたるや、いたってシンプルなものである。

およそ古今東西あらゆるゲームの中で、これほどシンプルなルールのゲームは他にないだろう。

ところがそんなシンプルなルールにもかかわらず、囲碁は人の一生を狂わすほどの「危険な魅力」に満ちている。

それはおそらく、このゲームの中に潜む、神秘的ともいえるとてつもない奥深さのせいであろう。

およそ古今東西あらゆるゲームの中で、これほど複雑で奥深いゲームは他にないだろう。

「単純なルール」と「ゲームの奥深さ」。

その対比の妙こそが、このゲームが「摩訶不思議」に感じられ、その「危険な魅力」によって、長きにわたり人々を魅了し続けてきた所以であろう。

囲碁の奥深さを示す興味深い数字が二〇一六年に発表された。

碁盤の上にランダムに石を置いた時の局面の総数は、なんと百七十桁にも上るというのである。この数は将棋の六十九桁やチェスの五十桁を遥かに上回り、まさに桁違いの大きさである。

この百七十桁という数字がどれほど大きいのかピンとこない人も多いと思うが、観測可能な宇宙の原子の総数が八十桁と聞くと、それがどれほど凄い数字なのか改めて驚かされるだろう。

碁盤の中には宇宙空間のような無限の世界が広がっているとよく言われるが、もしかしたら碁盤の中に潜んでいるのは宇宙をも超えるスケールの世界なのかもしれない。


囲碁の歴史を紐解くと、四千年ほど前に中国で始まったといわれている。古代中国最初の夏王朝が始まる前の三皇五帝時代に聖人と称えられた堯、舜が囲碁を創ったという伝承が残っているのだが、夏王朝も三皇五帝も実在したかもはっきりしない神話、伝説の類なので、いつどうやって始まったのかは実のところよく分かっていない。

それでも「史記」の春秋戦国時代の列伝には囲碁に関する記述が沢山出てくるので、三千年近く前の周末期頃から幅広く親しまれるようになったと考えられている。

「漢書」や「三国志」にも囲碁は数多く出てくるが、このゲームが特に発展したのは絢爛たる文化が開花した唐や宋の時代といわれており、十一世紀に「忘憂清楽集」や「棋経十三篇」、また十三世紀に「玄玄碁経」という棋書や詰碁集が編纂されている。こんな古い時代に既に現代でも十分通用する棋理が説かれていたのだから驚きである。

囲碁はもともと占星術から始まったという説もある。堯、舜は灌漑事業や暦の整備に力を尽くしたといわれているので、その連想から出た話かもしれないが、十九路盤の碁盤の交点が三百六十一か所で、昔は星が四か所だったので、その合計が一年の日数と一致することから、そういわれるようになったのかもしれない。

いずれにせよ、囲碁は常に宇宙や神と共に語られ、神秘に満ちた存在であったことは確かなようだ。中国の文献の中には、深い森や洞窟に迷い込んだ人間が、囲碁を楽しんでいる仙人や天女に出会う民話も数多く残っており、囲碁はこのゲームが持つ神秘性から、古より天界や黄泉と現実世界を結ぶ仲介役のように捉えられていたことがよく分かる。

このように、中国の古典には囲碁に関する記述が多く見られるが、特に目を引くのが、囲碁の魅力にとり憑かれた人たちの人生模様である。

囲碁の勝敗を巡って言い争った挙句に碁盤を投げつけて相手を殺してしまい、それが原因で国同士の戦争にまで発展した話や、またそれほどの大事件ではなくても、囲碁のやり過ぎで仕事をクビになる役人の話などが数多く出てくる。

このようにまるで中毒患者のようにこのゲームにのめりこみ、その結果すっかり人生を狂わせてしまう人の例は昔から枚挙に暇がないのである。

彼らは何故それほどまでに囲碁にのめりこんでしまうのだろうか？

どんな勝負事であれ、誰でもひたすら勝利を希求し、ただ一人自分のみが「勝利の秘訣」なる奥義を極めてみたいと思い願うものである。

囲碁もその例に漏れず、四千年以上の長きにわたって勝利を追い求める多くの人々によって、あらん限りの知恵が絞られ、血の滲むような努力が積み重ねられてきたのである。例に漏れないどころか、「ゲームの王様」たる囲碁は、他のどんなゲームよりもより多くの努力が積み重ねられより多くの知恵が絞られてきたに違いないのである。

その結果として、このゲームはこれまで信じられないほどの発展を遂げ、それに伴い様々な局面における「最善の一手」も、また縷々進化してきたわけである。

そういった意味で、囲碁の歴史というのは、まさに究極の「神の一手」を探し求める我々人類による、神への挑戦の歴史といっても過言ではないのである。だからこそ、囲碁にのめりこんだ者は、時に神の存在を身近に感じ、また極めて神聖な気持ちに浸れるのであろう。

これまで営々と積み重ねられてきた探求の成果と英知の膨大なる蓄積をもってすれば、「勝利の秘訣」たる「囲碁の神髄」に、我々人類はあともう一歩というところまで迫りつつあると誰もが信じたい気持ちであろう。

しかし実際のところ、近年のＡＩが繰り出す、これまでの人間の常識を覆す新手の数々や、そういった強手によって人類最強のプロ棋士が次々とＡＩに打ち負かされる現実を目の当たりにすると「囲碁の神髄」に迫りつつあるなどという人類の淡い期待は、所詮は単なる幻想に過ぎないと、改めて思い知らされるのである。

「囲碁の神様」から見れば、人類はただその表面を撫でて遊んでいるだけで、まだまだ「神髄」には遠く及ばぬところにとどまっているということなのかもしれない。

人類がその奥義へと肉薄すべく重い扉を一つ一つ苦労して押し開けたところで、尽きることなく新たな扉が次から次へと立ち塞がるのみで、それは、どこまで行ってもたどり着けない深淵の底を目指して、真っ暗な闇の中を突き進んで行く行為に似ているのかもしれない。

「囲碁の神髄」を探し求めて一度でもその深淵を覗いた者は、無限とも思える闇の深さにただ恐れおののき、圧倒されて尻込みするばかりであろう。逆の見方をすれば、神の領域を思わせるその圧倒的なスケール感こそが、まさに囲碁というゲームの底知れぬ魅力なのかもしれない。

囲碁は四千年以上の長い歴史の中で様々に呼び称されてきている。

囲碁発祥の中国では、紀元前に「棋」あるいは「棊」と呼ばれていたが、木ではなく石が使われるようになると「碁」という字が当てられるようになり、これが一般的な呼び名となったようである。

その他にも、黒石と白石を烏と鷺に見立てた「烏鷺」、四角い碁盤と丸い石の対比で「方円」、碁にのめり込む様子を隠者の姿と重ねた「坐隠」、囲碁対局を手による会話と捉えた「手談」など実に多彩な表現にあふれている。

中でも特に面白いのが「爛柯」。

「爛」は朽ち果てるという意味で「柯」は斧の柄のことである。

この言葉の出典は、中国の古典「述異記」である。

晋の時代、王質という名の木こりが山に入っていくと楽しそうに囲碁を打っている童子に出くわした。それがあまりにも面白かったので、王質はつい時が経つのも忘れて見入ってしまった。ふと我に返るといつの間にか持っていた斧の柄が朽ち果てていたので、王質が慌てて山をおりて里に戻ると、もう百年も時が過ぎており知り合いは誰もいなくなっていたという……。

この「爛柯」という呼び名が示す通り、古より中国でも囲碁は時が経つのを忘れるほど面白く、時に人生を狂わすほどの「危険な魅力」にあふれていると考えられていたことがよく分かる。

それでは、この広大無辺なる囲碁という迷宮に足を踏み入れ、その抗いがたい魔の魅力の虜となって、時が経つのも忘れて迷宮の中をさまよい続ける「現代の木こりたち」のお話をお楽しみください。

第一章

二〇一八年七月。

大手町の大手商社に入社した井山は、三か月にわたる新人研修を終えてまだ一か月も経っていないというのに、早くも重要顧客である大手外食チェーンのオーナー社長との宴席に駆り出されていた。

わけも分からず末席で大人しく控える井山の目の前で、上司であるチョビ髭の榊課長が愛想笑いを浮かべながら盛んに社長に酒を勧めていた。

「田中社長、さあ、どうぞ、どうぞ、ぐっと一杯やってください」

普段は角張ったいかつい顔で部下を怒鳴りまくっているくせに、今日は色の入った眼鏡の奥の目を細めながら口角を思いっきり上げて、何という豹変ぶりだろう。

「社長、今日は御社担当の新人を連れてきたので、紹介させてください」

田中社長に笑顔を振りまいていた榊課長は、一転して厳しい表情を井山に向けると挨拶を促した。

「田中社長、今度御社の担当となります、井山と申します。宜しくお願い申し上げます」

井山が頭を下げて名刺を差し出すと、田中社長は間髪を入れずその恰幅の良い身体を左右に揺さぶって喜びを表現した。

「井山さんが我が社の担当とは、それは大変嬉しいね」

「榊君の予想通り、社長に気に入ってもらえたようだね。これで一安心だね」

チョビ髭の榊課長と井山の間にはさまれて、掘りごたつに突っ込んだ足をぶらぶらさせていた小柄な鈴井部長が、パンダのような太枠の眼鏡越しの垂れ目をさらに垂れさせて、満足そうに頷いた。

それを見て、チョビ髭の榊課長も満足そうに大きく頷いた。

「そうでしょ、鈴井部長。田中社長は絶対に気に入ってくれると思っていたんですよ。おい井山、なんで社長が喜んでおられるか分かるか」

チョビ髭の榊課長は試すように井山に訊いてみた。

「私の中にどこか光るものがあるということですよね」

胸を張って自信たっぷりに答える井山を見て、榊課長は呆れてひっくり返りそうになった。

「そういうこと自分から言うか？　まだ全くの役立たずの新人のくせに本当にうぬぼれの強い奴だな。そうじゃなくて、お前の名前だよ。社長は大の囲碁ファンなんだよ」

すると田中社長の隣に付き添っていた社長室長の福田が、若々しい精悍な顔を引き締めながら大きく頷いた。

「そうなんですよ。社長は寝ても覚めても囲碁、囲碁という囲碁狂いなんで、会社の経営が疎かになりはしないかと皆ハラハラしているんですよ」

田中社長はその言葉に満足そうに頷くと、福田室長の肩をポンポンと叩きながら嬉しそうに答えた。

「福田君はね、実は元院生で大学時代には学生本因坊になったこともある実力者なんだよ。ほとんどプロ並みと言えるので、我々と打っても草野球にプロが交じっているような感じなんだよ」

ニコリともせず「いやいや」と謙遜する福田室長の横で、田中社長がなおも続けた。

「彼を我が社に引っ張って以来、社長室や移動の車、出張先のホテルと、時間さえあれば指導碁を打ってもらうようになってね。自分で言うのもなんだけど、お蔭で最近相当腕を上げたと思うので次の囲碁会では、鈴井部長に前回のリベンジをしたいと思っているんだよ」

田中社長のその言葉に、鈴井部長はパンダ眼鏡の下の顔を引きつらせた。

「前回はたまたま運が良かっただけですから、そんなにお強くなっているなら、次回はもう全く歯が立たないでしょうな」

するとチョビ髭の榊課長がおどけた調子で口をはさんできた。

「でもね、社長。こちらにも強力な助っ人が入りましたからね。なんといっても井山君ですからね。まさに期待の星なんですよ」

それを聞いた井山は思わず顔をしかめた。

「ちょっと待ってください、課長。私は囲碁なんてやったことないですよ」

「バカ野郎。お前な、田中社長の担当になったからには、少しは忖度して『全力で頑張ります』くらい言ったらどうだ」

「いくらなんでも、そんなこと突然言われても困りますよ」

「お前って奴は本当に空気が読めない奴だな。お客様が夢中になっている趣味は、営業だったら一緒になってやるもんだろ。俺が新人の頃はな、お客様とか先輩が好きなことを聞き出しては一生懸命取り組んだもんだぞ」

「でも、囲碁なんて今までやったことないし、特にやりたいとも思わないから、無理なものは無理です」

「なんだと。これだから最近の若者は駄目なんだよ」

かたくなに拒み続ける井山に榊課長が吐き捨てるように凄むと、すかさず鈴井部長がたしなめた。

「まあ、まあ、榊君、榊君。もうその辺にして。嫌がる新人にそれ以上強要すると、最近はほら、パワハラとかセクハラとか、色々と世間がうるさいから」

鈴井部長の言葉に、田中社長も大きく頷いて独特のダミ声で答えた。

「そうなんだよね。最近は本当にやりづらくなったよね。うちも採用面接で『わが社に来ていただけますか』なんて随分気を遣って下手に出るようになったんだけど、最近の学生はなかなか強気でね、『おたくはブラック企業じゃないでしょうね』なんてしゃあしゃあと言う奴もいるんだよ」

「まったく、最近の若い奴ときたら、随分と調子に乗ってますね」

榊課長も田中社長に同調し、何やら若者批判が始まったので、井山はますます居心地が悪くなった。

本来なら井山は、今回の接待に参加する予定ではなかったが、チョビ髭の榊課長の思いつきで、急遠連れて来られたのだった。

今時の若者気質の井山は、こんなお偉いさんとの堅苦しい接待など勘弁してほしいと思ったし、翌日からの一週間休暇の旅行のことで頭がいっぱいだったので、本当は断るつもりでいたのだが、一方で、神楽坂の料亭がどういうものかこの目で一度見てみたいという好奇心が湧いて、つい成り行きでついてきてしまっていた。

ところがこうして乾杯が一段落する頃には、何やら自分の名前をきっかけに田中社長の歓心を買おうとする榊課長の魂胆も見えてきて、このままでは囲碁の世界へ無理やり引きずり込まれそうなので、こんなところにのこのことついてきたことを激しく後悔していた。

翌日からの旅行のことに心を奪われて気もそぞろの井山は、何気なく部屋の中を眺め回してみたが、だだっ広い座敷の真ん中にポツンと座卓が置かれているだけで、随分と勿体ない造りだと感じた。

その座卓越しに、大の大人が五人で掘りごたつに足を突っ込んで他愛のない話を延々と続ける様は、井山にはこのうえなく非生産的で無駄なことに思えた。

成績優秀で有名大学の大学院まで進み、稲の遺伝子組み換えの研究にまじめに取り組んできた井山には、大学に残る選択肢もあったが、人気上位の大手商社から内定をもらうと、さすがに就活の勝ち組になる道を拒むことができなかった。ところが食品畑ということで配属になったのは、これまでの研究とは縁もゆかりもない、外食業界相手の知性をさほど必要としない接待攻勢の営業職だったので、井山は早くもやる気を失い、大学に残らなかったことを悔やんでいた。

そんな井山の心情など知る由もない田中社長は、なおもしつこく井山の名前の話題を続けた。

「それにしても井山さんは、せっかくの良いお名前なのに実に惜しいな。囲碁を始めたらきっと強くなるのにな」

自分の名前と囲碁にどんな関係があるのか全く理解できない井山は、ただ首をかしげるしかなかった。

するとその様子を見たチョビ髭の榊課長がいらつきながら吠えた。

「お前、なんで社長がそんなに井山っていう名前にこだわっているのか分からないのか！」

「はい、全然分かりません」

「お前と同じ井山という名前のプロ棋士がいるんだよ」

「はー、そうなんですか」

「お前な、本当に井山裕太のことを知らないのか」

「井山裕太ですか。聞いたことないですね。有名な方なんですか」

「これは驚きだな。今や囲碁界で七冠の全タイトルを独占している井山裕太を知らない人間がこの世に存在するなんて、夢にも思わなかったよ」

チョビ髭の榊課長は芝居がかった台詞で大袈裟に驚いてみせた。

囲碁に興味がない人は知らなくて当然なのに、何をそんなに熱くなっているんだ、この髭ゴジラ、と冷めた目で睨みつけると、井山は臆することなく言い返した。

「知らないものは知らないから、仕方ないですよ」

井山の開き直りに、髭ゴジラもパンダ眼鏡も一瞬凍りついたが、田中社長の気分を害してはまずいと思ったのか、髭ゴジラが直ぐに井山を怒鳴りつけた。

「お前な、彼は国民栄誉賞を受賞したんだぞ。今や囲碁界だけでなく、国民的大スターなのに、本当に知らないのか?」

「そうなんですか。将棋の羽生さんがもらったのはテレビで見て知っていたけど、囲碁の人のことは全然知りませんでした。だって全然ニュースになってないじゃないですか」

「新聞には載ってたぞ。お前、新聞読んでないのか」

「新聞は読まない主義なんで知りませんでした」

そこで本当に腹の底から怒りがこみ上げてきた髭ゴジラは、さらに語気を強めた。

「お前な、天下の商社マンが新聞も読まないなんて、ふざけるな」

するとすかさずパンダ眼鏡が髭ゴジラを制した。

「まあ、まあ、榊君、榊君。新聞を読む、読まないは、個人の自由だから、ここは抑えて、抑えて」

その様子を見るに見かねた田中社長が、殺伐とした場の雰囲気を和らげようと横から言葉をはさんできた。

「それにしても、井山さんはせっかく強くなりそうな良いお名前なのに残念だな。私はね、武宮とか藤沢という名前を聞くと、その方が囲碁をやるかどうかに関係なく、もうそれだけで囲碁が強くあってほしいなんて勝手に期待しちゃうんだよね。それにしても囲碁をやらない井山さんなんて実に勿体ないね。これはもう私にとっては耐え難い悲劇だな」

するとそれを聞いた髭ゴジラが、いかつい身体を乗り出して、田中社長に向かって嬉しそうにまくしたてた。

「そうでしょ、社長。しかもね、こいつの名前は裕太じゃなくて聡太っていうんですよ。井山聡太って……」

そこまで言うと、髭ゴジラはこらえきれずに吹き出してしまった。

田中社長も「いや惜しい。実に惜しい。たった一字違いなんて。しかもよりによって、聡太とは……」とやっと口にすると、その場で笑い転げた。

その様子を見たパンダ眼鏡もつられて吹き出したが、福田室長は遠慮気味に口に手を当てて必死に笑いをこらえていた。

髭ゴジラは井山の神経を逆なでするように、腹を抱えて大笑いしながら、呂律が回らない口調で途切れ途切れに続けた。

「そうでしょ、社長。惜しいでしょ。しかもよりによって聡太だなんて。これはもうトラジディを通り越してコメディですよ、コメディ」

「ああ、そうだね。これは凄い偶然だね。全く傑作だな」

心底愉快そうに笑い転げる四人に合わせて、井山も笑顔を作ったが、ほとんど顔が引きつったようにしか見えなかった。

この日の接待は、社長と親睦を深めることが目的なので、新人を酒の肴に盛り上がることは大変結構であるが、それにしても人の大事な名前を面白がって笑い飛ばすとは、なんという連中だろうか。

井山は作り笑いを浮かべていたが、内心は、はらわたが煮えくりかえる思いで、誰が何と言おうと、絶対に囲碁はやるまいと固く心に誓った。

こうなるといくら新人とはいえ、意趣返しの言葉の一つも口にしたくなるのが人情というものだ。負けず嫌いのうえに、子供のように直ぐムキになる井山は、昂然と敵役を買って出た。

「将棋は囲碁と違って、いつも大きく報道されるので、藤井聡太の連勝記録のことはよく知っていますよ。同じ名前で親近感も湧いたので、私も将棋を始めようかと思っていたんですよ」

井山の言葉に、髭ゴジラの笑顔は消え、露骨に不快そうな顔になった。

「まったくお前って奴は、いい度胸してんじゃねえか。こんなに囲碁愛に溢れた仏のようなお歴々を前に、囲碁は絶対やらないとか、挙句の果てに将棋をやってみたいとか、よくまあ、そんな鬼のような憎まれ口が叩けるな」

「まあ、まあ、榊君、榊君。どんな趣味をやるかは個人の自由だから、まあ、ここは抑えて、抑えて」

慌ててパンダ眼鏡が制したが、髭ゴジラは生来の執念深さから、井山を説き伏せにかかった。

「お前な、『琴棋書画』って言葉を知ってるか。昔から音楽、書道、絵画と並んで囲碁は、君子のたしなみとされてきたんだぞ。戦国武将だって兵法に通じるからというんで囲碁を愛したし、現代のビジネスマンだって経営に役立つ考え方を色々と学べるから、最低限の教養として囲碁を身につけておいたほうが良いと思うぞ」

パンダ眼鏡から自制を促された手前、髭ゴジラは穏やかに井山を諭そうとしたが、次第に怒りがこみあげてくると、井山をこき下ろす言葉は辛辣さを増していった。

「それにしても、良い大学の大学院まで出ているから、少しは知的好奇心を持ち合わせているかと期待していたけど、本当に融通の利かない、ただの頑固者だな。そのうえマイペースで協調性もないし、何か取り柄とかないのかね」

髭ゴジラの執拗な罵りに井山は辟易したが、所詮は野蛮人の戯言に過ぎないと受け流すことにした。

そもそも井山は髭ゴジラのことを体力採用のラグビーバカとしか思っていなかったので、「君子」とか「教養」などという言葉から一番縁遠い髭ゴジラがこんな言葉を吐くこと自体が滑稽だった。

すると、意外にも田中社長が髭ゴジラを持ち上げた。

「榊課長はうちの担当になってから、囲碁を始めたんだよね」

「はいそうです。社長がこんなに囲碁好きなんですから、担当者として当然のことですよ」

髭ゴジラはさらりと答えたが井山への当てつけであることは明らかだった。

井山は顔色一つ変えずに聞き流していたが、心の中では髭ゴジラを罵倒しながら、囲碁をやらない決意をさらに強くしていた。

「うちの担当になってからということは三年ですか。それで、あれだけ強くなったのなら、なかなか

「立派なもんですな」

「とんでもないです。私なんて社長の足元にも及ばない未熟者で、まだやっと初段ですから。それでも三年で初段になったのなら大したもんだとよく驚かれますけどね。囲碁好きの社長に必死にくらいついているうちにいつの間にか強くなっていたというのが正直なところです」

社長の誉め言葉に盛んに謙遜を装いながらも、ちゃっかり自慢しているところが、なかなかあざとくて髭ゴジラらしいと、井山は冷めた目で見ていた。

初段といっても、それがどの程度の強さなのかよく分からないが、どうせ体力採用のノータリンのことだから大したことないのだろうと井山は考えていた。

田中社長は、髭ゴジラの「北風」とはまた違ったアプローチで、井山を口説きにかかった。

「井山さんは、大学時代に何かサークル活動はしていたのかね?」

「いいえ、所属していた研究室が厳しかったので、忙しくてサークル活動をする余裕はなかったです」

「それでは、何かスポーツはしないのかね」

「そうですね、特にスポーツはやってないですね」

「社長、最近の若者は、ゴルフもスキーもやらないんですよ。だいたい車を持ってないですからね」

「それでは、カラオケもマージャンもやらないのかね」

「はい、やりません」

「登山とか、鉄道とか、何か趣味はないのかな」

強いて言えば、遺伝子組み換えの研究の延長で色々な種類の稲を観に行くことが好きだったが、あまりにもマニアックなので、とてもこの場では言えなかった。

「そうですね。趣味といえる趣味はないですね」

田中社長は真剣な表情のまま、改めて井山に向き直った。

「それなら、ますます囲碁をやったら良いと思うけどな」

井山もここまではかたくなに囲碁はやらないと内心反発していたが、この時ふと、自分には趣味らしい趣味もないし、一体これから何を楽しみに生きていったらいいのだろう、という思いが頭をよぎった。

すると田中社長は独白でもするかのように、しみじみと語り始めた。

「私も若い頃はガムシャラに働いていてね。特に会社を立ち上げたばかりの頃はひどいもんで、早朝から深夜まで、それこそ寝る間も惜しんで働いたもんだったよ。昔はそんなこと当たり前だったからね。それでも、戦後の高度経済成長を支えているんだっていう自負もあったから、全然悲壮感はなかったけどね。それどころか楽しくて仕方なかったくらいだよ」

そこまで語ると、田中社長は井山の方に笑顔を向けたが、井山も珍しく神妙な面持ちで耳を傾けていた。

「実をいうと私もずっと無趣味で『趣味は仕事です』なんて、よくうそぶいたもんだったよ。だから井山さんにとやかく言う資格なんて私にはないんだけど、是非とも聞いてほしいんだよ」

そこで、田中社長は一呼吸入れた。

「私が四十くらいの時に、ある囲碁好きの社長から『君が囲碁を知らずに死ぬかと思うと気の毒で胸が痛む』なんて言われて、盛んに囲碁を勧められたんだよね。尊敬する立派な方だったんで、そんな方がそこまで言うんだから何かあるに違いないと思って、取り敢えず囲碁を始めてみることにしたんだよ。するとね、いざ始めてみるとこれが実に面白くてね。私はすっかり囲碁の虜になってしまったんだよ」

そこで田中社長は昔の恋人を懐かしむように目を細めた。

「それにただ面白いというだけじゃなくて、囲碁のお蔭で交友関係もグッと広がって、なんのしがらみもない仕事以外の仲間が増えて、それがやがてかけがえのない財産となって、自分の人生がこれまでにないくらい実り豊かなものに思えてきたんだよ」

田中社長の口調は次第に熱を帯びていった。

「そうなると不思議なもんでね。価値観や人生観まですっかり変わってしまって、一体自分はこれまで何のために生きてきたんだろうって考えるようになって、それ以来、世界ががらっと変わって見えて、今まで見ていた景色と全く違う光景が、突然目の前にサーッと広がっていくように思えたんだよ」

これは一体どういうことなのだろうか?

こうなってくると、ゲームに対する単なる好きとか嫌いというレベルを遥かに超えて、まるで新興宗教に身も心も捧げているかのような感情表現ではないか。

井山はこの時、囲碁の内に秘められている得体の知れぬ魔力を本能的に感知して戦慄を覚えた。

「若い頃からやっていれば、もっと強くなれたかもしれないので、勿体ないことをしたかもしれないけど、それでも私は生きているうちに囲碁に出会って、こんなに夢中になってやることができたので、まだ幸せだったと思っているんだよ」

田中社長は再び井山のほうに顔を向けた。

「井山さん、悪いことは言わないから、生きているうちに是非とも囲碁をおやりなさい。そうしないと本当に後悔することになると思うよ」

田中社長の言葉に盛んに頷きながら、パンダ眼鏡が口をはさんできた。

「囲碁を知らずに死ねるかって、よく言いますよね。それは、酒の味を知らずに死ねるか、というのと似てますかね」

「それとか、女を知らずに死ねるか、というのもありますよね」

髭ゴジラは自分も何か気の利いたことを言わねばと思ったのだろうが、品のなさは相変わらずだった。

井山は実に髭ゴジラらしいと呆れたが、そうはいっても、大きな声では言えないが、正直なところ今の井山にとっては、囲碁より女を知らずに死ぬことのほうが、ずっと切実な問題であることは確かだった。

真剣な眼差しでそのことをジッと考えていた井山の表情を髭ゴジラは見逃さなかった。

「え、お前、まさか、本当にまだ女を知らないんじゃないだろうな」

髭ゴジラがからかうと、井山は激しく動揺しながら、これまでにないくらい強い口調で否定した。

「な、なにを言うんですか、榊課長。そ、そんなこと、あるわけないじゃないですか」

「まあ、まあ、榊君、榊君。それくらいにして。今のは正真正銘のセクハラで、これまでの中で一番まずいからね。男女問わず、個人の性的な話題に触れたら、絶対に駄目だからね」

またまたパンダ眼鏡の助け舟によって、どこまでも続きそうだった新人いびりは、一旦回避されたが、パンダ眼鏡の態度は、井山がまだ女を知らないことを当然の前提としているようで、それはそれで井山としては却ってショックだった。

実をいうと、井山がこれまでまだ誰とも付き合ったことがないことは紛れもない事実だった。

但し井山にも言い分があった。

井山は稲の研究に没頭してきた「理系オタク」ではあるが、決して女性に興味がないわけではなかった。現に周りには気になる素敵な女性もいたが、それでもこれまで誰も口説くことがなかったのは、少し距離をおいた友人でいるほうが気楽だったからだった。

確かに友人といつでもラインやスマホで簡単に繋がる便利な世の中になったかもしれないが、井山は同時に常に周りから監視されているような窮屈さも感じていた。

憧れのマドンナと直ぐ身近で繋がっているというのに、口説く勇気を持てないのは、拒否された途端にこの失態が繋がっている全ての友人の知るところとなり、これら便利なツールが一転して自分を傷つける凶器に変わるのではないかという恐怖があるからだった。

　そんな懸念を言い訳にすること自体、心の底から惹かれる相手とまだ出会えていないせいなのかもしれないが、井山としてはこれぞという相手に出会えさえすれば、その時は恐怖を乗り越えて果敢に挑む心構えはできていた。

第二章

その時突然座敷の襖が開いて、着物を着た五人の女性が入って来た。

「ようやく来ましたな。さあさ、お姐さん方、お待ちしておりましたよ。さあ、こちらにどうぞ」

そう言うと、髭ゴジラは芸者を招き入れて、それぞれ前もって決めていた席へと誘導した。

年齢はやや上ながら、いまだ衰えぬ美貌とベテランらしい落ち着きを見せる美幸姐さんが田中社長の隣に座り、やはりベテランの芸者二人がパンダ眼鏡と髭ゴジラについた。

福田室長と井山の隣には比較的若い芸者が座った。

井山には一番若い女性がつき、小さな声で「さゆりです。宜しくお願いします」と挨拶した。

さゆりは内気そうで言葉数も少なかったが、他の芸者とは明らかに違う上品な美しさをたたえていた。鼻筋の通った色白の顔立ちは日本人ばなれしていたが、同時にどこか憂いを帯びてはかなげだった。

井山もさゆりも一言も言葉を交わすことなく、ただ黙って他の人たちが会話する姿を眺めていたが、さゆりの清楚な美しさに魅せられた井山は、激しく魂を揺さぶられる思いがした。

さゆりは、井山がこれまで会ったことがないタイプの女性だったが、井山は彼女を守ってあげたいという強い衝動に駆られた。

ベテランの芸者たちは、パンダ眼鏡や髭ゴジラと顔馴染みとみえて、下ネタの会話で盛り上がっていたが、やがて広々とした座敷の前方へ進み出ると、三味線や日本舞踊などおのおの得意の芸を披露して宴席を盛り上げていった。

田中社長を始めとした年配の者は、手を叩いて心底楽しそうにしていたが、井山はなにがそんなに楽しいのか理解できず、寧ろ芸者遊びは随分と退屈だと感じた。

「さあ、若いお姐さんたちも何か芸を見せてくださいよ」

田中社長が声をかけると、ベテランの芸者がすかさず言葉を返した。

「それがね、社長さん。最近の若い娘は、プロ意識が低くてお稽古もあまりしないから、大した芸を身につけていないのよ」

「は、は、そりゃ芸者の世界も商社と似たようなもんだな」

髭ゴジラが皮肉を込めて言うと、福田室長の隣に座っていた美穂という若い芸者が突然立ち上がった。

「私は日本舞踊が得意ではないので、その代わりに『おひらきさん』をやりたいと思います。さあ、そこの髭のお兄さん、私と『おひらきさん』で勝負しましょうよ」

指名された髭ゴジラは手をひらひらと振りながら軽くあしらった。

「そういう宴会芸は新人の仕事だから、ほら、井山、美穂さんと『おひらきさん』で勝負しろ」

急に指名された井山は困惑した。

「そんなものやったことないから分からないですよ」

「お前な、『おひらきさん』なんて簡単だから、お前でも直ぐにできるよ」

「お客さん、どちらでもいいですけど、私と勝負する方は、場を盛り上げるためにこれを被ってくださいね」

そう言うと美穂は持っていた手提げ袋からおもむろにトランプ大統領のラバーマスクと、女性の胸を型取ったシリコンバストを取り出した。

それを見た井山は真っ青になった。

「そんなものを被るなんて、そんな恥ずかしいことできませんよ。私は絶対にやりませんからね」

身体を震わせて必死に抵抗する井山に、髭ゴジラが凄んだ。

「昔からこういう面白恥ずかしい芸は新人の仕事って決まってんだよ。俺が新人の頃はな、飲む度に裸踊りをさせられたもんだぞ」

「まあ、まあ、榊君、榊君。君が新人の頃とは大分時代も変わったから、そうやって、嫌がる人に強要しないように。パワハラと騒がれたりしたら、こちらが困るからね。ここは一つ、どうかな。こういうことに慣れている榊君がやってくれると、万事丸く収まってハッピーなんだけどなあ」

「部長、勘弁してくださいよ。また俺ですか？　こうやって、いつも俺なんだよな」

威勢よく吠えていた髭ゴジラは途端にしょげ返ってしまった。

「部長にやれと言われればやりますけど、俺たちの世代って、本当に割食ってると思いますよ」

髭ゴジラは渋々立ち上がった。

「若い頃は散々上司に可愛がられて、あれやれ、これやれって言われるままに忠犬ハチ公のように従ってきたのに、今度はこっちが可愛がる番だと思ったら、パワハラだから駄目、セクハラだから駄目って。まったく、やってられないですよ」

酔った勢いで散々愚痴をこぼしながらも、髭ゴジラはシリコンバストを着けてトランプ大統領のマスクを被ったが、その恰好たるや、とても家族に見せられる代物ではなかった。

田中社長もパンダ眼鏡も手を叩いて大喜びしたが、井山はただただ呆れるばかりだった。

対決する髭ゴジラと美穂がだだっ広い座敷の真ん中で向かい合って立つと、皆で手拍子を取りながら歌い始めた。

「ヨーイ、ヨーイ、ヨーイ、ヨイ、おひらきさん」

歌の調子に合わせて二人がじゃんけんを始めると「榊、絶対勝てよ」「美穂ちゃん頑張って」と声援が飛び交い、宴席は一気に盛り上がった。

髭ゴジラが勝って美穂が着物の裾を少し上げて両足を広げると、田中社長もパンダ眼鏡も年甲斐もなく大騒ぎして喜んだ。

「ヨーイ、ヨーイ、ヨーイ、ヨイ、おひらきさん」

二人はじゃんけんを繰り返し、負けたほうが両足を広げていった。

「はい、ヨーイ、ヨーイ、ヨーイ、ヨイ、おひらきさん」

田中社長やパンダ眼鏡はますます興奮してさらに大きな声を張り上げて歌ったが、井山はこんなくだらないことのどこが面白いのかよく分からず、思わず目を逸らした。

するとジッと井山を見つめるさゆりと目が合い、次の瞬間、さゆりが井山の手にそっと指を絡めてきた。

すっかり動揺した井山が、挙動不審者のように思わず首を左右に振って辺りを見回すと、田中社長とパンダ眼鏡は相変わらず「おひらきさん」に夢中で手拍子を取りながら大声を張り上げていたが、福田室長がジッとさゆりを見つめていることに気がついた。

福田室長もさゆりにひと目惚れしたのだろうか？

まだ出会ったばかりでろくに会話もしていないのに、何故かさゆりを取られたくないと感じた井山は、福田から見えないのをいいことに、大胆にもさゆりの手を強く握り返した。

驚いたさゆりは思わず大きく瞳を見開いて井山に顔を向けたが、井山と視線が合うと、次の瞬間、照れたように下を向いてしまった。それでもさゆりはどことなく安心した表情を見せた。

その時、座敷の真ん中では、大きく股を広げて顔を歪めていた髭ゴジラがバランスを崩して豪快にすっ転んだ。こうして「おひらきさん」の勝負は美穂の勝利で決着した。

興奮冷めやらぬ表情で顔を上気させた田中社長が大きく手を叩いた。

「芸がないなりに、一生懸命身体を張って場を盛り上げて、美穂ちゃんもなかなかやるじゃないか」

これでまだ芸を見せていないのは、さゆりだけとなった。

「さあ、後はあなただけだな。それにしてもなかなかの別嬪さんだね。お名前はなんていうのかな」

「さゆりです」

「いくつかね」

「十二歳です」

その言葉に、皆、我が耳を疑った。さゆりは確かにまだ若いが、どう見ても大人の女性にしか見えなかった。

「そんな真面目な顔して冗談言ったらみんな驚いちゃうでしょ」

慌てて美幸が取り繕った。

「すみません、社長さん。ちょっとこの娘、わけの分からないことを時々大真面目で言ったりするけど、気にしないでください。本当は二十三歳なんですよ」

井山の横で戸惑いの表情を見せるさゆりは、冗談を言っているようには見えなかった。

目はうつろに宙を見つめ、自分がここで何をしているのか、一瞬分からなくなったような顔をしていた。

「冗談はさておき、それではどんな芸を見せてくれるのかな」

「私はまだお見せできるような芸は何も身につけておりません。申し訳ございません」

「そんな謝ることはないが、それじゃ、一緒に歌でも歌うかね」

「歌も苦手なので、すみません」

「そうかね。これ以上何か強要すると、やはりパワハラということになるのかな」

田中社長が独特のダミ声で皮肉を言うと、美幸姐さんがさゆりをかばった。

「すみませんね、社長さん。実をいうと、さゆりは私たちがいた置屋の娘なんですけど、もともと芸者修行はしてなかったんです。それがね、昨年お母さまにご不幸があったので、この年になって跡を継ぐと言い出したんですよ。芸のほうはこれから仕込んでいきますので、今回はお許し願いたいと思います」

「すみません、社長さん」

さゆりは申し訳なさそうにうなだれた。

「日本古来の伝統芸といえば、さゆりは囲碁をやるんですけど、ご興味ないですよね」

美幸姐さんの何気ない一言に、そこにいる者が一斉に反応した。ある者は大きく目を見開き、またある者は思わず身を乗り出して膝を打ったので、その場が一気に活気づいた。

「それは大いに結構じゃないか。他のどんな芸よりも私にとっては嬉しいものだな」

「そうですよね、社長。それにしても囲碁とは大したもんだ」

「いえいえ、そんな大したものではございません。ほんのたしなむ程度ですので」

さゆりのそうやって盛んに謙遜する姿が何ともいじらしかった。

「それでは、せっかくだからここで一局お手合わせ願おうかな。確かこの店には立派な碁盤が置いてあるはずだよ。私はね、うら若い女性と真剣に囲碁を打っている時ほど幸せを感じる瞬間はないんだよ。これこそが若さを保つ秘訣かな」

「そんな、社長さん、今日は勘弁してください」

「まあ、まあ、そう言わずに。社長がこれほど楽しみにしておられるんだから今日はひとつ、頼みますよ。それにしても、長い営業人生の中で、これほど興が乗る接待は初めてだな。こりゃまったく楽しみだ」

そう言うが早いか、髭ゴジラはいかつい身体を重戦車のように突進させて部屋を出て行くと、直ぐに碁盤を抱えて戻って来た。

座敷の真ん中に六寸足つきの立派な碁盤が置かれ、田中社長とさゆりが向き合って正座した。田中社長はこの予想外の展開に思わず笑みをこぼし、嬉しくて仕方ないという顔をしていた。一方のさゆりは背筋を伸ばし、きちんとした居住まいは凛々しくて見事であったが、表情はどこか不安げで落ち着きがなかった。

「私は、自称五段なんだがね」

田中社長がそう言うと、すかさず福田室長が「今はもう少しお強くなっていると思いますよ」と口をはさんだ。

「まあ、まあ、どうせお遊びだから細かいことは気にせず、お互いに楽しむことにしましょう。さあ、遠慮せず、石をいくつでも好きなだけ置いていいですよ」

田中社長が余裕たっぷりにそう言うと、さゆりは表情を変えることなく淡々と答えた。

「それでは三つ置いてください」

さゆりに三つ置くように言われた田中社長は、何かの間違いではないかと思って訊き返した。

「あの、今、何と言ったのかな。君が三つ置くのかね」

するとさゆりは表情を変えることなく、同じ言葉を繰り返した。

「いえ、社長さん、三つ置いてください」

一瞬時間が止まったように静寂が訪れ、その言葉の意味を各人が咀嚼し、呑み込むまでしばらく間があいた。

その意味するところをしかと受け止めた田中社長は、逆に嬉しそうに笑顔を見せた。

「いやー、長い人生でも、こんな喜びはそうそうないな。ますます対局が楽しみになってきたぞ」

次の瞬間、真剣な表情に戻った田中社長は、黙って黒石の入った碁笥を膝の前に引き寄せた。

そして、噛みしめるようにゆっくりと黒石を三つ、碁盤の上に置いていった。時間をかけて石を置いていくその姿はまるで自分を納得させようとする儀式のようだった。

強い相手と打てる喜びに武者震いをしているようにも、あるいは如何ほどの強さなのかと恐れおののいているようにも、また、こんな若い娘相手に三つも置かされる屈辱に耐えているようにも見えたが、この時の田中社長の心情を正確に推し測ることは、囲碁を全く知らない井山には難しかった。

三つの黒石を置き終わると、正対した二人がお辞儀した。

次の瞬間、さゆりが着物の袖を押さえながら、右手でピシッと石音高く白石を碁盤に打ちつけた。

背筋を伸ばして姿勢を正し、しなやかに打ちつけるその姿は、実に凛々しくて美しいものだったので、井山は思わずさゆりに見惚れてしまった。

井山以外の囲碁が分かる三人は、盤上で繰り広げられる闘いの一部始終を、一瞬たりとも見逃すまいと、固唾を呑んで見守った。一手打つごとに、誰も言葉を発することはなかったが、深呼吸したり、ため息をついたり、驚きの表情を見せたりと、その反応は実に雄弁であった。

一手打つのに十分以上考えることもあったが、その間も常に静寂が支配し、普段はおちゃらけてくだらない親父ギャグを連発する髭ゴジラも、見たことがないほどの真剣な眼差しで、じっと盤上を見つめていた。

田中社長だけでなく、ここにいる者全てが囲碁をこよなく愛し、囲碁そのものに畏敬の念を抱いていることが井山にも分かった。

盤上で何が起こっているのかはよく分からなかったが、二人が碁盤を戦場として、生死を懸けて激しく干戈を交えている緊迫感は十分に伝わってきた。

二人が激しく火花を散らす気配を間近で感じていると、井山も時空を超えて、その戦場に身を置いているような気さえしてきた。

広く感じた碁盤の上も、ほとんど黒と白の石で埋め尽くされてきたが、その時、長いこと考えこんでいた田中社長が突然「負けました」と小さな声を発してお辞儀をした。

「いや、参ったな。こんな厳しい手を連発されては、全く歯が立たないな。こりゃ完敗だな」

田中社長は負けた悔しさも見せず、寧ろさばさばとした表情で敗北を受け入れた。

「いえ、とんでもございません。たまたま運が良かっただけです」

謙遜するさゆりの姿はただひたすら美しく、井山は愛おしく感じた。

この時ふと、もしさゆりと付き合うようになれば自分も囲碁を打つようになるのだろうかという思いが井山の頭をよぎった。

福田室長は青ざめた顔でしばし呆然としていたが、やがておもむろに重い口を開いた。

「それにしてもお強いですね。院生の経験とかあるんですか」

「院生なんてとんでもございません。父に教わっただけの筋の悪い喧嘩碁ですから、全然大したことございません」

「私は元院生なんですけど、こんなに強い方はなかなか見たことないですよ。今度、是非一度お手合わせをお願いします」

田中社長に好待遇で迎えられて安定した生活を手に入れたものの、どこか物足りなさも感じていた福田室長にとって、さゆりの碁は忘れかけていた、あのしびれるような勝負の世界をまた思い出させたようだった。

「特に、この手ですけど」

そう言うと、福田室長は盤上の石をジャラジャラと崩して、対局途中の形に戻してから、続けてさゆりが打った手を再現した。

「この打ち込みが厳しかったですね。この局面でこの打ち込みは、全然思いつきませんでした」

「いえ、たまたまです」

「左右の白も薄いので、この手は無理気味に思えたんですけどね」

感心した様子で、福田室長はそれ以降の手を再現していった。

この人は対局の全着手を覚えているのだろうか？

井山は腰を抜かすほど驚いて、目を丸くして福田室長を見た。

井山にとって、それはとても人間業とは思えなかった。

「両方こうやって凌ぐ手があるんですね。この生きた手なんか、ちょっと気がつかないですけど、なかなかの妙手ですね」

「あまり深く考えずに打ったんですけど。本当にたまたまです」

「でも、こう攻められたら、危なくないですか」

パンダ眼鏡も検討に加わり、ざっと石を崩すと、他の手を打っていった。

皆がさゆりに注目すると「その場合は、こう打つつもりでした」と言って、その続きをさらさらと示してみせた。

「なるほど」と福田室長は感心して頷くと「それではこの場合は」と言って、順番に石を崩したりその続きを打ったりということを繰り返した。

髭ゴジラも加わってああでもないこうでもないと検討する姿に井山は度肝を抜かれた。

福田室長だけでなく、皆、こういうことが当たり前のようにできるのだろうか？

そのことを知った井山の驚きは尋常なものではなかった。

それにしても、局後の検討をする姿は、対局同様に真剣そのもので、しかも誰もが実に楽しそうだった。

ただ、さゆりだけが相変わらず不安そうな表情のまま、落ち着きなく目を泳がせていた。時々助けを求めるように井山のほうへ視線を向けたが、全く囲碁を知らない井山は何もしてやれなくて、そのことが何とももどかしく感じられた。

その後しばらく局後の検討が続いたが、いつの間にか夜も遅くなっていたので、芸者衆は先に帰っていった。


予想外の囲碁対局によって、接待そのものは下品なお座敷芸のバカ騒ぎから一転、格調高い文化の香り漂うものとなり、特に囲碁好きの田中社長を満足させることができたので大成功といえた。

するとこの日の饗応、とりわけ囲碁対局にご満悦の田中社長が、感謝の印にとばかりに、自社の重大戦略について突如として語り出した。

「ご存じだとは思うけど、このデフレ圧力の中、外食産業も厳しい価格競争が続いていていてね。この競争を生き抜いていくために、どこまでコストカットできるかが勝負になってきているんだよ」

「それは、よく存じ上げております。そのためにセントラルキッチンを整備して、究極までコストカットを行う戦略を、現在進めているところですよね」

「そうそう、御社にもお手伝いいただいて、全国三か所に広大な土地を購入し、全てのレストラン形態に対応した最新鋭の食品加工工場を建設しているところなんだよ。実はその加工工場は、現在我が社が抱えるレストラン、つまり焼肉、牛丼、イタリアン、中華のみならず、あらゆる形態に対応できるように設計されているんだよ。しかもその生産キャパは、現在我が社が抱える全レストランの、三倍以上もあるんだよ」

髭ゴジラとパンダ眼鏡は、緊張した面持ちでゴクリと唾を飲み込んだが、井山は田中社長の言っている意味がよく呑み込めず、ぽかんと聞いていた。

「セントラルキッチンが完成するのは、約半年後なんだけど、新しい生産力を前提にした中期計画を一週間後に発表の予定なんだよ。この生産キャパをどれだけ早く埋められるかで我が社の収益力も大きく変わってくるだろうから、その辺はスピード勝負になるだろうね。この戦略が正式に発表されれば、そのキャパをどう埋めるのか、それこそ各社が競って提案しに来てくれると期待しているので、今から楽しみにしているんだよ」

パンダ眼鏡と髭ゴジラは思わず顔を見合わせた。

「社長、貴重な情報をありがとうございます」

「ここまで社長について囲碁をやってきた甲斐がありましたよ」

「いやいや、これは純粋にビジネスの話だからね。囲碁だけなら、丸の内にある御社のライバル商社のほうが囲碁部もあって遥かに強いからね。私もよくご招待を受けるけど、五段、六段の強者ばかりで、なかなか手ごたえがあって楽しませてもらってますよ。本来なら囲碁勝負で取引先を絞ってもいいんだけどね」

そこまで言うと、田中社長はいたずらっぽい笑顔で髭ゴジラとパンダ眼鏡を交互に見渡した。

二人は渋い表情のまま固まっていた。

この囲碁狂いの社長なら、本当にやりかねないアイデアだが、あのライバル商社に、囲碁勝負で敵うはずがなかった。

髭ゴジラとパンダ眼鏡はまたゴクリと唾を飲み込んだ。

「ハ、ハ、ハ、囲碁勝負で取引先を決めるなんて勿論冗談だよ。まあ、それもなかなか酔狂だから、一度試してみてもいいけどね」

田中社長ほどの狸おやじになると、どこまで本気なのか腹の内はよく読めなかったが、伝えたいメッセージは十分に理解できた。

「いずれにせよ、今回のセントラルキッチンは、我が社の社運を賭けた一大事業だから、是非とも囲碁ではなく、純粋な情報力で勝負してほしいと思っているんだよ」

田中社長の話しぶりから、ライバル商社がすでにこの情報を入手して、一歩先んじていることは確実だった。

いよいよ凍りついたパンダ眼鏡と髭ゴジラは、こちらも一刻も早く対応しなければやられてしまうと危機感を抱いて、居ても立ってもいられなくなった。

第三章

　深夜近くまで続いた宴を終えて、パンダ眼鏡と髭ゴジラ、そして井山の三人の商社マンは、重要顧客である田中社長と福田室長の二人と共に疲れた表情で玄関口へと降り立つと、女将に見送られながらこぢんまりとした古い門扉をくぐって狭い路地に出た。この歴史ある料亭の鄙びた門構えは、神楽坂らしい味のある風情によって、そこをくぐる者の心を和ませてくれた。

　夜になってだいぶ気温は下がっていたが、それでもじっとりとした夏の熱気がまとわりついて、直ぐに身体が汗ばむほどだった。汗を拭きながら、五人は揃って黒塀が迫る狭い路地を抜けて、毘沙門天近くの神楽坂の本通りに出た。

　そこで別れの挨拶を交わすと、田中社長はいたくご満悦の様子で福田室長を伴ってハイヤーに乗り込み、そのまま去って行った。

　次いでパンダ眼鏡が通りかかったタクシーを拾って乗り込んだが、走り出す前に窓を開けて髭ゴジラに声をかけた。

「これは容易ならざる事態になりそうだな。それじゃ、榊君、後は任せたから、宜しく頼むよ」

「はい、部長、了解しました」

髭ゴジラが深々と頭を下げると、パンダ眼鏡が思い出したように一言つけ加えた。

「それから、さゆりさんの素性を探っておいてくれないかな。パートでもバイトでもいいから、囲碁対抗戦要員として、うちでなんとかできないかな」

それだけ言い残すとパンダ眼鏡は軽く手を上げて窓を閉めた。

髭ゴジラと一緒に頭を下げていた井山は、パンダ眼鏡が乗った車が走り去るのを見届けると、ゆっくりと上体を起こしてため息をついた。

その場で大きく伸びをした井山は、ようやく苦痛だった接待からも解放され、心は早くも翌日からの海外旅行へと飛んでいた。

ウキウキした気分で井山は髭ゴジラに挨拶した。

「お疲れ様でした。それでは私はこれで失礼します」

井山は地下鉄の駅に向かって歩きだそうとしたが、髭ゴジラに後ろから荒っぽく襟首をつかまれた。

「おいちょっと待て」

井山はひっくり返りそうになったが、体勢を立て直すと髭ゴジラのほうに驚いた顔を向けた。

「お前、さっきの田中社長の言葉の意味が分かってんのか」

「そうですね。現在の三倍のキャパの加工工場が完成するということですから、今後出店のペースを速めるつもりなんでしょうかね」

「バカ野郎、そんな直ぐに店舗を増やせるわけないだろ。今でも千店舗以上もあるっていうのに、それをいきなり三千店舗にするなんてことができるか、よく考えてみろよ。社長が考えているのはな、M&Aなんだよ。しかも自社と同じくらいの相当大きな会社を狙ってるに違いないんだよ」

「あー、なるほど、そういう可能性もありますね。それでは、明日の朝が早いので、私はこれで失礼します」

踵を返して立ち去ろうとする井山の襟首を、髭ゴジラが再び荒々しくつかんだ。

「おい、ちょっと待て。一週間後にこのことが正式に発表される前に、M&Aの相手としてふさわしい会社を洗い出して、田中社長のところに提案に行くからな。だからお前、今日はもう帰ってもいいけど、この週末に、候補会社をリストアップしておいてくれよ。まずは外食業界の上から百社を順番に並べて、売上、利益、株主構成、株主の特徴、レストラン業態毎の店舗数や売上、利益を一覧にしてまとめておくだけでいいから。二日あれば十分できるだろうから、月曜の朝までに仕上げてくれればいいよ。月曜日にはそのリストに基づいてM&Aの候補会社を絞り込んで、その週のうちに行くからな」

「そうですか。でも私は明日から旅行に行くので、残念ながらその作業をするのはちょっと無理ですね。いや、本当に残念ですが」

「お前な、悠長に旅行なんか行ってる場合じゃないだろ。エリート商社マンは、二十四時間、三百六十五日、何があっても仕事にその身を捧げる覚悟がなけりゃ務まらないんだよ。心配しなくても有給休暇の取り消しくらいちゃんとやっといてやるから」

「ちょっと待ってくださいよ。別にそんなこと心配しているわけじゃないですよ。直前にそんなこと言われても、もう旅行のキャンセルもできないし、困りますよ」

「しょうがないだろ。たった今分かったことなんだから。この案件が一段落したら、休暇はまた取り直せばいいじゃないか。どうせ家族がいるわけじゃないんだし、旅行に行くのはいつだって構わないだろ。もしかして彼女と婚前旅行なのか？」

「今はまだ彼女がいないから、今回は一人旅です。ていうか、それってセクハラですよ」

「ほう、一人でどこ行くつもりなんだよ。ハワイでナンパか？」

「ち、違いますよ。ああ、もう完全にセクハラだ。私はね、カンボジアに行くんです」

「アンコールワットでナンパか？」

「違うに決まってるじゃないですか。カンボジアの稲作の状況を観に行くんですよ」

にやけて井山をからかっていた髭ゴジラは驚いて真顔になった。

「お前やっぱり変わってんな。凄い稲オタクなんだな。でもそれだったらますます今週でなきゃ駄目ということはないだろ」

「そんな無茶なこと言わないでくださいよ。この季節の稲の様子を観に行くことを楽しみにしていたんですから。もうこれはひどいパワハラですよ。年に一回の長期休暇は労働者の権利ですからね」

「お前な、なに寝ぼけたこと言ってんだよ。一か月前に配属になったばかりでまだろくに仕事もしていないくせに、偉そうなことを言うんじゃないよ。まったく最近の若い奴はろくに義務も果たさないくせに、偉そうに権利だけは主張するからな。でもそんなわがままは俺には通用しないからな。残念ながら『まあ、まあ、榊君、榊君。それくらいにして』なーんて甘い顔をする部長はもう帰っちゃったからな。今日はもうこれ以上の甘えは許さないぞ。文句があるなら人事部に駆け込もうが、労基に訴えようが好きにしろ。でもな、よく考えてみろよ。これは我が部の存亡にかかわる一大事なんだぞ。だから俺は絶対に引かないからな。お前そのことが分かってんのか？」

「え、オーバーですよ、課長。我が部の存亡の危機だなんて」

「お前は全然分かってないな。いいか、よく考えてみろよ。もしうちが提案した候補先とめでたくM&Aが成立したら、今後はその分も上乗せされて、食材の仕入れ量は二倍、三倍と増えていくんだぞ。それどころか、その貢献が認められて、他社の分まで回してもらえるかもしれないじゃないか。逆にこの話をライバル会社に持っていかれた時のことをよく考えてみろよ。下手したらうちの仕事は全部そっちに取られるかもしれないんだぞ。そうなったらうちの部なんてもう存在する価値がなくなるんだからな。いいか、ビジネスの世界はな、お前が考えているような甘いもんじゃなくて、食うか食われるかの、もっとずっと冷酷でシビアなもんなんだぞ」

「でも、いくらなんでもひど過ぎますよ。急に旅行をキャンセルしろだなんて。こんなことは『働き方改革』に逆行してますよ」

「うるせえ、これ以上屁理屈言うんじゃねえ。つべこべ言わず、月曜日の朝までに俺の言ったことをちゃんとやってこいよ。やってこなかったら、お前もうクビだからな。それぐらい覚悟しとけよ」

そこまでまくし立てると、髭ゴジラはそれ以上の反論の暇を与えず、タクシーを拾ってサッサと走り去ってしまった。

神楽坂の本通りに一人ポツンと置き去りにされた井山は、無性に腹が立ってきたが、こうまで言われると、さすがに逆らう度胸はなかった。むしゃくしゃしたまま、その怒りをどこにぶつけていいのか分からず、井山は辺り構わず暴れ回りたい気分になった。

髭ゴジラのことは、ぶちのめしてやりたいほど憎らしかったが、それ以上に、自分を待っている可愛い稲穂たちに会えなくなると思うと無性に悲しくなってきた。

井山は、もうこうなったらやけ酒で憂さ晴らしをするしかないと思った。

特にあてがあるわけではなかったが、適当な店に入ろうと思って、辺りをキョロキョロと見回しながら歩き始めた。

すると、少し離れたところを、スーッと滑るように歩いて行く着物姿の女性が目に入った。

暗くてよく見えなかったが、井山はそれがさゆりではないかと思った。

それまでの怒りをすっかり忘れて、井山はその女性を追って思わず駆け出していた。ここでさゆりを見失いたくないと思った井山は、次の瞬間、恥も外聞もなく大きな声で「さゆりさん」と呼びかけていた。

その女性は歩みを止めてゆっくりと振り返ると、井山に向かって黙って微笑んだように見えたが、そのままその場から姿を消してしまった。

驚いた井山が慌ててその場に駆けつけてよく見てみると、神楽坂の本通り沿いに軒を並べる飲食店と酒屋の間に僅かな隙間があることに気がついた。

あれ、何だろう？

近づいてみると、それは建物と建物の間の、身体を横向きにしないと抜けられないほどの狭い隙間だったが、覗いてみると先のほうは真っ暗だった。

さゆりはこの隙間に入って行ったのだろうか？

井山はその先がどうなっているか気になったが、口を開けて待っている漆黒の闇を前にして、足がすくんでそれ以上前に進むことができなかった。

心臓の鼓動が速まる中、井山はその場でしばし逡巡していたが、それでもさゆりに会いたい一心で、勇気を振り絞って身体を横にすると暗闇の中へと忍び込ませて、洞窟のような狭い空間を恐る恐る探るように進んでいった。

家一軒分の距離を抜けると、その先は少し開けた石畳になっていたが、横幅は相変わらず人ひとりがようやく通れるほどしかなかった。

狭い路地裏の両側には、歴史を感じさせるレトロな庭つきの民家や店に造り替えた軒が連なり、大きな木の枝がせり出して頭上を覆っていた。暗い闇の中に沈むその細道は、そこだけ時代から取り残されて、この世のものとは思えぬわびしげな風情をたたえており、井山は一瞬、深い森の中にでも迷い込んだような錯覚に陥った。

そこは東京の真ん中にいながらそのことを忘れさせてしまうほどの、時空の狭間のような異空間だった。

段差がある石畳は先に向かって少しずつ下っており、一段進むごとに幅も狭まっていった。少し進んで行った先にはキュッと腰を絞ったような細い箇所があり、その先はさらに深い闇の中に音もなく沈んでいて、まるで井山が落ちて来るのを待ち構えているかのようだった。

思わず身震いした井山は、それ以上先に進むことをためらった。

その時、井山が何気なく目の前の民家を見やると、「らんか」と書かれた表札が目に飛び込んできた。

え、「らんか」？

一体何だろう。

第四章

神楽坂の不気味な路地裏で、それ以上先に進むことを躊躇していた井山は、気がつくと何かに導かれるように目の前の民家の門扉を開けていた。

門扉の先の石段を上がって、建てつけの悪い格子戸を開けると、そこは多くの靴が並べられた真っ暗な広い玄関だった。

井山も靴を脱いで式台に上がると、大きな屏風の先に、かすかな光で縁取られた襖が見えた。

井山は恐る恐る近づいて行ってその襖をそっと開けてみた。

するとそこには想像もしていなかった光景が広がっていた。

絨毯敷きの大広間の一方にバーカウンターがあり、三人の男女が椅子に座って酒を飲んでいた。カウンターの内側にはバーテンダー風の髭の濃い中年男性と二人の若い女性が立っていた。広間の中にはいくつもの机が並べられており、多くの者が机をはさんで囲碁を打っていた。

井山があっけにとられて立ち尽くしていると、近くで碁盤の上に身体をかがめていた女性が井山に気づいて顔を上げた。

パッと明るい笑顔で「あら、いらっしゃいませ」と言ったその女性の、女優のように洗練された美しさに、井山は雷に打たれたような衝撃を受けた。

その女性はかがめていた身体を起こして背筋を伸ばすと、ランウェイを歩くように、スラリと伸びた左右の足を交差させながら、ゆっくりと井山に近づいて来た。

年の頃は二十代半ばか、あるいは三十前後か、もしかしたらそれよりずっと若いのかもしれないし、ひょっとするとずっと年上かもしれなかったが、もしそうだとしたら、恐ろしい「美魔女」ということになるだろう。

いずれにせよ、胸元まで伸びたつやのあるストレートの黒髪が上品な小顔を縁取り、スラッとした痩身を明るい色のワンピースに包んでいる姿は、まるで摘みたての春の花々のように爽やかで、いたずらっぽく微笑む口元には、百年前からのお友達とでも言わんばかりの親しみがこもっていた。

その女性は、井山の目の前で立ち止まると、形の良い瞳をキラキラと輝かせながら「初めての方かしら？『らんか』にようこそ」と歌うように挨拶した。

その女性の美しさに圧倒されて緊張しながらも、井山はかろうじて言葉を口にした。

「あの、ここは、碁会所なんですか」

「うーん、そういう呼び名とは少しイメージが違うかしら。うちは囲碁サロンなんですよ」

「ということは、やっぱり囲碁をやる所なんですね」

「そうですけど、囲碁をやりに来たのではないんですか」

「いえ、たまたま通りかかったので、ちょっと覗いてみただけなんです」

「あら、通りがかりの方が一人でここに入って来るなんて珍しいですわ。随分と大胆ですこと」

そう言うと、その女性は口を大きく開けて笑ったが、頬にできたえくぼが、たまらなく魅力的だった。

「囲碁はなさるんですか」

「いいえ、囲碁のことは全く知らないんですけど、囲碁をやらないと駄目ですか」

井山は探るような目で女性を見た。

「そんなことはありませんよ。うちは何をしても自由ですから。勿論囲碁を打ちたい人は打ちますけど、カウンターでお酒を飲んでおしゃべりだけして帰る人もいるんですよ」

「それを聞いて安心しました。囲碁は、ちょっと理由があってやらないことに決めてますんで」

「まあ、それは残念ですわ。でも、やるやらないは、人それぞれの自由ですから構いませんよ。だってそうじゃないと、心から楽しむことなんてできないでしょ。ここにいるお客様全員に楽しんでもらうために、ここでは自由にやりたいことをやってもらうことにしているんです。それにここでは、会社の上下関係も、体育会の先輩後輩の関係もないんですよ。年齢が上だろうが下だろうが、男だろうが女だろうが、皆が対等な関係で、自由に好きなことをして楽しんでほしいと思っているんですよ」

そこまで言うと、その女性は井山に顔を近づけて、耳元でささやいた。

「勿論、ここでは、恋愛も自由ですよ。当人同士の自由意思こそが一番大事だと思っていますから」

それが何を意味するのかよく分からず、井山が聞き返そうとした瞬間、その女性は身体を寄せて井山の腕を取ると「それじゃあ、こちらで一緒に飲みましょう」と言って井山をカウンターまで引っ張って行った。

カウンター席に着くと、女性は右手を差し出して改めて挨拶をした。

「はじめまして。ここの席亭の若菜麗子と申します」

席亭という言葉の意味はよく分からなかったが、井山も手を差し出すと、照れながら相手の手に軽く触れただけで挨拶した。

「はじめまして。井山聡太といいます」

相手がフルネームを名乗ったので、つられて井山もフルネームで答えたが、麗子はごく自然に「あら、良いお名前ね。囲碁が強そうだわ。それとも将棋かしら」と言うと、心底楽しそうに口を大きく開けて、歯並びの良い白い歯を見せながら、「あはははは」と豪快に笑い出した。

その笑い方たるや、古より女性に求められてきた慎み深い微笑みとはほど遠い、まさに豪快な哄笑であったが、それがあまりにも開けっぴろげで屈託のないものだったので、箸が転がっただけで無邪気に笑い転げる乙女の率直さに似て、嫌味な感じは全くなかった。

井山には、豪快に笑う麗子の姿が、十九世紀のシチリアを舞台にした映画「山猫」の中で、貴族のアラン・ドロンと婚約する商人の娘クラウディア・カルディナーレが、両家が顔を揃えた席で豪快に笑い転げて、貴族たちの顰蹙を買う姿と重なって見えた。

映画の中でその女性が豪快に笑う姿は、没落していく貴族の時代が終焉を迎え、自由闊達なる新興の中産階級の時代が到来したことを告げる象徴として描かれているのだが、麗子の場合もこれに似て、何ものにもとらわれぬ新時代の到来を高らかに宣言しているかのような趣があった。

同じように笑われたというのに、髭ゴジラの時とは全く異なる感懐をもって、井山は不快な思いをすることもなく、思わず麗子の笑いに引き込まれてしまっていた。

麗子は笑いながらカウンターの中のバーテンダーに声をかけた。

「ねえ、ねえ、梅ちゃん。こちら井山さんですって。それだけでも凄いのに下の名前が聡太さんですって。凄いと思わない。何か飲み物を差し上げてちょうだい」

ニコニコと笑いながら、バーテンダーが井山の方を向いた。

「はじめまして、井山さん。梅崎と申します。何を飲まれますか」

「そうですね。もう結構飲んできたので、それでは、ハイボールを薄めでお願いします」

カウンター席には若い女性をはさんで中年男性が二人座っていたが、麗子は手前に座っている男に盛んに井山を紹介した。

「ねえ、ねえ、鈴木さん。聞いて、聞いて。こちら、今日初めていらした井山さんという方なの」

若い女性と一緒に飲んでいた、頭がツルッとした小柄な中年男性が、麗子の方に身体を向けた。

「ほー、それは良いお名前ですね。囲碁はお強いんですか」

「それがね、やらないそうなの。だけどね、下のお名前がまた凄いのよ」

「え、何ていうんですか」

「それがね、聡太っていうのよ。井山聡太。ちょっと凄いと思わない?」

「それはまたダジャレのような、何というか、中途半端というか、ちょっと微妙なお名前ですね」

「そうなのよ」

そう言うと麗子は、その男性の肩を叩きながら、一緒になってまた口を大きく開けて笑い出した。

「井山聡太なんていう、奇跡のような冗談のような名前の方が見えたから、それを祝して皆で乾杯しましょうか。どうですか、麗子さんも一緒に」

「あら、嬉しいわ。それじゃ、私も一緒に飲もうかしら」

「それじゃあ、赤ワインのボトル一本頼むよ、梅ちゃん。それから、グラスは五つ。さあ井山さんも一緒に乾杯しましょうよ」

「あ、ありがとうございます」

「ついでだから、梅ちゃんも一緒に飲まない?」

「いつもありがとうございます」

梅崎が嬉しそうに頭を下げると、カウンターの内側にいた二人の若い女性も飲みたがった。

「私たちの分はないんですか」

「あ、悪い、悪い。じゃあ、お二人も一緒に飲みましょう。それじゃあ、梅ちゃん、グラスあと三つね」

すると女性客をはさんで向こう側に座っていた白髪交じりで小太りの中年男性も話に入ってきた。

「それだと、ボトルが直ぐ空いちゃうだろうから、俺も赤ワインを一本入れるよ」

何とフレンドリーな人たちなんだろう。

ここは麗子の開けっぴろげな性格そのままに、お客さんたちも店の人も皆、仲睦まじく、この場所に自然体で溶け込んで、人生そのものを楽しんでいるようだった。まさに麗子の言う通り、そこに上下関係はないので、会社のように気を遣う必要もなかった。

グラスにワインが注がれると、頭のツルッとした鈴木という中年男性が立ち上がった。

「今日初めて、井山さんが、この『らんか』にようやく来てくれました。こんなめでたいことはないので、それを祝して一緒に乾杯しましょう」

そう言ってグラスを高く掲げると、拍手と歓声が湧き起こり、カウンター周りにいる八人で乾杯が始まった。

すると今度は女性客の向こう側に座っていた白髪交じり中年太りの男性が立ち上がった。

「井山さん、はじめまして。松木と申します」

「あ、どうも井山です」

「ついにこの『らんか』にも天才井山さんがやって来ました。皆さん国民栄誉賞ですよ。これは一人井山さんの業績というにとどまらず、囲碁界全体が認められたということではないでしょうか。囲碁をこよなく愛する者として、こんなに嬉しいことはありません」

そう言うと松木は感極まって目頭を押さえた。

「そうだ、そうだ、おっさん。たまには良いこと言うぞ。でも泣くこたあないだろ」

松木は涙を拭きながら頷いた。

「すいません。最近年のせいで少し涙もろくなっているもんですから。それでは皆さん、井山さんの国民栄誉賞を祝して乾杯しましょう」

ヤンヤの歓声の中、また乾杯が始まった。

井山のこと、囲碁のことに始まり、今日は一段と麗子が綺麗だからとか、理由はなんであれ、何かしら口実を見つけては、皆で何回も何回も乾杯を行った。

最初にボトルを入れた、頭がツルッとした鈴木が一気飲みをすると、負けじと白髪交じり中年太りの松木が続き、つられて若い女性客や気分が高揚した麗子が一気飲みすると、成り行き上、井山も一気飲みせざるを得なかった。

その度にグラスにワインが注がれ、猛烈な勢いで飲み干され、また新たなボトルが注文された。

そんなことが繰り返されていくうちに、井山もおごってもらうばかりでは申し訳ないと思って、酔った勢いでワインを注文した。

「井山さんもボトルを入れてくれるんですね。私そういう気遣いのできる方って大好きなの」

会社では、普段から気が利かないと言われることはあっても、間違っても気遣いができるなどと言われたことはないので、井山は麗子に褒められてすっかり舞い上がってしまった。

麗子も相当酔ったとみえて、井山にしな垂れかかると、気がついた時には井山の肩に頭をのせていた。こういう経験がない井山は、すっかり興奮してしまって、激しい心臓の高鳴りから、動悸、息切れを起こしそうになった。

「ねえ、井山さんは、なんで囲碁を打たないの？」

井山の肩に頭をのせた麗子が、目を閉じたまま訊いてきた。

「実は、今日の接待で色々とありましてね……」

どこから話し始めようかと考えながら、井山が今日起こったことを話そうとした瞬間、向こうから「ねえ、麗子さん、ちょっとここ見てくれない？」と大きな声が飛んできた。

「あ、はーい」と返事をすると、麗子はむっくりと身体を起こし、井山の肩に優しく手をかけながら「ちょっと向こうのお客さんに呼ばれたので行ってくるわね。直ぐ戻るから待っててね」と耳元でささやくと、またランウェイを突き進むように、左右の足を交差させながら歩いていってしまった。

そこに一人取り残された井山は、あっけにとられて、去り往く麗子の後ろ姿を眺めるだけだった。今の今までこの掌中にあると思い込んでいた麗子は、何の躊躇もなくスルリと井山の手を抜けて行ってしまったのだった。

麗子はゆっくりと歩きながら「あ、麗子さん」と声をかけてくる客に手を振ったり、軽く挨拶したり、それぱかりか手を握ったり、驚いたことにハグまでしているではないか。

飲んでいる客も、食事や囲碁を楽しんでいる客も、その全てが紛れもなく麗子目当てに、この「ガールズコレクション」を観に来ている観客なのだ。店内を縦横無尽に歩き回る麗子こそ、この舞台の唯一無二の主役だった。

茫然と眺める井山に、頭がツルッとした鈴木が声をかけてきた。

「井山さん、ちょっと舞い上がっちゃったみたいだけど、麗子さんはいつもあんな感じで、悪気はないから、まあ気にしなさんな」

「別に気にはしてないですけど」

井山は少しムキになって答えた。

「まあ、まあ、井山さん。そんな仏頂面してないで、気を取り直して、また乾杯しようよ」

井山は鈴木に言われるまま、また乾杯を繰り返した。

「それにしても、井山さんは本当に囲碁をやらないの」

またその話題かと思ったが、この日何度も断り続けてうんざりしていた井山は黙っていた。

「囲碁ね、始めたら楽しいと思うけどな。井山さんは、若いからまだあまりピンとこないかもしれないけどね、実は私、最近定年を迎えたんだけど、会社人生なんて終わってみると、案外あっさりして寂しいもんだよ。あんなに毎日顔を合わせて一緒に働いてきたというのに、会社の同僚なんて、今ではもう余程のことがない限り会うことはないからね。特に会いたいとも思わないしね。これは一体何だろうね。そうなると、サラリーマンを卒業した私にとって、残っている仲間といえば、高校時代の同級生と、あとは囲碁友達くらいなんだよね」

井山は会社人生を始めたばかりだが、鈴木の言うことが何となく分かるような気がした。

このまま今の会社で食品畑を歩んで行くと、十年も二十年も髭ゴジラと毎日顔を合わせることになるだろうが、会社を辞めたら、恐らくもう二度と会うことはないだろうと感じた。

「もし囲碁をやっていなかったら、どうなってたんだろうって、想像するだけで恐ろしくなるよ」

「そうなんですかー。鈴木さーん、お友達多そうなのにー」

鈴木の隣に座っていた若い女性が空気の抜けたような話し方で会話に入ってきた。

「私まだ十級なんだけどー、鈴木さんがやってる鈴木塾っていうので教えてもらってるんですよー」

「へー、鈴木塾ですか」

井山は少し興味を抱いた。

「そうそう、久美ちゃんとは棋力が離れているから、普段は対局することがないんだけど、温泉合宿に行った時にペア碁で組んで、それ以来ここでも教えるようになったんだよ」

「え、温泉合宿って、一体何の話ですか?」

井山は驚いて椅子から転げ落ちそうになった。こんな定年を迎えたおじさんと、二十代の若い女性が一緒に温泉旅行に行くなどという話は、どんな理屈をつけても井山の常識を遥かに超えていた。

「まさか、お二人で温泉に行ったわけじゃないですよね」

井山の険のある表情を愉快そうに眺めながら、鈴木が答えた。

「さすがに、私もそこまではしないけどね。囲碁をやるメンバー二十人くらいで、時々温泉合宿に行くんだよ」

「え、本当ですか」

「私のような定年を迎えた六十代のおじさんが、二十代の女性を温泉に誘ったりしたら、普通は変態とか、犯罪とかっていう話になっちゃうでしょ。ところが同じ囲碁を愛する者同士ということになると、若い女性も何の抵抗感もなく参加してくれるんだよね」

「私なんてー、毎回すごーく楽しみにしてるんですよー。普段はー、なかなか対局してもらえないけどー、合宿に行くとー、ペア碁対局とかしたりしてー、話をしたことがない方とも仲良くなれるしー、明け方まで打ち続けてー、強い方に手取り足取り教えてもらったりするんですよねー。だから、合宿に行くと、結構強くなったなーって実感できるんですよー」

「それじゃあ、久美ちゃん、今日も教えてあげようか」

「はーい、宜しくお願いしまーす」

そう言うと、二人は対局机のほうに行ってしまった。

また一人取り残された井山は、目の前にいるバーテンダーの梅崎に声をかけてみた。梅崎は口数は少ないが誠実そうな人物で、穏やかな笑みを浮かべながら、訊かれたことには丁寧に答えてくれた。

「麗子さんがここの席亭って言ってたけど、それって何ですか?」

「こういった碁会所とか囲碁サロンの店主のことです」

「あの若さで店主ですか。綺麗な方だから、『パパ』のようなスポンサーがいるんですかね?」

梅崎は笑いながら首を振った。

「そんなことないですよ。ここは昔からの旅館で、麗子さんはそこの娘さんなんですよ。お父様は十年くらい前に亡くなったらしくて、お母様と二人でやってきたんですけど、一年半ほど前にボヤ騒ぎがありましてね。幸い建物はほとんど無事だったけど、その時の騒動でお母様が亡くなったので、後を継いだ麗子さんが、一部を改装して囲碁サロンにしたんですよ」

「そうだったんですか。囲碁サロンにしたってことは、麗子さんは囲碁が強いんですか?」

「相当強いですよ。小さい頃から囲碁好きのお父様に随分と鍛えられたそうです。ここには毎日交代でインストラクターが来て、指導碁を打つんですけど、おそらく麗子さんが一番強いと思いますね」

「インストラクターですか?」

「あちらでお客様相手に打っている女性が見えますか? あの女性が、今日のインストラクターです。彼女は女流アマの大会で優勝したこともあるんですよ」

井山がそちらに首を向けると、大広間の一角で、若い女性がおじさん四人を相手に打っているのが見えた。同時に四人も相手にしている姿は、それだけで十分な驚きだった。彼女も相当強いのだろうが、麗子はそれ以上だというのだから、井山には全く想像がつかなかった。

この時、そんなに強いのなら麗子から囲碁を教わるのも悪くないかもしれないという考えが、突如として井山の頭に浮かんだ。

あれほど美しいのに誰に対してもフレンドリーで太陽のように明るい麗子なら、きっと上手に導いてくれそうな気がした。ひと目会った時から、井山は麗子の魅力に強く惹かれたが、あまりにも高嶺の花なので、付き合いたいなどと大胆なことを考えたわけではなかった。それでも麗子から囲碁を教われば、きっと夢のような楽しい時間になるに違いないと感じた。

囲碁への興味が芽生え始めた井山は、先程の宴席で囲碁の話題が出た時に感じた疑問について、梅崎に訊いてみることにした。

「あのー、三年で初段になったという人がいるんですけど、それってどうなんですか」

「それは凄いと思いますよ。初段まで行かない人も大勢いるし、順調にいっても普通は五年くらいかかるんではないでしょうかね」

梅崎の返答は井山にとって意外なものだったが、それを聞いて井山も髭ゴジラを少しは見直す気になった。

「そもそも初段というのは、どれくらいのレベルのことなんですか?」

「そうですね、囲碁を始めた方なら、誰もが目指す憧れの目標でしょうね。通常ルールを覚えて打てるようになると二十級から始まるんですが、それから強くなるごとに十九、十八と減っていって一級の次が初段なんです。つまりいよいよ級位者から有段者へと格上げされるわけで、柔道の黒帯みたいなものですね。そこからさらに強くなると二段、三段と上がっていくんです」

「それでは五段というのは結構強いんですか?」

「そうですね。五段といえば高段者ですから、ゴルフのシングルみたいなもので、趣味で始めたアマチュアにとって、一つの到達点みたいな意味合いがありますね」

「それじゃ、五段の人を相手に石を三つ置かせるというのは凄いんですか？」

「それはもうプロ並みですね。三つ置かせるということは、八段ということですから、そんな強い方は、そういないと思いますよ。うちでは、麗子さんくらいじゃないですかね」

井山はようやく、あの時に皆が驚いた理由がよく分かってスッキリした。

あの時はさゆりが凛々しくて素敵だと見惚れていただけだったが、実は自分はとんでもないものを目撃したのだということを、井山はこの時初めて理解した。


そろそろ帰ろうかと思った井山が何気なくスマホを取り出すと、梅崎が申し訳なさそうに頭を下げた。

「すいません。ここ、電波の入りが悪いんですよ」

仕方なく井山が「そうですか。それじゃお勘定」と言いかけた瞬間、後ろから誰かがドンッとぶつかってきた。

井山が驚いて振り返ると、ぶつかってきたのは麗子だった。

麗子はもうすっかり酔っぱらって、焦点の定まらないとろんとした目をしていた。

「お待たせ、裕太さん」

「いや、聡太です」

麗子は井山の肩に顎をのせてきた。

「もう帰っちゃうんですか」

「だいぶ遅くなったので、今日はそろそろ帰ろうと思います」

「あなた本当に囲碁やらないの？」

井山も囲碁に少し興味を持ち始め、麗子に教わるのも悪くないと思っていたが、根が頑固なだけにこの日は初志貫徹で行こうと決めていた。

「ちょっと興味があるけど、今日は止めておきます。また今度来た時に教えてください」

麗子は井山に身体を押し付けてきた。

「今度っていつよ。そう言ってもう来ないつもりなんでしょ」

麗子の態度は、たちの悪い酔っぱらいがからんでいるようだった。

井山が困惑の表情を見せると、麗子は一転して甘えた口調に変わった。

「それじゃ少しでいいから、私と石取りゲームをしてくれないかしら」

麗子にこんな風に迫られて断れる男などいるわけがなかった。

「石取りゲームならいいですよ」

井山は気軽に応じた。

すかさず梅崎が、プラスチックの板とカラフルなガラスのおはじきを目の前に出した。板には縦、横、平行に薄い色の線が十本ほど引かれていた。

麗子は赤いおはじきを真ん中の交点に置くと、井山に青いおはじきを渡した。

「さあ、裕太さん、この赤いおはじきを青いおはじきで取ってください」

「聡太ですって。でも、どうやって取ったらいいんですか」

麗子は「赤いおはじきをこうやって囲ったら」と言いながら、赤いおはじきの周りに青いおはじきを四つ置くと「こうやって取れるんです」と芝居がかった動きで、赤いおはじきを板の上から取り除いた。

「それじゃあ、私が赤で裕太さんが青ですからね。交互に置いていくから、赤いおはじきを取ってくださいね」

そう言うと麗子はおはじきを板の上に並べていった。

最初はあと一つで取れる簡単な形だったので、井山は考えることなく直ぐに取り除くことができたが、麗子がおはじきの数を増やして段々複雑な形にしていくと、最初は簡単に取れていた井山も、難しくてそう簡単に取れなくなっていった。

少し複雑になると、夢中で相手のおはじきを取りにいこうとしても、いつの間にか自分のほうが先に取られることも多く、慎重に先まで読む必要があった。

形によっては直線的に取りにいこうとしても簡単に逃げられてしまうので、井山もあれこれと考えた末に、周りに網をかけるように工夫して取りにいった。

そうやって見事に井山が相手のおはじきを取ると、麗子は嬉しそうに「うん、うん」と頷きながら、さらに違う形を作って挑発してきた。

「ここまではよくできたけど、それでは少しレベルを上げますね。井山さんともあろうお方なら、当然分かるわよね」

次の形は取りにいく方向が二つあり、一方からいくとそのまま逃げられてしまうのは明らかだった。それではもう一方からいくとあと一手で取れそうだが、相手が逃げると、またあと二つ抑えなければならなかった。しかし今度は逆側から抑えれば、またあと一手となり、これを繰り返して階段状に抑え続ければ、最後には全部取れるのではないかと気がついた。

そこで井山は、ゆっくりと青いおはじきを置いた。

麗子はまた嬉しそうに「うんうん」と頷きながら「それじゃ、私逃げまーす」と言って赤いおはじきを置いた。逃げる麗子のおはじきをジグザグに追って、板の端まで追い詰めた井山は、最後に青いおはじきを置いて、赤いおはじきを全て取ってしまった。

「やったー。全部取ったぞ」

井山は思わず椅子から立ち上がって、ガッツポーズを作った。

「すごーい。何も教わらないのにこれが分かるなんてさすが井山さんだわ。看板に偽りなしね。普通は逆から追う人が多いんだけど、全くヒントなしで分かる人ってなかなかいないのよ。井山さんはやっぱり天才だわ」

麗子から大袈裟に誉められて、井山もそれが見え透いたお世辞だと薄々感づいていたが、決して悪い気はしなかった。

それどころか、ゲノム解析で培った理系オタクの頭脳がフル回転を始めて、パズルを解くような楽しさにワクワク感が止まらなくなっていた。

「次の問題はもう少し難しいわよ」

そう言うと、麗子は赤と青が入り交じった複雑な形を作って「さあどうだ」と言わんばかりに井山の前に差し出した。

井山は右手で青いおはじきをつまんだまま、真剣な表情でジッと板を見つめた。

相手のおはじきを取ろうとしても、その前に自分が取られてしまうので、確かに今までの問題より難しそうだった。おはじきを置ける場所は他にもあるが、そのどこに置いても相手に逃げられてしまうので、正解が見つからず困った井山の手がこの時ハタと止まった。

「うーん」と唸りながら井山は完全に固まってしまった。

こんな深夜に、散々飲んで酔っているというのに、このチャレンジ精神は何としたものだろう。

井山はあれこれ独り言を繰り返していたが、決して降参したり、ヒントを求めることはなかった。

直ぐ横で眠い目をこすりながら片肘をついてワイングラスを傾けていた麗子は、眉を寄せて真剣に問題に取り組む井山の姿をぼんやりと眺めていた。

麗子は半ば呆れ、また大いに感服しつつ、酔って働きが鈍くなった頭で、こいつはなかなか根性のある奴だな、それとも単なる意地っ張りかな、などと考えていた。

しばらくあれこれ試行錯誤を繰り返した末に、どうにもやりようがなくて困り果てた井山は、発想を変えて自分のおはじきを一度相手に取らせてみてはどうかと考えた。

このひらめきこそ、まさにコペルニクス的発想の転換で、よく見ると自分のおはじきを取らせればその後相手のおはじきを全て取れる形になっていることに気がついた。

「これだ」

井山は興奮しながら青いおはじきを置いた。

「おっ」と驚いて身体を起こした麗子は心の底から歓声を上げた。

「凄いわね。これも分かっちゃったのね。コロンブスの卵みたいなものでこの形も一度教われば誰でもできるようになるんだけど、人に教えてもらう前に自分で分かる人って、なかなかいないのよ。正真正銘あなたは天才だわ。きっと囲碁強くなるわよ」

「え、囲碁って。これって囲碁と関係があるんですか」

「ええ、囲碁は陣地を囲い合う陣取り合戦なんだけど、途中で石同士がぶつかり合うと、お互いの石を取るか取られるかの激しい闘いが起こるのよ。そんな局面での戦闘力の優劣によって勝負が決まってくるんだけど、井山さんはその辺の読みの力があるわね。今の取り方は『ウッテガエシ』というのよ。その前が『ゲタ』と『シチョウ』というの」

「え、それじゃあ、私はもう囲碁をやってたんですか?」

「まあ、ほんのちょっと触れたっていう程度だけどね。でもこれだけ石の取り方を理解したのなら、もう立派に十五級の実力はあるわね」

「え、ええー。それマジですか？　初心者は二十級から始まるんですよね。まだ対局もしたことがないのに、いつの間にかもう十五級だなんて、そんなことがあるんですか？」

「ええ、これだけ石を取る力があれば、十五級の人と打っても、対等に勝負できると思うわよ」

「それじゃあ、直ぐに十級になれますかね。それで、この調子でグングン伸びていけば、初段も夢じゃないですかね？」

「ええ、そりゃもう。井山さんは私が見たところ大変な才能を持っているから、百年に一人の天才だと思うわ。あっという間に初段になるだろうし、ひょっとしたら、五段、いや八段にだってなれると思うわよ」

「本当ですか。え、それって本当に本当ですか」

井山は興奮しながら両手で麗子の腕をつかんだ。

麗子も少々大袈裟な言い方をしていることは重々承知していたが、大真面目な顔をして大きく頷いてみせた。

これまで稲の見学に行くことくらいしか興味がなくて、趣味らしい趣味など持ったことがない理系オタクにも、人に自慢できる意外な才能があるのかもしれないと思うと、是非ともそれを極めてみたいという気持ちが井山の中で急速に膨らんでいった。

髭ゴジラを負かせてギャフンと言わせ、田中社長を退けお誉めの言葉をいただき、さゆりに勝って

「私の連れ合いはあなたしかおりませぬ」などと言わせてみたい。

妄想がどんどん膨らんで、井山は思わず一人でニヤついてしまった。

すると空想の世界に浸ってニヤけていた井山を、麗子が冷静に現実の世界へと引き戻した。

「井山さん、それでは、あちらで十九路の碁盤を使って、囲碁をやってみましょうか」

「あ、はい、そうですね。宜しくお願いします」

あんなにかたくなに囲碁はやらないと言っていたのに、なんという変わり身の早さであろうか。

もう夜中の十二時を過ぎていたが、井山の頭は妙に冴えわたり、眠気は完全に吹き飛んでいた。

深夜に入っていたので、客は大分まばらになっていたが、それでもまだ何人かは真剣に対局を続けていた。

「この店は何時までやっているんですか」

井山の素朴な疑問に、麗子はいたずらっぽい笑みを浮かべながら答えた。

「お客様がいる限りやるようにしているのよ。だって心の底からここで楽しみたいと思っている方の楽しみを途中で奪ったりしたら、心苦しいじゃないですか。ここはもともと旅館だったので、奥に和室の部屋も残っているの。だから打ち疲れてちょっと休憩したいという時は、畳の上で雑魚寝して、回復したらまた続きを打つようにしてもらっているの。そうやって、何日も何日も打ち続けて、なかなか帰らない人もいるのよ」

「え、そうなんですか」

「ええ、おかしいでしょ。そういう方の生活って、一体どうなっているのかしらね」

そう言うと、麗子はカラカラと快活に笑った。

第五章

井山と麗子は碁盤が置いてある対局机へと移動していった。

碁盤をはさんで麗子と正対すると、それだけで井山の心は浮き立った。

田中社長がなぜあれほどさゆりとの対局を喜んだのか、この時初めて井山にも分かるような気がした。

井山は目の前にある十九路の碁盤をじっくりと眺めてみた。

これまではあまり意識することがなかったが、こうやって改めてよく見てみると、先程のプラスチックの板に比べて随分と大きく感じられた。あまりにも大きすぎて、どこから手をつけていいのか、皆目、見当がつかないほどだった。

「結構大きいですね。こんなに大きいと、どこから打っていいのか全く分からないですね」

麗子はニッコリと笑いながら大きく頷いた。

「そうですよね。縦、横十九本ずつですから、交点は全部で三百六十一個もあるのよ。それと、この星と呼ばれる少し大きな丸の交点が九か所あるんだけど、四千年前に中国で始まった当初は、星は四か所だったようなのよ。全部の交点と星の合計で三百六十五と一年の日数と同じになるでしょ。だからもともとは占星術だったのではないかといわれているのよ。つまりこの碁盤は宇宙そのもので、無限ともいえる広がりを持っているのよ」

たかが陣取り合戦ゲームだというのに、いざ対局を始めようという時になって、どうして麗子はわざわざこちらを威圧するようなそんな大袈裟なことを言ってくるのだろうかと感じて、井山は思わず苦笑いをした。

「こうして見ると、確かに先ほどのプラスチック板より遥かに大きいし、最初は占星術として始まったこともそうかもしれないけど、でもこの十九路の碁盤が宇宙そのものだなんて言われても、少し大袈裟な気がしますけどね」

麗子はため息をつくと、子供を諭すように井山に語りかけた。

「それが本当に広いんですよ、井山さん。これまで四千年の囲碁の歴史の中で、全地球上でどれくらいの対局が行われてきたか想像もつかないけど、恐らく一つとして同じものはないと思いますよ」

「そんなことってありますかね。だって、この交点に打つだけなら限りがあるじゃないですか」

これは呆れたという顔をして、麗子は思わず首を横に振った。

「この交点どこでも自由に打てるとしたら最初の一手は三百六十一通りありますよね。それでは、最初の五手目までのパターンは、全部で何通りあると思いますか?」

井山はあまり深く考えることなく直感で答えた。

「うーん、ざっと、百万通りくらいかな」

「残念でした。左右対称とかそういうことを考慮しなければ、単純計算で、なんと六兆通り近くになるんですよ」

その数字を聞いて、井山は驚きの声を上げた。

「え、最初の五手だけでそんなになるんですか」

「そうなのよ。だから最後まで打つとなると、その数は本当に無限の世界に近くなるのよ」

ここにきて、井山にもようやく碁盤の奥に潜む世界のスケール感が分かってきたようだった。

この狭い碁盤の中には、どこまで行っても尽きることのない無限の世界が広がっているのかと思うと、一見何の変哲もないその木製の厚い板が、井山には神聖かつ神秘的なものに見えてきた。

「さあ、それでは一局打ってみましょう。ハンディとして、その星の九か所に石を置いてください」

井山は言われるままに、星に黒石を置いていった。

緊張の面持ちで九つの石が置かれた碁盤を見つめている井山に、麗子は対局を始めるに当たって、基本的な考え方を簡単に説明してくれた。

「どのあたりを自分の陣地にするかよく考えながら打ってくださいね。石の効率を考えると四隅が一番、地にしやすいのよ。その次が辺のあたりなの。それから真ん中のあたりは、あっちこっちから減らされるので、案外陣地になりづらいのよ」

「そうなんですか」

「だからといって、地を囲おうとして縮こまると相手に囲まれてしまうから、なるべく中央に頭を出すように打ってくださいね」

「なるほど」

「それから、なるべく相手の石に直ぐに引っつけたりしないようにして、自分の石は繋がるように、そして相手の石が繋がらないように打つのがコツなのよ」

「色々と注意することが多くて急には覚えられないな」

「そうね。まずは打ってみないことには何の話か分からないでしょうからね。それでは何はともあれ実際に打ってみましょう」

そう言うと、麗子は軽くお辞儀をしてから、白石をピシッと碁盤の上に打ちつけた。その音があまりに心地良かったので、井山は身が引き締まる思いがした。

麗子はそれまでは酔っぱらって随分とふにゃけた感じになっていたが、いざ囲碁を打つ段になると、背筋を伸ばして姿勢を正し、その姿はさゆりと同じように、実に美しくて凛々しいものだった。

最初は九つも黒石が置いてあるので、どう打っても大きな陣地を囲えそうな気がしたが、いざ打ち始めてみると、なかなか思い通りにいかなかった。

麗子はあちこちにパラパラと白石を置いていき、最初はどれも黒石に囲まれて弱そうに見えたが、それでも次から次へと碁盤全体に白石がばらまかれていった。

井山はすっかり自分の陣地だと思っていたところが荒らされることが悔しくて、打ち込んできた白石を全部取ってやろうと、むきになって攻めたてた。ところが、弱そうな白石を必死に追いかけても、白はあっちの黒石にくっつけたかと思えば今度はこっちと、変幻自在に打ちまわし、いつの間にかどちらが攻められているのか分からなくなっていた。

そして気がついた時には、相手の白石は堂々と黒の囲みを突破して、他の場所にパラパラと散らばっていた弱い白石とも繋がって、とても攻められる石ではなくなっていた。

それどころか、弱そうだった白石があちこちで大きな顔をしてのさばりだすと、寧ろ黒石の方が分断されて、至るところで攻撃の対象となっていた。

自分の石が相手に包囲されていることに気がついて、井山は慌てて逃げようともがいたが、奮闘の甲斐なく、いくつかの黒石はあっけなく白に取られてしまった。

それでも井山は、置石のハンディを活かして何か所かで大きな陣地を作ることができた。石を取られて悔しい思いもしたが、一方で大きな地を囲うこともできたので、井山にとって初めての対局はワクワクするような楽しさにあふれたものとなった。

一通り打ち進めて、お互いの陣地が大体できあがったところで、麗子が井山に優しく声をかけてきた。

「これで終局ですね。それではダメを詰めていきましょう」

「ダメって何ですか?」

「お互いの陣地の境界部分のことで、その部分を埋めていっても、もうこれ以上どちらの陣地も増えも減りもしないところのことよ」

全部のダメを埋め終わると麗子が続けて説明してくれた。

「それでは陣地を数えましょう。お互い相手の陣地を数えるのよ。この黒石で囲ってある場所の内側が井山さんの陣地になるのよ。それから取られた黒石でこの陣地を埋めるので、その分黒地が減ることになるの。それでは、井山さんは白地を数えてください」

「はい。でも数えづらい形だな」

「数が変わらないように形だけ変えていくのよ。ほら、こうやって長方形にすると数えやすいでしょ」

そう言って麗子は数えやすい形に陣地を整地してくれた。

「黒地が七十八目で、白地が八十目だから、白の二目勝ちですね」

「え、たった、二目の違いだったんですか?」

井山は驚いて訊き返した。

「そうなのよ。井山さん凄くうまく打っていたから、最初としては上出来だわ。もう少しで勝てたのに、惜しかったわね」

「え、麗子さんにもう少しで勝てたんですか。それって、本当に本当ですか?」

「ええ。たとえば、この最後のところで、白が黒の陣地に入っていこうとした時に、井山さん、他のところに打ったじゃないですか。覚えていますか?」

「え、ええ。なんとなく」

「あそこで、恐らく十目以上損したから、白からこれ以上入られないように、しっかりここを抑えていれば、逆に井山さんが勝っていたと思うわ」

「そうか、本当は勝っていたのか」

井山は悔しそうな顔をした。

「ちょっと、最初から並べ直してみましょうか」

麗子の言葉に井山は驚いた。

「麗子さんは、今の対局の手を全部覚えているんですか？」

「ええ。そんな特別なことじゃなくて、初段くらいになれば誰でもできるようになるのよ」

確かに言われてみれば、元院生の福田室長ばかりでなく、初段の髭ゴジラも対局の手を再現していたことを思い出した。

「井山さんも慣れれば、当然のようにできるようになるわよ」

「私も本当にできるようになりますかね？」

麗子は笑顔で頷いた。

「井山さんなら直ぐできるようになりますよ。何といってもあなたは天才ですから」

麗子は一手目から打った手を再現し、一手一手にどういう意味があったのか、そして黒はどう打てばよかったのかを丁寧に解説してくれた。

「こうやって、相手が陣地に入ってこようとしたら、まずはしっかりと塞いで、相手に入られないようにしないといけないわね」

「そうか、そういうことだったのか。よく分かったから、もう一局お願いします」

「まあ、井山さんたら、積極的ね。そういう方って、私大好きよ」

「教わった通り打てば、今度は勝てそうな気がします。なんといってもたった二目差だったんですからね」

そう言うと井山はますますやる気をみなぎらせて腕まくりした。

最初こそ麗子にうまく乗せられて、知らぬ間に囲碁の世界に引きずり込まれたようなところがあったが、実際に打ってみると、今まで経験したことがないほど楽しくて、井山は純粋に囲碁そのものの面白さに魅了されていた。


生まれて初めて囲碁を打ち、これまで経験したことがない楽しさに興奮を覚えた井山は、一局目の反省を活かせば、今度こそ麗子に勝てるのではないかと意気込んで二局目の対局に臨んだ。ところが二局目は前よりうまく打てたつもりだったが、やはり何か所かで石を取られてしまって、結果はまた井山の二目負けに終わった。

「今度も惜しかったわね。最初より大分うまく打てていたけど、最後のこの攻め合いで随分損をしたわね。黒も白石を取るチャンスがあったのに、逆に取られてしまったから、ここで三十目は損したわね」

「え、三十目もですか。それじゃあ、ここをうまく凌いでいれば勝てましたかね」

「ええ、それなら井山さんの圧勝でしたよ」

「そうか、本当は勝っていたのか。もう少しだったのに」

井山は悔しそうに顔を歪めた。

「井山さんは天才だけあって、もの凄く呑み込みが早いわね。あとは前にも言った通り、あまり縮こまらずに中央の方へ頭を出すことと、自分の石が繋がるように打つことを心掛けるといいわね」

「分かりました。それじゃあ、もう一局お願いします」

「まあ、積極的だこと。それに井山さんて、体力もあるのね」

「頭が冴えてきちゃって、もう全然眠くないんですよ。明日は休みだから、とことんやりましょう」

そう言った瞬間、井山は髭ゴジラから命じられた資料作成のことを思い出して渋い表情になった。

「そうだ。月曜の朝までにやらなきゃいけない仕事があったんだ」

それを聞いて、麗子は不服そうな顔をした。

「月曜の朝なんて、まだまだ先じゃないですか。せっかく乗ってきたところだから、もっと打ちましょうよ」

麗子はそう言って自分のわがままを押し通そうとしたが、少し考え直すと、今度は女性らしい恥じらいを見せながら言い足した。

「私ね、囲碁を大好きで夢中になって打つ人に凄く惹かれるの。だから、井山さんには早く強くなってほしいんです」

この言葉に井山は完全にノックアウトされてしまった。

パズルを解くような面白さに溢れ、理系オタクと相性抜群の囲碁にすっかり魅了された井山は、いくらでも夢中になって麗子の期待に応える自信があった。

しかし一方で、よく考えてみると、田中社長や髭ゴジラは勿論、ここに集うおじさんたちも熱烈な囲碁好きばかりなのだから、そういった意味では、誰もが麗子の好みのタイプと言えるのではないかと思えた。そう思った途端に井山は急に白けてしまい、すねるように麗子に訊き返した。

「ここのお客さんも皆、熱烈な囲碁好きばかりじゃないですか」

すると麗子はいたずらっぽい笑顔で、子供をあやすように答えた。

「そうね。でもただ熱烈に好きってだけじゃ駄目なのよ。私のために頑張って頑張って血の滲むような努力をして、そしてその結果、いつか私をコテンパンに負かすくらい強くなる人が現れるのを待っているの」

「でも、そういう強い人なら何人もいるんじゃないんですか?」

「それが、ただ強いだけじゃ駄目なのよ」

「え、そうなんですか?」

「ええ。それだけじゃなくて、囲碁の神様に愛されていないと駄目なの」

井山にその言葉の意味はよく分からなかったが、もし自分がそのような星の下に生まれているのなら、麗子と結ばれる可能性もあるのかもしれないという微かな希望が心の中に灯った。

「はい、やります。もっと強くなりたいから、もっともっと打ちますよ。月曜日の朝なんて、まだまだ先ですからね」

「まあ素敵だわ。仕事をほったらかしてでも囲碁が強くなりたいなんて、なんて立派な心掛けなんでしょう。あなたは私がにらんだ通り、絶対に強くなるわ。まさに私の理想のタイプよ」

これまで女性と付き合った経験がない井山にとって、麗子の言葉は劇薬だった。

この時井山の頭から仕事のことはすっかり消え失せてしまい、もう次の対局のことしか考えていなかった。


井山は麗子に教わりながら、勝つためのセオリーともいえる「囲碁の棋理」を習得していった。

「相手の弱い石を取ろうとして、井山さんたら、こうやって追いかけたでしょ」

「そうですね。完全に黒地だと思っていたところに麗子さんが図々しく入ってきたから、頭にきて取ってやろうと思ったんですよ」

「まあ、井山さんたら、喧嘩っぱやいのね。でもね、弱そうな石は直接追いかけてもなかなか捕まらないものなのよ。だから弱そうな石をうまく攻めながら、他で得をすればいいのよ」

「へー、そういうもんなんですか」

「そもそも弱い石は直ぐ取れそうなご馳走に見えるけど、直接追いかけてもなかなか取れないから、いい女を捕まえる要領と同じで、直接口説いたりせずに、興味ない振りをしながら遠巻きに狙うのがいいのよ。囲碁でもまさに『美人は追うな』なのよ」

井山はその言葉に鋭く反応すると、麗子を真正面から見すえた。

「れ、れ、麗子さんのような美人なら、追うなと言われても、お、追ってしまう、かも、です」

最後のほうは声も小さくて随分と歯切れが悪くなったが、それでも井山にとって、こんな大胆な告白をすること自体が生まれて初めてだったので自分でも驚いてしまった。酔った勢いもあったが、それ以上に、こんな魅力的な女性から手取り足取り教えてもらうことで、本来井山の内に眠っていた潜在的な大胆さが、突然顔を出したかのようだった。

自分の言葉に戸惑って井山が真っ赤になっていると、麗子がすかさず井山の手をとって、優しく言葉をかけてくれた。

「まあ、嬉しいわ、井山さん。囲碁では『美人は追うな』だけど、私はそうやって、直接グイグイ来てくれる男性のほうが好きなの。最近はウジウジとはっきりしない男が多いけど、井山さんは本当に男らしくて素敵だわ。是非そのエネルギーを囲碁にぶつけて、私を奪いに来てちょうだい」

麗子の言葉に井山は天にも昇る気持ちだったが、浮かれながらも、井山は井山で、彼女自身、自分が美人ということを一ミリも否定しないことを冷静に観察していた。

しかもなんだかんだいって、結局は囲碁をやる方向にもっていくのだから、井山も完全に彼女の術中にはまっていると感づいたが、一旦この流れに乗ってしまったからには、分かっていてもらう止めようがなかった。

こうなったらどこまでもとことん麗子の術中にはまっていこうと、井山は覚悟を決めた。

「分かりました。囲碁では、美人を追わないように注意しますよ。さあ、麗子さん、もう一局お願いします」

「そう、その調子よ。その調子でいつか私を追い越してね」


あと僅かで勝てそうな気がしてきた井山は、頑張ってなんとか一勝でも挙げたいと思って果敢に麗子に挑み続けた。しかし大きな地を囲ったつもりでも、侵入してきた白石にあっさりと荒らされてしまい、それではと、手堅く地を囲っていくと、今度は周りに白の厚みを作られていつの間にか中央が巨大な白地になり、ああすればこうする、こう対応すればああされる、という具合に、必ず勝てるセオリーがいつまでたっても見いだせなかった。

何局も打ち続けるうちに、井山は段々とうまく打つ要領を身につけて、確実に強くなっているという実感を得ていたが、前よりうまく打ったつもりでも、麗子はその都度それ以上の手を繰り出してくるので、終わってみると惜しいながらもいつも数目負けてしまうのだった。

少しずつ強くなっているはずなのにいつも数目負けというのはいかにも不自然なので、この時初めて井山の頭の中に、ひょっとすると麗子は井山のやる気を引き出すために、わざと接戦になるように手加減しているのではないかという疑念が浮かんだ。

しかしそんなことは、少し冷静になって考えてみれば当然のことなので、寧ろ気がつくのが遅すぎたくらいだった。

もし麗子がさゆり並みの強さだとしたら、八段か九段ということになるので、九子置いて麗子に勝つということは一級とか初段の実力があるということになる。初段になるまで通常五年はかかるというのだから、たとえ井山が百年に一人の天才だとしても、今日始めたばかりでそのレベルに達するなどということがあるはずがなかった。

どうせ手を抜くなら、たまには勝たせてくれても良さそうなものを、絶対勝たせないところをみると麗子も相当な負けず嫌いに違いないと、井山は冷静に読み切ったが、そう思うとなおさら麗子のことが恨めしくなってきて、なんとしても負かさなければ気が済まなくなった。

しかし万が一ここで勝てたとしても、麗子と対等に勝負して勝つためには、そこから九つもの置き石を減らしていかなければならないわけで、それがどれほどの長い道のりになるのか、井山には想像もつかなかった。

井山は、麗子におだてられてすっかりその気になって打ち続けていたが、冷静に考えた途端に、追いかける麗子の背中は遥か宇宙の彼方へと猛スピードで遠ざかっていき、あっという間に視界から消えてしまった。

井山は、これから全生涯をかけて、全身全霊を捧げて囲碁に打ち込んだとしても、自分の短い一生のうちに麗子に追い着くことなど、「ルルドの奇跡」でも起こらない限り、あり得ない話だということにこの時ようやく気づいた。

「麗子さん、実際の麗子さんを追うことは、ストーカーと言われようがなんと言われようが、私はやっちゃいますけどね。でも、囲碁で追い着くなんてことは、恐らく一生無理だと思います」

井山が力なくうなだれると、麗子は、そんな井山の両手を自分の手で優しく包みこんで、キラキラと輝く瞳で見つめながら答えた。

「できますよ、井山さん。あなたならきっとできます。囲碁に対する強い想いがあれば、それは叶うんです」

「でも、初段になるだけでも五年もかかるんですよね」

「一般的にはそうだけど、中には半年で初段になる人もいるのよ。プロ棋士の依田紀基九段は十歳で囲碁を始めて、僅か三か月で初段になったそうですからね」

「へー、そんな凄い人もいるんですか。でもそういう人って、ずば抜けて頭が良いんでしょうね」

井山は諦め顔でつぶやいた。

「それが、そうでもないのよ。確かに囲碁に関しては天才的なところがあるかもしれないけど、学校の成績はオール一だったそうですからね」

そう言うと、麗子は大きく口を開けて、またカラカラと快活に笑った。

井山にとって麗子の励ましは嬉しかったが、無理なものは無理で如何ともし難いとしか思えなかった。

「麗子さんも含めて、子供の頃から猛特訓して身体で覚えている人に、私のようにこんな年齢から始めた者が追い着けるわけないですよ」

「そんなことないわ。確かに子供は吸収が早いからあっという間に強くなるし、最近はネットの影響もあって、中韓の棋士を中心に十代で世界戦優勝を果たす若手も出てきているけど、でもいくつになっても囲碁は強くなれるし、始めるのが遅過ぎるなんてことは絶対にないと思うの。だって、四、五年前に平田さんという方が世界アマチュア囲碁選手権の日本代表になったんだけど、その時いくつだったと思いますか？」

「きっと結構お年ですよね。五十歳くらいかな。案外六十歳とか」

「いいえ、なんと、八十四歳だったんですよ。しかも世界戦で五位入賞を果たしたんですよ。平田さんは、確か七十歳くらいの時にも世界戦に出たんですけど、その時には優勝もしているんですよ」

「え、本当ですか」

「ええ、そうなんですよ。勿論、平田さんは若い頃から強くて有名な方だったけど、でもいくつになっても人は強くなれるという良いお手本だと思うの。そういう方ってきっと『囲碁の神様』に愛されているのよ」

「囲碁を好きになって一生懸命取り組めば『囲碁の神様』に愛してもらえるようになるんですか」

「それは実のところ私もよく分からないの。死ぬほど囲碁が好きで一生懸命取り組んでいれば、誰でも神様に愛されたいと願うでしょうけど、それでも勝者と敗者が生まれるのが、勝負としての囲碁の厳しい現実なのよね。勝者と敗者を分かつものが一体何なのか、それは必ずしも囲碁への情熱や努力の量ではないし、ひょっとしたら実力そのものでもないんじゃないかって思う時があるのよ」

「だって、必ず強い人が勝つんじゃないんですか」

「理屈のうえではそうかもしれないけど、時に運命のいたずらによって、信じられないようなミスで十中八九、手中に収めていた勝利を逃すとか、どう打っても罠にはまったように半目負けの形で運悪く勝てないなんていうことがよくあって、そういう時に、人の力を超えた神様の意思を感じることがあるの。そういった意味で『囲碁の神様』は本当に気まぐれで残酷だと思うし、どんな人が愛されるのか特に理由なんてないのかもしれないけど、それでも『囲碁の神様』に愛される人がいることだけは確かなのよ。だから井山さんには是非そうなってほしいの」

井山は麗子の言葉に納得したわけではなかったが、眠い目をこすりながら、再び闘志を燃やして碁盤に向かった。

その後、井山と麗子の対局はいつ終わるとも知れず延々と続いたが、ある局後の検討中に、井山はそれまで抱いていたモヤモヤとした疑問を麗子にぶつけてみた。

「自分の陣地だと思っていたところに、麗子さんはズカズカと土足で入り込んできていつの間にか居座っちゃうけど、そこはもう麗子さんの陣地なんですか？　そこがどちらの陣地かって、誰がどうやって決めるんですか？　だって、そのまた内側に、私が入り込んで行ってもいいわけですよね」

「そうね。でもそんな狭いところに入り込んでもあなたの石は簡単に取られちゃうでしょ。だから、相手の陣地だと思っても、そこに入り込んでいって絶対に取られない石になれば、自分の陣地として居座れるようになるのよ」

麗子の言っている意味がよく分からず戸惑いの表情を見せる井山に向かって、麗子は大きく頷いた。

「分かったわ。それでは丁度良い機会だから、これから凄く重要な『石の死活』について説明するわね。これは結構難しいけど囲碁の核心部分でもあるからよく聴いてね」

麗子に改まってそう言われると、井山の緊張感はいやが上にも高まった。

「石を一個ポンと取り上げた形を『眼』というんだけど、そこは着手禁止点といって打ってはいけない場所なの。でもこのように『眼』が一つしかない石の全体が囲まれると……」

そう言いながら、麗子は「眼」を一つ持った大きな白石の塊を作り、その周りを全て黒石で囲った。

『眼』の部分以外は全部囲われているから、あとはこの『眼』のところに黒石を置けば、相手の石を取ることができるの」

そう言うと麗子は白石の「眼」に黒石を置いて、白石の塊を全て盤上から取り除いた。

「それではこの形はどうかしら」

今度は全体の白石の中に二か所の「眼」があった。

「このように『眼』が二つあると、着手禁止点が二か所あるから絶対に取ることができないの。つまりこのように絶対取られない石を『生きている石』というの」

「そういうことだったのか。でも『眼』を二つ作ることくらい、簡単な気がしますけどね」

「いやいや、井山さん。それがそうでもないのよ。この『石の生き死に』が囲碁の一番難しいところで、死活に強い人が囲碁も強いと言っても過言ではないくらいなのよ。だから思った以上に『石を生きる』ことは難しいのよ。例えば碁盤の端が全部白石だとするじゃないですか……」

そう言うと麗子は碁盤をぐるりと囲うように、盤上の一番端の交点に白石を置いていった。

「この碁盤の中で、井山さんから黒石を打って、その黒石を生かしてみてください」

盤上には縦横十七路の領域が残っており、生きるには十分広いスペースがあるように感じられた。そこで井山は、黒石の「眼」を二つ作るべく色々と石を置いていったが、麗子の執拗な攻撃を受けて、どうやっても生きることができなかった。二人は、この「生き死にゲーム」を何回か繰り返したが、何回やっても井山は黒石を生かすことができなかった。

麗子と「生き死にゲーム」を繰り返すことで、囲碁の核心である「石の死活」の重要性を強烈に叩き込まれた井山は、死活に対する感度を大幅にアップさせると同時に、その醍醐味にすっかり魅了されて興奮を覚えた。

そういえば、さゆりが田中社長の陣地に打ち込んだ手に対して、福田室長が「こんなところで生きるとは思いませんでした」と言っていたが、あの時の攻防こそがまさに狭い領域での「石の死活」を巡るつばぜり合いだったことが井山にもようやく理解できて、視界が大きく開けていくように感じた。

こうして「死活」に対する理解が進んだことで、井山は確実に一段階段を上った。

また、理系オタクの井山は、石の形を自然界の法則や数学の定理と同じように捉える傾向があったので、ビジュアルに対する感覚が特に優れていた。対局を重ねるうちに、シンメトリーのような一見してバランスが良い形はビジュアルとして美しいばかりでなく、相手からの攻撃に対する耐性も強いことが分かってくると、井山の石の形はさらによくなっていった。

井山は夢中になって、その後も麗子と対局を続けたが、一体何局打ったのか、どれくらいの時間打っていたのか、そして今は夜なのか昼なのか、時間の感覚が完全に麻痺してしまっていた。

井山は大学時代も、研究に没頭するあまり気がつくと三日三晩寝ていないなどということがよくあったが、この時も全く似たような状況になっていた。

麗子は麗子で、どこにそんな体力があるのかと驚くほどタフなところを見せて、急成長する井山を育てる喜びを感じながら打ち続けていた。

二人とも遥かに人間の限界を超えて、特に疲労困憊の麗子は本当はもう止めたいと思っていたが、ここまで散々煽ってきた手前、井山のやる気を削ぐわけにもいかず、眠気と闘いながら、最後は気力だけで着手を続けていた。

一方の井山も自分の足をあざになるほどつねって必死に眠気を払いながら、麗子に挑み続けた。

「私は絶対に今日中に麗子さんに勝ってみせますからね。それまでは止めるつもりはありませんから覚悟してくださいね」

「あら、本当にそんなことができるのか、見ものだわ」

麗子は体力の限界を感じつつ、だからといって対局を終わらせるためにわざと負けるつもりはなかった。

多少は手加減することはあっても、わざと負けて相手に勘違いさせるようなことは決してしないというのが麗子のポリシーだった。

絶対に勝つまで止めない井山と絶対にわざと負けない麗子の意地と意地が真正面からぶつかり合って、お互い頑固なだけに、対局はいつまで経っても終わる気配のないまま延々と続いた。

猛烈な眠気に襲われた麗子は半ばうつらうつらしながら、井山に屈しないという意地だけで対局机に座っていた。目を閉じる度に寝落ちしたが、次の瞬間気力を振り絞って目を開けると、朦朧とする意識の中で着手を繰り返した。

井山も半ば眠りながら、気力のみで時々目を開けては対局を続けていた。

井山がぼんやり盤上を見やると、微かに目を開けた麗子は寝ぼけているとみえて、とんでもない場所に打ってきた。

チャンス到来とばかりに、気力を振り絞ってその手を咎めにいった井山は、半ば夢見心地で打ち続けて、朦朧とする意識の中で終局を迎えた。数えて一目勝ちを確認して喜んでいると、井山は麗子から「井山さん起きてください。数えて私の一目勝ちですね」と声をかけられてハッと我に返った。

よく見ると麗子は完全に寝落ちして寝言を言っているようだった。

わけの分からなくなった井山もそのまま寝落ちしてしまった。

お互いの夢が交錯して、現実ではどちらが勝ったのか判然としないまま、二人ともどこまでが現実でどこからが夢なのか区別がつかなくなっていた。もしかしたら現実の井山が麗子の夢の中で対局していたのかもしれないし、その逆だったのかもしれなかった。

寝ぼけ眼の麗子がふと目を開けると、羽衣をまとった天女が薄っすらと姿を現して、眠っている井山に寄りかかって一生懸命肩をもみながら応援している姿が目に入ってきた。

それ自体、夢かうつつか定かではなかったが、麗子はなぜか幸福な気持ちに包まれ、井山こそが自分が待ち焦がれた相手であることを確信した。

お互いに自分が勝ったと信じたまま、とにもかくにも延々と続いた対局を終えることができたので、麗子は井山を抱きかかえ、同時に麗子も井山に寄りかかり、お互いに支え合うようにしながら、渡り廊下を伝って奥の雑魚寝部屋へと移っていった。

麗子が横開きの板戸を開けて井山と一緒にもつれるように畳敷きの大きな和室に入ると、井山はその場で崩れ落ちて、直ぐに深い眠りに落ちてしまった。

第六章

死んだように深い眠りに沈んでいた井山は、夢の中で誰かに呼びかけられたような気がした。

「井山さん、井山さん、もう起きて。さあ、囲碁をやるのよ」

朦朧とする頭の中で、その言葉が呪文のように繰り返された。

「あれ、麗子さんかな?」

眠い目をこすりながら上半身を起こした井山は、最初は自分がどこにいるのかよく分からなかったが、辺りを見回して、畳敷きの雑魚寝部屋にいることに気がついた。

薄日が射すガランとしたその大きな和室の中には、井山一人しかいなかった。

「今のは誰の声だったんだろう」

井山は眠気の残る重い頭を抱えてフラフラと立ち上がると、声がしたほうに歩いていった。

先程の声は、部屋の片隅にある押し入れのほうから聞こえてきたような気がしたので、井山はあくびをしながら近づいていった。そして何気なく見てみると、扉の把手に南京錠がかかっていることに気づいた。

「こんな押し入れに、なんで南京錠なんかかけてあるのかな?」

不審に思った井山はさらに近づくと、把手をガチャガチャと揺すってみた。すると、その南京錠が外れていることに気がついた。

開けてもいいのかな?

好奇心に駆られた井山は中を覗いてみようかと思ったが、同時にそこを開けたらとんでもないトラブルに巻き込まれるかもしれないと第六感が働いて、開けることを思いとどまった。

心臓の鼓動が徐々に速まった。

把手に手をかけたまま、何か恐ろしいものが飛び出して来るかもしれないという恐怖心と、それでも覗いてみたいという好奇心のはざまで、井山は揺れた。

井山は少し迷った末に、一旦把手から手を離すと、心の中で泡立つ、鍵のかかった部屋の中を覗く罪悪感を紛らわすかのように後ろを振り返った。

薄明りの中に静寂を保つその和室は、斜めに射す薄日に反射する細かなチリが音もなく舞い散るばかりで、全く人の気配が感じられなかった。

そこだけ時間が静止して現実から切り離されているかのようで、井山は一瞬自分が今どこにいるのか、目の前に見えているものが本当に存在しているのか確信が持てなくなり、まだ夢の中をさまよっているのではないかと感じた。

井山の心臓は激しく脈打ち、静寂の中で鼓動の音だけが鳴り響いているようだった。

自らの実存さえ疑いたくなる吐き気を催したくなるほどのこの現実離れした感覚の中で、井山は正常な判断力を失っていった。

単なる好奇心でそこを覗いてはいけないと警告を発する本能に逆らうかのように、これは好奇心などではなく、極めて重要な使命なのだと、井山は自分に言い聞かせた。

次の瞬間、井山はそれまでの逡巡が嘘のように、何の躊躇もなくその把手に手をかけていた。

ゆっくりと扉を開けながら、井山は恐る恐るうす暗い内側を覗きこんでいった。木の扉を開けるにしたがって目に入ってきたのは、壁が全面真っ白に塗られた玄室のような狭い空間だった。目を凝らしてみると、その狭い部屋の正面の壁に、真っ黒な石板のような大きな扉が、悠然と構えているのが見えてきた。それは大きな蔵の入り口のような、仰々しくて重そうな扉だった。

これは一体何だろう?

井山はゆっくりと近づいていくと、そっとその扉に手を当ててみた。

ひんやりとしたその黒い扉の滑らかな表面に触れていると、扉の息遣いが伝わってくるようで、井山は妙に心が落ち着くような気がした。

目をつむって、平穏な心持ちで扉に触れていると、また深い眠りに落ちそうだった。

と、その時、突然何か強い力によって、井山は扉の内側へと引きずり込まれそうになった。

ハッと我に返った井山は、慌てて扉から手を離した。

再び心臓が高鳴り、眠気は一気に吹っ飛んでいた。

井山は頭が段々冴えてきて、また囲碁を打ちたいという気力がみなぎってくるのを感じた。それは井山が今まで体験したことのない、不思議な感覚だった。

そんな気持ちの高まりに誘発されて、井山は再びその扉に近づくと、今度は大胆にもそこを開けてみようと試みた。

井山は手の平でドンと叩いたり身体ごとぶつけて押してみたりしたが、その黒々とした扉はびくともしなかった。

井山を挑発するように超然としてそこに立ちはだかる「存在」の強い意志をしっかりと感じ取って、井山は後ずさった。

見てはいけないものを見てしまった後ろめたさを抱えたまま、井山はその狭い部屋から出ると、そっと木の扉を閉めて、再び雑魚寝部屋の中を見回してみた。

相変わらずそこには、全く人の気配がなく、躍動感あふれる生命の息吹というものが感じられなかった。

一刻も早くこの部屋から出たくなった井山は、部屋の反対側に横開きの板戸の出口を見つけると、安堵して近づいて行き、そこから板張りの廊下に出た。

昨晩はどうやらこの廊下を渡ってきたようだった。

井山はもう一度振り返って、しばらく木の扉を眺めていたが、やがて板戸を閉めると、廊下を渡って、何事もなかったかのように絨毯敷きの大広間へと戻って行った。

大広間では、何人かの客が、真剣に対局を行っていた。

ふと見ると、井山を歓迎して乾杯してくれた、頭のツルっとした中年男性と白髪交じり中年太りの二人が、仲良くカウンターに座って食事をしていたので、井山もカウンター席に座って一緒に食事を摂ることにした。

「鈴木さん、松木さん、昨日はどうもありがとうございました」

「あ、どうも井山さん。それにしても、昨日は随分と熱心に打ってたねえ」

「初めて打ったんですけど、凄く面白かったです。もうすっかり囲碁にはまってしまいましたよ」

「あんなに続けて打つなんて、なかなか大したもんだよ」

「ええ、もっと、もっと沢山打って、早く強くなりたいです」

それを聞くと、鈴木は思わず吹き出してしまった。

「井山さん、あんた、若いのに、麗子さんにすっかり搦め捕られてしまったね」

「え、搦め捕られたって……」

思わず赤面した井山は否定しようとしたが、全く鈴木の言う通りだったので反論できなかった。

「まあ、気を悪くしなさんな。なんてったって、ここに通っているおじさん連中は、皆が皆、麗子さんが張り巡らせた蜘蛛の糸にからまって、身動きできなくなっている虫ケラも同然だからね。勿論私も含めてね」

そう言うと鈴木は愉快そうにクックックッと笑った。

「そうだね。熱烈なファンは毎月麗子さんの誕生日をお祝いしているくらいだからね」

松木が言い添えると、鈴木も頷きながら愉快そうに笑った。

「毎月お誕生日じゃ、麗子さんはもう二百歳は越えてるな。まさに美魔女の面目躍如といったところだな」

麗子が美魔女と聞いて、井山は震えながら囁いた。

「鈴木さん、ここって何か変じゃないですか。何というか、妖気が漂うような、異次元に迷い込んだような、なんか現実離れした不気味な怖さを感じるんですけど」

鈴木は怪訝な表情で、不安そうにおびえている井山を見つめた。

「井山さん、あんた囲碁が強くなりたいんだろ。それだったら、そんなことをいちいち気にしてたら囲碁なんて強くなれないよ。ここに来ると、凄く囲碁がやりたくなるでしょ。一旦そうなったらもう現実の世界には戻れないんだよ」

「え、ええー、そうなんですか？　それってなんか怖くないですか」

「あんたねえ、囲碁が強くなれるのなら、何だっていいじゃない。私なんかね、もし囲碁が強くなれるんだったら、たとえ蜘蛛の化け物に食われようが、妖怪に魔界へ引きずりこまれようが、そんなこと恐れたりしないよ。もし悪魔に魂を売って強くなれるんだったら、接吻でもなんでもしちゃうからね」

井山が驚いて言葉を失っていると、隣の松木も鈴木に同調した。

「いいですか、井山さん。囲碁が少しでも強くなりたいんだったら、そんな細かいことなんか気にしないで、何が起こってもそれを恐れず受け入れる覚悟が必要なんですよ」

「何が起こっても恐れず受け入れる覚悟ですか」

「そうですよ。それはね、単にこの場所を恐れないというだけじゃなくてね、一旦囲碁にはまったら、もうまともな社会人生活は送れなくなるという覚悟でもあるんですよ」

井山がまた驚いた表情を見せると、鈴木が愉快そうに頷いた。

「井山さん、せっかくだから、一局打ちましょうか」

「え、私でいいんですか？」

「ええ、こんなおじさんでよければ、少しは教えることもできるからね。井山さんがどこまで強くなったのかちょっと見せてよ」

「それでは宜しくお願いします」

井山は、ワインを飲みながら鈴木と対局を始めた。昨晩麗子から教わった打ち方の基本を思い出しながら、鈴木との対局を進めていったが、井山にとって、相手が麗子でなくても、やはり囲碁は楽しいと感じられた。すっかり楽しくなった井山は、一局打ち終わるとそれだけで満足できずに、もう一局、また一局と直ぐに次の対局がしたくなった。

さすがにそう何局も付き合っていられなくなった鈴木が音を上げると、今度は松木が相手をしてくれた。

松木とも数知れず打って、松木がすっかり疲れてしまうと、井山は我慢できずに、またどこの誰とも知れぬおじさんを捕まえては対局し、酒を飲み、食事をしてから、また延々と打って、打って、打ちまくった。

井山は、まるで中毒患者のように、一局打ち終わると、直ぐにまた次の対局をせずにいられなくなっていた。

昼夜の別なく囲碁を打ち、酒を飲み、食事をし、そんなことを延々と続ける様は、まさに終わりなき宴そのものだった。

疲れると雑魚寝部屋で仮眠を取り、目が覚めると、また誰かれとなく対局した。楽しくて仕方がなくて、井山は時間の感覚が完全に麻痺してしまっていた。

もう何局打ったのか分からないほど沢山打って、また猛烈な眠気に襲われた井山は、廊下を渡って雑魚寝部屋に向かった。そして部屋に入るなり崩れるように倒れ込み、そのまま深い眠りに落ちてしまった。


それから、どれくらい時間が経ったであろうか?

井山は突然妙な殺気を感じて目を覚ました。

部屋の中は真っ暗で何も見えなかったので、最初は自分がどこにいるのかよく分からなかったが、気持ちを落ち着かせて記憶をたどるうちに、雑魚寝部屋にいることを思い出した。

ここで一体どれくらいの時間眠っていたのか、井山には見当もつかなかった。

真っ暗で何も見えないうえに金縛りにあったように全く身体が動かなかったので、目が覚めたように感じただけで実はまだ夢の中にいるのかもしれなかった。そう思った井山はもうひと寝入りしようと思って、曖昧な意識の中でまたゆっくりと深い眠りへと沈んでいった。

するとその時、真っ暗な部屋の中で何かがゴソゴソと動き回る気配を感じた。

一体なんだろう？

思わず寒気を覚えた井山は、本能的に危険を察知して必死に音のするほうに顔を向けようとしたが、相変わらず金縛りにあったように身体は動かなかった。

ゴソゴソと動いていたものは突然動きを止めて息をひそめたが、井山は警戒を解くことなく身構えていた。するとそのなにものかが、横たわっている井山の足元へ音もなくゆっくりと回り込んでくる気配を感じた。

次の瞬間、井山は突然なにかに足先を触れられて、思わずゾクゾクと全身の毛が逆立つのを感じた。

井山は必死に身体を動かそうとしたが、その得体の知れぬものは足の先から脛、膝、もも、そして腹と、徐々に井山の身体の上を這って顔に近づいてきた。

まずい、早く逃げなければ…。

井山は直ぐにでも飛び起きて払いのけたかったが、依然として身体がいうことをきかないので、胴体の上をゴソゴソと這い上がってくる不気味なものの、成すがままになっていた。

体中の血液が逆流して、井山はもう気絶しそうだった。

それでも暗闇の中で必死に両目を見開いて、その正体を見極めようとしていると、何やらぼんやりと仄白いものが、ゴソゴソと胸のあたりを這い上がってくるのが視界に入ってきた。

何なんだ、一体これは？

蜘蛛なのか？

激しい恐怖に襲われて、井山は大声で助けを呼ぼうとしたが、全く声が出なかった。

誰か、誰か、助けてくれ。

井山はひたすらすがるような気持ちで祈るしかなかった。

ゴソ、ゴソ、と身体の上を這いあがってきたものが、直ぐ目の前で井山の顔を覗き込んできた。

井山が、おびえながらも目を見開いてよく見てみると、それは白装束をまとった麗子だった。

「フ、フ、フ、フ」

麗子は、恐怖に顔を引きつらせている井山を覗き込みながら、不敵に笑った。

「どうしたの、井山さん。そんな怖い顔しちゃって。さあ、笑ってちょうだい」

井山は返事をしようにも、声が出てこなかった。

麗子は甘えるように擦り寄ってくると、井山の上に自分の身体を押しつけてきた。

そして、ひんやりとした手で井山の顔に触れると、いとおしそうに撫でた。

井山は荒い息をしながら、麗子が一体何をするつもりなのか分からず、ただ不安に怯えて身体を震わせていた。

「まあ、おいしそうだこと」

井山の顔を撫でながら、じっと見つめていた麗子は、微かに笑みを浮かべると自らの顔を近づけてきた。

このまま、食べられてしまうかもしれない。

井山の恐怖は頂点に達し、心臓が口から飛び出しそうだった。

麗子は顔を近づけると、井山の唇に口づけをして、また身体を押しつけてきた。

井山は、身体を動かすことはできなかったが、全身を快感が貫いて、これまで経験したことがないような恍惚感に包まれた。

「あらまあ、井山さんたら、お若いのね」

クスクスと笑いながら、スーッと白装束の女が井山の身体から離れると、井山の身体もようやく自由に動くようになった。

急いで身体を起こした井山は引きつった顔でその女を見つめた。

白装束の女は、真っ暗闇の中で微かに白く発光しながら、宙に浮いてユラユラと漂っており、まるで人魂のようだった。

と、その時、井山の背後から女の叫び声が聞こえた。

「こんなのイヤー!」

はっと振り返ると、それは着物姿のさゆりだった。

驚いた井山が慌てて立ち上がると、近づいてきたさゆりは井山の胸ぐらをつかみながら、涙ながらに訴えた。

「私を守ってくれるんじゃなかったの、井山さん。信じていたのに、あなたまで私を裏切るのね」

そう叫ぶと、さゆりの顔はみるみるうちに、裏切られた女が見せる怒りに満ちた顔へと変形していき、最後は般若のような恐ろしい形相になってしまった。

井山はさゆりの手を荒々しくつかむと、恐怖に震えながら押し返した。それがつい先日、心を通わせながら触れ合っていた同じ手かと思うと、井山はいたたまれない気持ちになったが、さゆりが何故怒っているのか井山にはよく分からなかった。

さゆりは一旦井山から離れたが、裏切った男を絶対に許さないという決意をみなぎらせて、再度井山目掛けて襲いかかってきた。

恐怖に顔をひきつらせた井山は助けを求めて白装束の女のほうに逃げようとしたが、次の瞬間「あぁ」と驚いて、その場で尻もちをついてしまった。

近くで見ると、白装束の女は白髪の老婆になっていた。

「ハー、ハハハハ」

老婆は宙に浮いて漂いながら、不気味に高笑いを続けた。

井山は恐怖で後ずさった。

すると般若は、井山を飛び越えて老婆に襲いかかっていった。

二人がもみ合っている間に、井山は四つん這いになってその場を離れようとした。

するとその時、この世のものとは思えぬ、耳をつんざくほどの悲鳴が響き渡った。

般若が老婆に噛みついたのだ。

叫び声がしたほうを振り返った井山は、恐怖に顔を引きつらせて慌てて立ち上がろうとしたが、バタバタともがいていると、老婆から体を離した般若が素早く井山の前に立ち塞がった。

往く手を阻まれた井山は咄嗟に後ずさり、そのまま部屋の隅の開き扉のほうへと追いやられた。

般若は、井山を睨みつけながらジリジリと間合いを詰めてきた。

逃げ場を失った井山が開き扉を背に後ずさると、突然扉が開いて、そのはずみで井山は狭い部屋の中へ転げ落ちていった。

いよいよ追い詰められた井山は素早く立ち上がると、考える間もなく真っ黒な大きな扉へと体当たりしていた。

直ぐ後ろに迫る般若の気配を感じながら井山は「開いてくれ、頼むから開いてくれ」と祈るような気持ちで必死に黒い扉を押し続けた。

するとその時、羽衣をまとった天女が薄く透き通った影のように立ち現れて、井山の背後で般若の前に立ち塞がった。

すると、全く動かないかにみえた重い扉が、巨大な城門が大地とこすれるような鈍重な音をきしませながら、徐々に動き始めた。

必死の形相の井山がなおも力を込めると、次の瞬間、その扉は勢いよく開け放たれた。

般若を逃れて井山が黒い扉の先に進むと、直ぐ目の前にまた同じような黒い扉が現れた。井山はまた自分の身体をぶつけて、力いっぱい押した。鈍い音を立てて扉は次第に開いていった。

その先にも、またその先にも、どこまでいっても次から次へと黒い扉が何重も待ち構えていた。その都度井山は必死に扉を開け続けた。そんなことを何回も繰り返していると、井山の姿を微笑みながら見つめていた天女が、持っていた扇子を一振りした。すると、先の先まで全ての黒い扉が一斉に勢いよく開け放たれた。

その瞬間、もの凄い風圧を全身に受けて井山も般若も、まるで高度一万メートルの飛行機から外へと放り出されたかのように、グルグルと回転しながら、遥か遠くへと飛ばされていった。

何が起こったのか、井山にはさっぱり分からなかった。

井山が何とか体勢を立て直して辺りを見渡すと、宇宙空間のようなところを漂っていた。

無限とも思える広大な空間に放り出されてすっかり困惑した井山は、なんとか気を静めると瞑想するように一旦目を閉じた。自分の理解が及ばぬ何か大きなものの中にいだかれているように感じて心の安らぎを覚えた井山は、同時に力がみなぎり無性に囲碁が打ちたくなってきた。

対局を重ねるごとに強くなっていく自分の姿を夢見心地で感じながら、井山は限りない幸福感に包まれていった。

井山がそんな至福の時間に浸っていると、突如として心をかき乱す不穏な動きを感じた。目を閉じていても、この世のものとは思えぬ恐ろしい形相の鬼が至るところで邪悪な考えを巡らせている気配を感じることができた。

心の平安が破られる事態が起こりつつあることを察知した井山は閉じていた目を開けて、警戒しながら辺りを見回した。

すると、遥か彼方から、般若が怒りの表情を崩すことなく、なおも執念深く井山を追って来る姿が目に入ってきた。

井山の顔は再び恐怖に歪んだ。

井山は必死に身体を動かして般若から逃がれようともがいた。幸福感に包まれていた時は、かなりうまく身体を動かせる気がしたが、修行が足りないせいか、いざとなるとまだまだ身体は思うように進まなかった。

般若のほうが余程この空間に慣れているとみえて、身体の動きをうまく制御しながら、徐々に井山との距離を詰めてきた。

バタバタともがくだけでなかなか前に進まない井山に余裕をもって追い着いた般若は、最後の最後に自分の想いを遂げるべく、そのまま井山の顔に噛みついてきた。

「ギャー、ギャー、ギャー」

終章

井山は大きな悲鳴を上げて、自分のその声で目を覚ました。

呼吸が荒くなり、汗をびっしょりかいていた。

上半身を起こして見回してみると、そこは自分のアパートの部屋のベッドの上だった。

井山は慌てて顔や首筋を両手で撫でまわしてみたが、どこも噛みつかれたところはなさそうだった。

ホッと一息ついた井山は、胸を押さえて乱れた呼吸を整えた。

それにしても随分とリアルで怖い夢だったが、一体どこからが夢だったのだろうか？

般若に噛みつかれたところだけなのか、黒い扉の先の宇宙空間もそうなのか、それとも雑魚寝部屋で起こったことも全て夢だったのだろうか？

蜘蛛がいるように感じたのは、麗子が糸を張り巡らせておじさんたちを搦め捕っているという鈴木の言葉からくる連想だったのだろうか？

麗子が老婆だったのは、ファンが毎月彼女の誕生日を祝っていることからくる連想だったのだろうか？

麗子とのキスは単なる井山の願望なのだろうか？

それではさゆりが般若になったのはどういう意味なのだろう？

鬼の気配を感じたのは、般若からの連想なのだろうか？

黒い扉を開けてくれた天女は一体何者なのだろうか？

そもそも黒い扉は本当に存在するのだろうか？

それ以前に、麗子とは本当に対局したのだろうか？

囲碁サロン「らんか」は本当にあるのだろうか？

井山にはどこからが夢でどこまでが現実なのかさっぱり区別がつかなくなっていた。

ため息をついて何気なくスマホで時間を確認すると、もう月曜日の朝十時になっていた。

「やばい。もうこんな時間だ」

これでは大変な遅刻だった。

井山は慌ててシャワーを浴びると、急いで部屋を飛び出した。

外に出ると思いのほか日差しが強く感じられ、罪の意識から、井山はまともに太陽の下に身体を晒すことに抵抗を覚えた。

おまけに髭ゴジラから言いつけられた仕事には全く手をつけていなかった。髭ゴジラからあれだけ凄まれたのだから、それなりに説得力のある理由がなければ、下手をすると本当にクビにされてしまうかもしれなかった。

宿題もやっておらず、おまけに遅刻までしたとなると、言い訳としては、身内の不幸か、体調不良で寝込んでいたことくらいしか思いつかなかった。いくら髭ゴジラが囲碁好きといっても、まさか夢中になって囲碁をしていたとはとても言えなかった。

それにしても暑いなあ、なんでこんな急に暑くなったのかと、井山は一瞬不快に感じたが、それ以上にどう言い訳しようかということで頭の中はいっぱいだった。

電車はすいていたので、井山は席に座って、見た夢のことをじっくりと考えてみた。

黒い扉の先に見たのは、ひょっとしたら、碁盤の奥に潜む無限の世界だったのではないだろうか？

だから井山はまだうまく動けなかったのに対して、さゆりは自在に動き回れたのだろうか？

それではさゆりはなぜあんなに怒っていたのだろうか？

たしか「私を守ってくれるのではなかったの」と言っていたが、宴席でさゆりが手を絡めてきたのは、井山に助けを求めるためだったのだろうか？

それでは「あなたまで私を裏切るのね」というのはどういう意味なのだろう？

裏切るも何もまださゆりと付き合っているわけではないが、こんな美しい女性と付き合ってみたいと考えたことは確かだし、そう思っていた矢先に、麗子に目移りしたことも事実だった。そのことに井山自身が後ろめたさを感じて、あんな夢を見たのだろうか？

さゆりから手を絡められた時に井山は確かにさゆりを守ってあげたいと思ったが、そもそもさゆりは本当に助けを求めてきたのだろうか？

そのことを確かめるためにも、なんとしてももう一度さゆりと会う必要があるだろう。

もしあの夢が助けを求めるさゆりからのメッセージだとしたら、なおさらだった。


大手町の本社ビルに着いた井山は急に憂鬱な気分になり、改めて会社を休もうか迷ったが、一度休むとそのまま会社に行くこと自体が億劫になり、登校拒否ならぬ出社拒否になりそうなので、覚悟を決めて出社することにした。

受付嬢が大勢並んでいる一階のロビーも、何基も並んでいるエレベーターも、毎日見慣れているはずなのに、なぜか初めて見る光景のようなよそよそしさを感じた。

罪の意識を抱えて出社した井山は、目に入るもの全てから拒絶されているようなネガティブな心理状態に陥っていた。

同じ部署の同僚とは、なるべく顔を合わせたくなかったので、井山はうつむき加減でオフィスの中へと入って行った。

誰にも気づかれずに席に着いてしまえば、もしかしたらうまくごまかせるかもしれないなどと、最後まで悪あがきを考えていたが、運の悪いことに、真っ先に井山に気づいたのは、一番避けたいと思っていた髭ゴジラだった。

髭ゴジラは井山の姿を目にすると、驚いた表情で立ち上がった。

今日はとことんついてないと思って、井山は自分の席で思わず身をすくめた。

井山を見つけた髭ゴジラは、いかつい身体をゆすって真っすぐに突進して来た。

どんな大目玉を食らうかとビクついて、井山は直ぐに立ちあがると、目をつむって下を向いていた。

すると髭ゴジラは、井山が全く予想もしていなかった行動に出た。

なんと、いきなり井山に抱きついて、優しくハグしたのである。

しかも、その次の髭ゴジラの言葉に、井山はさらに驚かされた。

「お前、無事だったのか。随分と心配したんだぞ」

気味が悪くなって身体を離した井山が、何でこうなるのかさっぱり分からず戸惑っていると、嬉しそうに満面の笑みを浮かべた髭ゴジラが驚きの言葉を口にした。

「それにしても、お前、一か月も一体どこで何してたんだ」

井山は自分の耳を疑った。

「え、一か月って…」

「ご両親にはもう連絡をしたのか。ご家族の方も皆、凄く心配していたぞ」

そう言うと、髭ゴジラは急いで自分の席に戻って、色々なところに電話をかけ始めた。

その様子を見ていた一般職の星野初音が、能面のような無表情の平べったい顔を近づけてきて、いつものようにいたってクールに井山の耳元でささやいた。

「あなた新人のくせになかなか大胆なことするわね。でもあなたの狙い通り、効果抜群だったわよ」

井山は初音が何を言っているのかさっぱり分からなかった。

初音は、平べったい顔をした皮肉屋で、お世辞にも美人とはいえないが、社会人の基本がまだ全然できていない井山に直接厳しい指導をしてくれる頼もしい先輩でもあった。そればかりか、井山のミスを人知れずカバーし、上司のパンダ眼鏡や髭ゴジラから、陰に日向にかばってくれる守護者でもあった。但し、鈍感な井山はそのことに全く気づいていなかった。

「初音さん、私の狙い通りって、どういう意味ですか」

井山の問いかけに、初音は皮肉っぽく笑いながら答えた。

「だって、あなたが行方不明になって、もう大変な騒ぎだったんだから。田中社長の接待の席で何かパワハラがあったんじゃないかって大問題になって、鈴井部長も榊課長も首の皮一枚っていう崖っぷちまで追い詰められていたのよ。だからあなたが無事生きていることが分かって、一番喜んでいるのは、実はあの二人なのよ」

茫然としながら、夢でも見ているような不思議な気分で、井山はその言葉を聞いていた。

「そうか、そんなことになっていたのか。それにしても一か月とは……」

井山は、改めてスマホを見てみた。今朝、確認した時は慌てていたため、時間と曜日にしか目がいかなかったが、よく見てみると、たしかにもう八月になっていた。

どうりで暑く感じたわけだ。

「あなたも不貞腐れて二、三日さぼるくらいだったら、逆に物凄く怒られて、ただそれだけで終わったかもしれないけど、一か月となると、もう完全にあの二人を追い詰めたから、捨て身の特攻作戦は大成功ね。それこそ二度と姿を現さなければ、あの二人のクビを飛ばすこともできたのに」

「ちょっと、そんな物騒なことを言わないでくださいよ、初音さん。もしそれで本当に二人がクビにされたりしたら、誤解もいいところで申し訳ないですよ。だってね、ここだけの話ですけど、実は私、時間が経つのをすっかり忘れて夢中になって囲碁を打っていただけなんですから」

そう言って井山が舌を出すと、初音は呆れてしまった。

「まあ、ひどい話ね。もしそれが本当なら、彼らがクビにされていたら、完全に冤罪ということになるわね。普段の言動からパワハラを疑われても仕方ないところがあるから、自業自得かもしれないけどね」

「初音さん、絶対に他の人には黙っていてくださいね」

「こんなこと怖くて誰にもいえないわよ。それにしても囲碁とはね。まさに『爛柯』を地でいく話ね」

「え、初音さん、『らんか』を知っているんですか。実はそこで打っていたんですよ」

「あんた、何言ってんのよ」

井山と初音の間でかみ合わない会話がしばらく続いた。


それにしても、あれは全て夢だったのだろうか……？

それとも、最後に起こったことだけが夢だったのだろうか……？

自分は囲碁を打てるようになったのだろうか……？

囲碁を打てるようになったとしたら、どれくらい強くなったのだろうか……？

周りに騒がしく群がる同僚たちや、こちらをうかがいながら盛んに各方面に電話をかけている髭ゴジラの姿を、焦点の定まらない目でぼんやりと眺めながら、井山は一刻も早く囲碁を打ちたい気持ちでいっぱいになっていた。

第二局

序章

あなたにとって、囲碁とは一体何ですか？

この問いに対する答えは人それぞれで、単なる気晴らしという人もいれば、もう少しかしこまって実り豊かな余生を過ごすための極上の趣味という人、はたまたもう少し俗っぽく、絶対に負けたくないライバルとの勝負ごとという人など、まさに各人各様であろう。

いずれにせよ、囲碁が文字通り「生活の手段」であるプロ棋士と違って、アマチュアの愛好家にとっては、多少の濃淡があるとしても、趣味の領域を出るものでないことに変わりはないはずである。

ところが世の中には、囲碁は人生そのものと公言してはばからない狂信的な愛好者が意外と多いのも事実である。

現に広島のある製造会社のオーナー社長などは、プロ棋士と対局する囲碁番組に出演した際に、女性の司会者から「あなたにとって囲碁とは？」と訊かれて迷うことなく即座に答えている。

「人生そのものです」

まさにこの言葉の示す通り、この社長は全人生を囲碁に捧げているといっても過言ではないほど囲碁と自らの人生が不可分に結びついており、高段者として日々対局を楽しんでいるばかりでなく、日本棋院が主催する棋戦を協賛したり、様々な囲碁イベントを主催したりして、自らの分かち難い囲碁への熱い想いを表現しているのである。

囲碁をやらない者にとっては、単なる趣味娯楽にすぎない囲碁に対して、なぜここまで情熱を注ぎこめるのか、全く理解できないのではないだろうか。

プロでもないのに、何が彼をここまで囲碁の世界へと駆り立てるのであろうか？


一旦囲碁の虜となって、時間が経つのも忘れるほどのめり込んでしまったら最後、囲碁に捧げる情熱、囲碁に費やす時間、そして囲碁の発展を願う気持ちが、世間一般の常識を遥かに超えて、人生の時間とエネルギーを丸ごと、囲碁に吸い尽くされてしまうようになるのである。

こうなると自分では制御不能な一種の中毒症状、いやそれよりも魔物に取り憑かれたような、まさに「囲碁が憑依した」状態となるのである。

そうなったらもう虚実ないまぜのまま夢と現実の境界が曖昧になり、やがて自らの人生が囲碁と表裏一体をなし密接に絡み合いながら完全にシンクロしてしまうのである。

こうして名実共に「囲碁は人生そのもの」という境地に達し、たとえ囲碁で命を落とそうとも、なんの後悔もないという心境になるのであろう。

なぜ囲碁では「悟り」をひらくが如くそのような心理状態へと至るのであろうか？

将棋やチェスに夢中になる人もいるが、これらのゲームで体感するのはあくまでも一合戦のシミュレーションに留まるのに対して、囲碁は対局時間が長く手数も遥かに多いうえに、途中で二転三転のあっと驚く変転が繰り返されるので、そんな変遷の中に人々はさまざまなドラマやロマンを見るのかもしれない。それは、一合戦よりも遥かにスケールの大きなもの、たとえて言えば、自らの人生とオーバーラップする、ある種の壮大な「物語」と言えるものなのである。

人は意外と自らの「物語」を求めているものなのだ。

一局の中の、勝ち碁を逆転された痛恨の一手、負け碁をひっくり返した起死回生の一手に、自らの人生における悔恨や歓喜の劇的な瞬間が重なって、人は深い感慨の中で「物語」を紡いでいくものなのだ。

確かに、一局の流れは人生によく似ている。

序盤はこれから始まる長い人生の第一歩を踏み出したばかりの青年期。

青雲の志を胸に、真っ白なキャンバスの上に、自らが思い描く未来を自由に表現することが許される、無限の可能性を秘めた光り輝く青春時代。

これからの人生に対する期待と不安が複雑に交錯する甘酸っぱい思春期でもあり、定石や布石を駆使して、自らの人生設計の土台を造っていく基礎固めの季節。

中盤は石と石が接触する中、華麗な手筋を繰り出して闘いに明け暮れる血気盛んな壮年期。

お互いの主張が衝突し、つばぜり合いが生じる中、取るか取られるか、やるかやられるかの攻防が続く。

判断を誤って闘いに負ければ人生そのものが終わることもあるし、たとえ局地戦で負けても、心機一転挽回に努めれば形勢を逆転することもあり得る。

まさに七転八起、あざなえる縄のごとく人生模様が絡み合って、スリリングなドラマが展開する最もエキサイティングな時代。

終盤は人生の終局に向けて淡々と歩を進め、お互いの境界線を確定させる地味なヨセを延々と続ける老年期。

若き日の壮絶な戦いに思いを致しつつ、勝つも一局、負けるもまた一局と全てを受け入れる覚悟をもって静かに終わりを待つ日々。

自らの人生が囲碁とシンクロする者は、一局の中にも人生そのものを見るが、同時に性格もまた、囲碁とシンクロするようになり、打ち手それぞれの性格が色濃く反映された棋風や芸風が身についていく。

慎重な人は手堅い碁を打つ。

剛毅な人は大模様を好む。

自分の弱点を放置する楽観主義者、とことん地を稼ぐ欲張り者、相手の地ばかり気にするやきもち焼き、ねじり合いに一歩も引かない強情者、直ぐに戦いを仕掛ける好戦家などなど、棋風は実に雄弁である。

囲碁は、一手一手の着手を通して、対局者同士が会話をするので「手談」ともいわれる。時に、対局を通して「手談」しながら、対局相手の性格を垣間見ることがある。

一見大人しそうな女性が、実は強気で負けず嫌いだと気づくこともあれば、一見豪放磊落な男性が、実は意外と慎重な小心者だと分かることもある。このように「手談」を通して囲碁仲間の意外な一面を知ることも、囲碁の楽しみの一つである。

そういった意味で、囲碁は単なるゲームに留まらず、お互いのことを知る対話の場でもあり、ただ黙々と打っていても、一手一手に込めた想いが、相手には十分伝わるのである。

共通の話題がない相手との会話は難しいものだが、性格、年齢、性別、国籍、人種、宗教、主義主張、趣味嗜好も含め、通常は会話が成り立たないような相手でも、囲碁の手談を通じて友情を育むことが可能となる。

余談になるが、囲碁には、郵便碁という一手ずつ郵便でやり取りする打ち方もある。

一局に何年もかかる場合もあるが、何ごとも性急なこの時代、のんびりと友人と手紙をやりとりしながらの「手談」を楽しむことも、なかなか風流でまた楽しいのではないだろうか。

いくら囲碁は人生そのものといっても、一局の対局にかかる時間は、当然人生そのものに比べたら遥かに短い。

子供は直感で打つので十分くらいで終わることもあるが、普通のアマチュアなら、途中で投了しなければ、大抵一時間から二時間ほどで終わる。

プロは早碁でない限り、通常はアマチュアより遥かに長い時間をかけて対局を行う。

最近は、国際棋戦を中心に持ち時間三時間の対局が多くなってきたが、「棋聖」「名人」「本因坊」の三大タイトル戦は、いまだに持ち時間が八時間と長いので二日に亘って対局が行われる。

八時間でも、随分長いと感じるが、昭和の初期までは、そもそも持ち時間という制限がなかったので、対局者は納得いくまで何時間でも長考できた。したがって、一局打つのに何日もかかることも多かったのである。

昭和十三年に、戦国時代から続く名門本因坊家の最後の家元にして「不敗の名人」と謳われた秀哉が、当時棋界の第一人者と見られていた「勝負の鬼」木谷實と打った引退碁は、持ち時間が異例の四十時間であった。

その時の両対局者の鬼気迫る様子は、川端康成の著書「名人」の中に詳しいが、この対局は名人の健康問題なども重なって何日も打ち継がれた結果、半年もの長い時間を費やしたことで有名である。

結局、名人はその対局で精根尽きてしまったのか、一年後に死を迎えるのだが、まさに命を削っての壮絶な戦いを繰り広げたことになる。それでも囲碁に命を懸けた名人にとって、恐らく後悔はなかったと思う。

囲碁に命を捧げた者は、囲碁で命を落とすのなら本望なのである。

自分の人生をどこまで囲碁とシンクロさせるかは、人それぞれの選択である。

第一章

二〇一八年九月。

新人商社マンの井山聡太は、大手町のオフィスで抜け殻のようになっていた。

一か月も無断欠勤したので、本来ならきつく咎められるところだが、パワハラ問題も絡んでことを荒立てたくない会社側の弱腰をいいことに、井山には一向に真面目に仕事に取り組もうとする姿勢がうかがえなかった。

それどころか、神楽坂の囲碁サロン「らんか」で美人の席亭若菜麗子から手取り足取り教えてもらった夢のような時間が忘れられなくて、囲碁のことしか考えられない状態になっていた。

しかしだからといって、井山はあんな得体の知れない場所に再び行く気にはなれなかった。

そこは魔界の入り口か、妖怪の棲み家か、はたまた天国の門か分からないが、再び足を踏み入れたら最後、二度とこちらの世界には戻って来られなくなるかもしれなかった。

そうかといって、囲碁が大好きな上司のパンダ眼鏡こと鈴井部長や髭ゴジラこと榊課長に囲碁を教わるなどということは死んでも嫌だった。

この日も、大手町のオフィスで、二人が囲碁ソフトの話題でなにやら盛り上がっていたので、井山は思わず聞き耳を立ててしまったが、興味のない素振りをしながらも、内心ではそのソフトを一刻も早く試してみたくて、居ても立ってもいられなくなっていた。

井山の落ち着かない様子に気づいた一般職の星野初音は、平べったい顔を井山に近づけると厳しく諫めた。

「あなたねえ、囲碁であれだけ痛い目にあったんだから、しばらく囲碁のことは忘れて、少しは真面目に仕事に取り組みなさいよ」

生来の皮肉屋の初音は、社会人の常識を新人に叩き込む指導役としていつも手厳しかったが、マイペースの井山には全くの馬耳東風だった。

実をいうと初音は井山の失態をそれとなくカバーしては上司から守る守護者でもあったのだが、鈍感な井山はそのことに全く気づいていなかった。

それでも井山は初音に妙になついており、彼女にだけはこの一か月に起こったことを正直に打ち明けていた。

この日も、井山は初音の戒めの言葉など気もかけずに、甘えたように初音に言い返した。

「だって初音さん、鈴井部長と榊課長が話していた『囲碁クエスト』のことが気になって、これでは全く仕事が手につかないですよ」

初音はただ呆れるしかなかった。

「あなた、何言ってんの。普段から仕事なんてしてないくせに。このままだと本当にクビになっちゃうわよ」

「クビだなんて、初音さんも怖いこと言うなあ」

井山は大袈裟におどけてみせたが、反省の色を見せることなく、昼休みがくると一人でカフェにすっ飛んで行った。

こうして初音の心配をよそに、井山は懲りもせず、またまた危険に満ちた囲碁の魔宮へと足を踏み入れていくのだった。


コーヒーをテーブルの上に放置したまま、井山は真っ先にスマホへのダウンロードを行った。

直ぐに勇ましい曲が流れて、同時に外国人風の口調で「イゴクエスト」と囁く声が聞こえてきたので、井山は興奮して思わず叫んだ。

「来た、来た、遂に来ましたよ」

接続中の者が千人、対局中の者も五百人もいるのを見て、井山は遂に自分も囲碁市民の一員となって世界中の囲碁ファンと繋がっていることを実感して深い感動に包まれた。

自分はどこまで打てるのか、いよいよ実力を試す時がきたのだ。

井山はその強気な性格から初段で始めるつもりでいたが、このソフトは誰でも三十級から始めなければならなかったので、いきなり出鼻をくじかれてしまった。

それでも井山は、連勝を重ねて昼休み中に初段まで上がってしまえば、結局は同じことだと楽観的に考えて、取り敢えず始めてみることにした。

スマホは画面が小さいので十三路を選んだが、現れた碁盤が思った以上に小さいことと、持ち時間が五分と短いことに井山は面食らってしまった。

早速対戦相手が現れたが、持ち点がほとんど同じだったので、麗子にあれだけ鍛えられたのだから、こんな初心者に負けるわけはないと井山はなめてかかった。

緊張しながら人差し指で碁盤の画面を押すと、一瞬遅れてピシッと石を打ちつける乾いた音が響いた。

井山は「おお！」と感動したが、よくよく聴いてみると、人工的な機械音であることは否めず、高まった気分も次の瞬間には一気に萎えていた。

「やはり本物の碁盤がいいなあ。麗子さんとまた打ちたいなあ」

井山は思わずひとりごとを漏らしたが、次の瞬間、すかさず相手が小目に打ってきた。

これまで星目でしか打ったことがない井山は、初めて小目を見てすっかり動揺してしまった。

「うーん、初心者のくせに生意気な奴だな」

そもそも十三路は十九路と勝手が違うので、井山はどう打っていいのかよく分からなかった。

あれこれ迷っている間に時間は容赦なく経過していき、井山が慌てて苦し紛れの手を打つと、相手は間髪容れずそれを咎める手を打ってきた。

もしかしたら凄く強い相手なのかもしれないと思った瞬間、井山は恐怖に襲われて、心理的に劣勢に立たされた。

その後も時間に追われて悪手を連発し、挽回しようと焦って考えては時間を浪費した。何が何だかわけが分からなくなってパニックに陥った井山は、立て直す暇もなく時間切れ負けとなってしまった。

こうして記念すべき「囲碁クエスト」デビュー戦は予想外の完敗に終わったが、どこまでも我田引水タイプの井山は運悪くプロ棋士に当たったたに違いないと自分を慰めると、直ぐに気持ちを切り替えた。

この切り替えの速さこそ、井山の強みといえた。

次の相手はピント外れの手を連発する正真正銘の初心者だったので、井山は今度こそ勝てると思った。

内容的には井山が圧倒して相手の大石を召し取ったが、相手は投了もせずになおもしつこく取られている石から動いてきた。

井山は余裕でダメを詰めていったが、最後の最後で指がずれて、隣の交点に打ってしまった。

井山は大声でスマホに向かって叫んだ。

「ちょっと待った、待った。打ちたいのはそこじゃないよ」

井山の叫びがスマホに届くはずもなく、相手は冷静にダメを詰めてきたので、攻め合いが逆転して、井山の要石が取られてしまった。

大逆転で楽勝の碁を落とした井山は歯噛みして悔しがったが、内容的には勝っていたので、次こそ絶対に勝ってやると自分を鼓舞して、また気持ちを切り替えた。

そもそも井山の最大の関心は、自分の正確な棋力を知ることだったが、出足でつまずいてしまったので、昼休みも半分過ぎたというのに三十級のままで、一向に真の実力が見えてこなかった。

当初の目論見では、最初から快進撃を続けて、その連勝が止まって真の棋力が見極められるまで打つつもりでいたのだが、連敗で始まったのでこれではお話にならなかった。

一旦出直そうかとも思ったが、何かの拍子に髭ゴジラに見つかった時のことを想像してみた。

「お前もようやく囲碁を始めたんだな。でもまだ三十級なのか。どうだ、お前が考えるほど簡単じゃないだろ」

髭ゴジラが得意顔で御託を並べる姿が目に浮かぶようだった。

「あー、そんなの絶対に嫌だ」

少なくとも三十級を脱しなければ終われないと思った井山は、とりあえず一勝を挙げたらオフィスに戻ろうと決めた。

気持ちを落ち着かせて次の対局に臨むと、相手はまた全くの初心者だった。

相当な早打ちだったので、スマホ対局に慣れてきた井山も早打ちで対応し、今度はクリックミスもなく、ようやく待望の一勝を挙げることができた。

短時間であっさりと終わったので、記念すべき初勝利を挙げたというのになんだか拍子抜けしてしまった。

先程までは一勝すれば終わるつもりでいたのだが、こんなにあっさりと勝ってしまうと、今度はどこまで連勝できるのか試してみたくなった。

今くらい早く打てば、昼休み中にあと三局は打てるだろうと勢い込んで、井山は次の対局に臨み、以降は早打ちを心掛けた。

かなりのハイペースで打ち続けたので碁の内容は雑になったが、相手が弱かったので、井山は昼休み中にもう三局打って全てに勝利を収めることができた。

その三局で終わるつもりでいたのだが、いざ連勝してみるとまだ二十六級でしかないことが不満だった。

このまま続けたら、一気に初段くらいまでいけそうな気がしてきた井山は、この勢いのまま連勝が止まるまで打とうと決めた。

一時間休む間もなく打ち続けたので、さすがに疲れたが、気分はすっかりハイになり、一局打ち終わると直ぐにまた次を打たなければ気が済まなくなっていた。

こうなると「らんか」で中毒患者のように打ち続けた時と同じで、もう止まらなくなってきた。

井山はスマホの画面を切り替えるとオフィスに電話した。

「あ、初音さんですか。井山ですけど、お客さんのところに直接行くので、外出にしといてください。それでは宜しく」

電話口から初音が心配する声が聞こえてきたが、井山は無視して電話を切ると「これでよし」と頷いて再びゲーム画面に切り替えた。

その後、さらに三連勝したので気分は高まったが、それでもまだ二十三級でしかなかった。

しかし七連勝して相当強いと思われたのか、次はいきなり三段と対戦させられてしまった。さすがに負けてしまったが、井山はこんな強い相手と対戦させられたこと自体が気に入らなかった。

負けたら止めようと思っていたのに、納得がいかず、もう一局だけ打つことにした。

すると今度は二十五級の相手とあたり、あっさりと勝ってしまった。こんな弱い相手ではやはり自分の実力が分からないので不服だった。

これでは勝っても負けても納得がいかず、どちらに転んでも止められなかった。

そこで今度は三連敗してこれ以上は勝てないという壁にぶち当たるまで続けようと考えた。そうすればようやく自分の真の実力も分かるだろうし、その時も近いと感じていた。

二十級を切ったあたりから、勝ったり負けたりが続いたが、遂に十五級で三連敗してしまった。

オフィスに戻ると決めていた三連敗だったが、負けた碁は、時間に追われて焦ったとか、明らかなミスをしてしまったなど、真の実力とはいえなかったので、落ち着いて打ちさえすれば、もっと勝てそうな気がした。

「コテンパンにやられる相手にぶち当たるまでは、自分の真の実力は見極められないな」

そう考えると、また止められなくなってしまった。一度きっかけを失うともうきりがなかった。

目をぎらつかせながら、井山はスマホゲームの泥沼に首までどっぷりと浸かってしまっていた。

するとその時、井山は背後に人の気配を感じた。

嫌な予感がして振り返ると、色の入った眼鏡にチョビ髭のいかつい顔が肩越しに覗き込んでいた。

背後にいたのは、井山が一番見られたくないと思っていた髭ゴジラだった。

驚いた井山は、思わずスマホを落としてしまった。

「ああビックリした。榊課長、こんなところで何してるんですか?」と言って、井山が慌ててスマホを拾おうとすると、髭ゴジラは「バカ野郎、ビックリしたのは俺のほうだ」と言いながら、井山をショルダータックルで弾き飛ばすと、素早くスマホを拾い上げた。

「待ってください課長。それ見ちゃ駄目です。プライバシーの侵害です。個人情報保護法違反ですよ」

井山は大声で喚きながらスマホを取り返そうとしたが、髭ゴジラは暴れる井山を片手で押さえつけると、しかめっ面でその前に座った。

髭ゴジラが烈火の如く怒りだすのではないかと思って井山が身構えていると、予想に反して髭ゴジラは穏やかに語り掛けてきた。

「ようやく真面目に仕事をやるようになったかと思っていたら、こんなところで油を売っていたとはな。本当はこっぴどく叱りたいところだけど、またへそを曲げてどこかにトンズラされても困るからやめておくよ。それにしても囲碁とはね。ようやくお前も心を入れ替えて、上司に歩み寄ろうって気持ちになったんだな」

何を勘違いしたのか、髭ゴジラは嬉しそうに盛んに頷いた。

「でもまだ十五級か。まあ、焦らず頑張ることだな」

そう言われてカチンときた井山は語気を強めて言い返した。

「そのソフトは今日始めたばかりだからまだ十五級だけど、本当の実力はこんなもんじゃないですよ」

「ほう、相変わらず強気な奴だな。そもそも十九路とかちゃんと打ったことがあるのか。十三路と違って広いから、想像以上に難しいんだぞ」

そう言われて井山はますます反発したくなったが、髭ゴジラに対局に誘われたくないので黙っていた。

すると髭ゴジラは、返事をせずにモジモジしている井山にスマホを返しながら余裕の笑みを浮かべた。

「もう少し強くなって俺と打てるくらいになったら、その時は教えてやってもいいぞ」

そんな言い方をされたら、短気な井山はもう黙っていられなかった。

そもそも囲碁を打つことを髭ゴジラやパンダ眼鏡には知られたくなかったので黙っていたが、見つかったからには、十九路も打てない未熟者だと思われたくなかった。

寧ろ髭ゴジラを打ち負かしてやりたいと思った井山は、自分でも予想もしなかった言葉を口にしていた。

「課長はいつもどこで打っているんですか?」

髭ゴジラも井山がこの話題に食いついてくるとは思っていなかったらしく一瞬驚きの表情を見せたが、直ぐに嬉しそうに返事をした。

「最近、家の近所に良い碁会所を見つけたんで、仕事帰りに時々そこに寄ってるんだよ」

「私もそこに行ってみたいです」

井山はまたまた予想もしなかった言葉を吐いていた。

「それじゃあ、善は急げだ。早速、今日行くことにするか」


仕事が終わると、井山は髭ゴジラと一緒に会社を出た。

オフィスから退出する際に、パンダ眼鏡が近寄ってきて、井山の肩を叩きながら笑顔で話しかけてきた。

「頑張ってきなさい。早く上達するのを待ってるぞ、井山七冠」

そんな風にパンダ眼鏡から声をかけられたことなど今まで一度もなかったので、井山は改めて共通の趣味を持つことの大きさを実感した。

二人は大手町から都営三田線に乗って武蔵小杉に向かった。途中で井山は気になっていたことを髭ゴジラに訊いてみた。

「榊課長、田中社長のM&Aの件ですけど、その後どうなりましたか?」

「ああ、あれか。実はな、お前が肝心なところでトンズラしたから、大変だったんだぞ」

「どうもすいませんでした」

「またトンズラされても困るからあんまり強くは言えないけど、あれから三日後に田中社長のアポが取れたんで、三日三晩徹夜で資料作りよ」

「そうだったんですか。ご迷惑をおかけして本当に申し訳なかったです」

いつも反抗的な井山も、この日はやけにしおらしかった。

「それで、プレゼンはうまくいったんですか？」

「ああ、まあな。全然時間がなかったから百社リストアップするのは諦めて、ファンドが株主になっている十社くらいに的を絞ったんだよ。重要なことは、株主が売る可能性があるかどうかだからな。グループ系のファンド会社を介して急いで情報収集して、可能性の高そうな順に紹介資料を作ったんだよ」

「そうだったんですね。それで先方の反応は如何でしたか？」

「それが結構良かったんだよ。その十社のうち、一番目と二番目にあげた会社とＭ＆Ａの交渉に入ったからな」

「え、本当ですか。それはやりましたね。うまくいけば、うちの貢献も大ですね」

「そうなんだよ。二つとも田中社長のところの半分くらいの規模だから、両方買収できたら、あっという間に売上倍増だよ。そうなればうちの取引も倍増だし、ライバル会社の分もかっさらえば、また倍増だよ」

　井山はそれを聞いて安心した。

　武蔵小杉駅で降りた二人は、五分ほど歩いて府中街道沿いにある小さなビルに入っていった。二人で乗るといっぱいになりそうな小さなエレベーターで三階まで上がると「永代塾囲碁サロン」という碁会所があった。

　外からは小さなビルに見えたが、建物の中に入ると思った以上に奥行きがあり、清潔感のある店内には洒落た机と椅子が十セットほど整然と並んでいた。そして各机の上には、高級感のある分厚い榧の碁盤と見るからに大きくて立派な碁笥がやはり整然と置かれていた。

　二人が空いている席に着くと、三人を相手に指導碁を打っていた、見るからに優しそうな三十代の男性が対局を中断してお茶を淹れてくれた。

　髭ゴジラはその男性に親しげに挨拶すると、井山に紹介した。

「こちら席亭の永代さん。元院生でプロ並みに強いんだけど、実は奥さんも女流アマのタイトルを獲ったことがある強豪で、ご夫婦そろってインストラクターをしているんだよ。ご夫婦以外にも有名プロや人気インストラクターがよく来るので、いつもここで指導してもらっているんだよ」

「今日もゆっくり楽しんでいってくださいね」

　人の良さそうな相好を崩して垂れた目尻をさらに下げると、永代席亭はまた指導碁に戻っていった。

席亭の隣では、奥さんがまだ三つくらいの息子に熱心に囲碁を教えていた。

両親共にアマチュア強豪という血筋に加えて、物心ついた時から当たり前に囲碁がある日常の中で育てば、これからどれほど強くなるのかと期待せずにいられなかった。そんな家族の肖像が、二十代半ばで初めて囲碁に出会った井山には、眩しい光景に映った。

お茶を一気に飲み干して気合いを入れ直した髭ゴジラが、威勢よく井山に声をかけてきた。

「よし、それじゃあ、一局打ってみるか」

いよいよ井山が待ち望んでいたリアルな対局の時がきた。

相手が髭ゴジラでなければもっと良かったが、そう贅沢も言っていられないので、井山は取り敢えずまた碁盤で打てる喜びを噛み締めることにした。

「一応ルールは知っているよな?」

髭ゴジラがあまりにも失礼なことを訊いてくるので、井山はムキになって答えた。

「はい勿論です」

「でも、まだ十九路は打ったことないんだよな?」

そこまで誤解されているとなると、井山としてもますますムキにならざるを得なかった。

「いや、十九路も打ったことがあります。恐らく、初段はあると思います」

髭ゴジラは一瞬驚いた表情を見せたが、直ぐに苦笑に変わった。

「相変わらず強気な奴だな。接待の時は打ったことないなんて言ってたけど、本当は打ったことがあったんだな」

「いや、そうじゃないんです。この一か月の間に覚えたんですよ」

「ほー。それでもう初段か。なかなか大胆な奴だな。それじゃあ、取り敢えず互先で打ってみるか」

髭ゴジラは半信半疑だったが、まずは握りを行うことにした。

井山が緊張した面持ちで黒石を一つ置くと、髭ゴジラは掴んでいた白石を盤上に並べた。髭ゴジラのごつい手の中には、信じ難いことに三十以上の白石が隠れていたが、数えてみると偶数だった。

「俺が黒番だな。互先だからコミが六目半あることを忘れるなよ」

髭ゴジラは一応念押しした。

髭ゴジラが一手目を右上隅の小目に打つと、井山はすかさず対角線の星に打った。

そうだ、この感触だ。

碁盤にピシッと打ちつけるこの感触。

最高だ。

これが囲碁を打つということだ。

碁盤を使ってリアルに囲碁を打つ感触に、井山の心は沸き立った。

最初の四手で互いに隅を占め合い、ここまではなんとなく分かるのだが、井山は十九路で白番を持つのが初めてだったので、ここからどう打っていいのかよく分からなかった。当然相手の石のほうが多いので、どう打っても自分に不利になるように感じられた。

麗子との対局では、沢山の置き石を活用して相手の石を攻めることができたが、白番だと逆に自分の石が攻められそうだった。

予想通り髭ゴジラは薄い白石の間に黒石を打ち込んで分断し、それぞれ孤立した白石が繋がらないように打ってきた。分断された石が攻められて逃げまどううちに、黒は外回りに石を持ってきて、気がついた時には、黒はどの石も繋がって厚いうえに、大きな地模様を形成しつつあった。

このままでは黒の圧勝である。

井山はしばらく考えてから黒の地模様の中に打ち込んでいった。

すると、黒はまず白の根拠を奪い、その後に上に逃げようとする石全体の逃げ道を塞いできた。右に逃げても、左に行っても、黒の厚みが待っていた。

井山は逃げるのを諦めて、今度は模様の中で何とか生きようともがいたが、眼ができそうな急所に黒石を打たれて、試みはことごとく失敗に終わり、黒模様の中に打ち込んだ白石は全て討ち死にしてしまった。

井山の顔はひきつり、泣き出しそうだった。それでも諦めずに打ち続けたが、白地は数えるほどしかないうえに、もう攻めが利きそうな弱い黒石もなかった。

「まあ、この辺にしようか」

その時突然、髭ゴジラが沈黙を破った。

「もう、勝負がついただろ」

井山はうなだれたまま頷いた。

「はっきり勝負がついた後も打ち続けるのは相手に失礼だから、潔く投了するのがマナーというものだぞ。本来ならその大石が死んだ時点で投了すべきだったな」

厳しい指摘を受けて、井山はますますうなだれた。

初段、初段と浮かれていたが、まだ自分にはそこまでの実力はないようだった。

すると落ち込んでいる井山に向かって、髭ゴジラはさらに衝撃的な言葉を浴びせてきた。

「大体実力は分かったから、次は九つ置いてみてくれよ」

その言葉に井山は思わず顔を上げ、信じられないという顔つきで髭ゴジラを睨みつけた。

「まあ、気持ちは分かるけど、一回、九子で打ってみようぜ。それでお前が勝てば、置き石を減らしていけばいいじゃないか」

髭ゴジラの言葉に納得したわけではなかったが、井山は盤上に九つの石を置いていった。石を置いていく時の屈辱には耐え難いものがあり、田中社長がさゆりとの対局で石を置いていった時の心情が分かる気がした。

井山は石を置き終わると、コテンパンにやっつけてあっという間に置石を減らしてやると意気込んで、再び髭ゴジラを睨みつけた。

九子なら麗子に鍛えられて打ち慣れているので、井山はよもや負けることはあるまいと思った。

髭ゴジラは、方々にパラパラと白石を置いてきた。この辺の打ち方は麗子と似ていたので、井山は麗子に教わった通りに受けて、チャンスと見るや相手の弱い石に襲いかかっていった。

白石はフラフラと逃げだしたが、井山は無理に取ろうとせず、遠巻きに睨みながら、あくまでも手厚く中央へと黒石を伸ばしていった。

白はゴリゴリと石を引っつけて愚形となりながらも何とか黒の包囲網を突破したので、閉じ込められはしなかったが、黒は白への攻めが功を奏して、その周辺で随分と地を稼ぐこととなった。

髭ゴジラは麗子に比べて石の効率が悪く、明らかに急所を外す手も多かったので、井山は今度こそ勝てると思った。

すると次の瞬間、白は黒の模様の中に打ち込んできた。こんなところで生かすわけにはいかないと井山は猛然と襲い掛かったが、案外あっさりと生かしてしまった。

それでもまだ黒が地合いでリードしていたが、今度は調子に乗った白が黒の薄みを狙って強引に出切りを打ってきた。そんな無理手は通常は通用するものではないが、よく見ると黒石も切り離されて、取り切ったつもりでいた白石と攻め合いになっていた。

楽勝だと思っていたのに、髭ゴジラの性格をそのまま映したような筋もへったくれもない力で押しまくる強引な手から、何やらわけの分からぬ乱戦へと引きずりこまれてしまった。

激しい攻め合いとなったが、ここでも井山は失敗して、気がつくと黒石がゴッソリと取られてしまった。

愕然としたが、冷静に数えてみると、まだ少し黒が良さそうだった。

さすがに九子の威力は大きかった。

気を取り直すと、井山は最後の大場に先着した。予想外に石を取られてしまったが、この大場に先着できればなんとか逃げ切れそうだった。

すると白は、今囲ったばかりの黒石の横にペタンと石を付けてきた。

こちらが大きな地を囲ったと思った瞬間、こんな手を打ってくるとは、何としつこくていやらしい性格だろうか。

井山がそこを地にすべく、付けてきた石の下にはねると、白は二段ばねしてきた。周りの黒が厚くて本来は無理手に見えたが、全部取ってやろうと無理に攻めた黒の打ち方がまずくて、打ち込んできた石の半分は取れたが、黒石も一部がもぎ取られて地模様が荒れてしまった。

こうして黒の一等地が消えてしまった。

その後も、各所で激戦が続いたが、なんとか最後まで打ち進めて白の十目勝ちで終わった。一連の黒石をもぎ取られたことと、一等地を荒らされたことで、最後は黒が足りなくなってしまったのだった。

数え終わって自分の負けを確認すると、井山は相手を正視することができなかった。

九子も置いて髭ゴジラに負けたのだ。

体力勝負で負けることはあってもまさか囲碁で負けることなどあるはずがないと思っていた井山にとって、この敗北は衝撃だった。

現実を素直に受け入れることができない井山は、この悔しさをどう晴らして良いのか分からず、ただ拳を固く握りしめるばかりだった。

井山は握りしめた拳をしばらく膝の上に置いて屈辱に耐えていたが、やがてどうしようもなく自分が情けなくなってきて、たまらずにポロポロと涙を流し始めた。

その様子を見ていた髭ゴジラは、心底驚くと同時に困惑して辺りを見回した。永代席亭やその妻も井山の異様な雰囲気に気がついて、心配そうに様子を伺っていた。

髭ゴジラは周りを気にしながら、井山に顔を近づけると囁いた。

「おい、そう泣くなよ。こりゃ参ったな。負けて泣く子供はこれまで沢山見てきたけど、負けて泣く大人は初めてだな」

そう言われると、井山はますます涙が止まらなくなってしまった。

「でも、負けて泣くくらいのほうが強くなるのかもしれないけどな」

井山はそんな髭ゴジラの慰めの言葉を無視すると、鋭い目つきで睨みつけながら声を絞り出した。

「榊課長、もう一局お願いします」

「おー、いい根性してんじゃねえか。やっぱりそれくらいの気概がなきゃ駄目だよな。はいはい、いいですよ。何局でもお相手しますよ」

井山の実力を見極めた髭ゴジラは、完全になめ切った態度をとるようになったので、頭にきた井山は髭ゴジラを負かさなければ気が済まなくなっていた。現に今の対局も序盤は自分のほうが良かったので、油断さえしなければ負けるわけがないと思った。

井山は姿勢を正すと、再度石を置いていった。

しかし次の対局も、前局とほぼ同じような流れをたどることとなった。

序盤では置き石にものをいわせた黒が激しく白を攻めたてたが、青色吐息で何とか凌いだ後は逆に白が黒の薄みを衝いて戦いを仕掛ける展開となり、最後は黒が大石を取られてしまって、終わってみたらまた同じような結果になっていた。

すっかり生気をなくして意気消沈する井山を見かねて、髭ゴジラは励ましの言葉をかけた。

「それにしても、一か月前に覚えたばかりとは思えない立派な打ち回しだったぞ。特に序盤は石も張っていたし、とても初心者とは思えない見事な打ち方で、凄くセンスを感じたぞ」

「ありがとうございます」

井山は蚊の鳴くような声でかろうじて返事をした。

「あとは、石が接触してきた後の打ち方だな。まだ死活とか戦いの手筋とかよく分かってないんじゃないのか」

お前にそんなこと言われたくないという不貞腐れた態度で、井山は無言で睨み返したが、髭ゴジラは構わず続けた。

「詰碁とか手筋の本で、死活や攻め合いの勉強をしてみたらどうかな。お前、そういう勉強とか好きそうじゃないか」

確かに勉強なら、ラグビーバカの髭ゴジラよりよほど得意だと自信を持っていえた。

「俺もさあ、ほら、こうやって詰碁の本とか持ち歩いて、電車の中で解いているんだよ」

そう言うと、髭ゴジラはバッグから本を取り出した。

「まずは簡単なものから始めて、段々とレベルを上げていくといいぞ。あまり難しい問題だと長続きしないし、案外実戦で役に立たないからな。最初は趙治勲の『ひと目の死活』とか『ひと目の手筋』あたりから始めたらどうかな。このレベルの問題を本当にひと目で解けるようになれば、実戦でも相当役立つぞ」

「はー、そうですか」

抜け殻のようになっていた井山は相変わらず気のない返事をした。

部下が囲碁を始めたことが嬉しくて仕方ない髭ゴジラは、親切にアドバイスを続けた。

「お前くらい打てるようになるともう完全に初心者のレベルは脱しているんだけど、そこで結構、皆、壁にぶち当たるんだよ」

その言葉に興味を抱いた井山は黙って髭ゴジラに顔を向けた。

「初心者向けの入門書は結構あるし、初段近い人が読む本、それから高段者向けの本もそこそこあるんだけど、丁度今のお前くらいの十級前後の人のための本は案外少ないんだよ。だから皆、実戦でどう打っていいか分からず、いつまで経っても自分の悪い癖から抜けだせないんだよ」

「どうしたらいいんですか？」

「数多く実戦を重ねてその都度打ち方を正してもらうのが一番だけど、それも難しいから、分かりやすい解説本を見つけてそれを繰り返し読み込むことだな。このレベルの人には石倉昇の『これでＯＫ初級突破法』がベストかな。俺にとってはバイブルみたいな存在で何度も繰り返し読んだよ。実戦でよく現れる形の対処法が詳しく解説されているから、この本のお蔭で俺も僅か三年で初段になることができたんだよ。お前も自分のバイブルを見つけて繰り返し読み込めば上達も早いと思うぞ」

「はい、分かりました」

最初は不貞腐れていた井山だったが、髭ゴジラが思いのほか囲碁の勉強をしていることを知るにつれて、段々と素直に耳を傾けるようになっていた。

「では、今の私の実力は十級くらいということですか」

「そうだな。俺が見たところそれくらいだな。お前は不満かもしれないけど、一か月でそのレベルというのも実は驚異的なことなんだぞ。お前だったら、死活や手筋の勉強をしっかりやれば、きっと直ぐに初段になると思うぞ」

この言葉を聞いて、井山の顔はパッと明るくなった。

「はい、私は榊課長のように三年と言わず、一年以内に初段になってみせます」

一生懸命励ましてくれる相手に対して、随分と挑発的で失礼な態度であるが、落ち込んでも直ぐにそうやって立ち直る復元力と相手に忖度しない鈍感力こそ、井山の強みかもしれないと思って、髭ゴジラは思わず苦笑いした。

二人はそれぞれの想いを胸に「永代塾囲碁サロン」を後にした。

別れ際に、思い出したように髭ゴジラが井山を呼び止めた。

「あ、そうだ。そういえば、お前がトンズラしたお蔭で俺の仕事が物凄く忙しくなったんで、鈴井部長に頼まれていた、さゆりさんへの声掛けをする余裕がなかったんだよ。ほら、お前がトンズラした晩の接待で、田中社長と囲碁を打った芸者だよ。覚えているか?」

さゆりのことなら、髭ゴジラよりよほど心を通わせた仲だと自負していたので、忘れるわけがなかった。

それにしてもトンズラ、トンズラと何回もしつこい奴だと不快に思いながらも、髭ゴジラがさゆりに関して一体何を言うのか井山は興味津々だった。

「勿論覚えていますけど、さゆりさんがどうかしたんですか?」

「鈴井部長はバイトでもパートでもいいからうちで雇う形にして、今後の囲碁対抗戦要員として確保しておきたいって考えているんだよ。本来ならあの後直ぐにでも俺が探しに行かなきゃいけなかったんだけどさ……」

「私が、トンズラしたから……」

「そう、そう、それなんだよ。お前がトンズラしたからさ、俺も物凄く忙しくなっちゃって、ちょっとそういうことやっている時間がなかったんだよ。お前今リハビリ中で暇そうだから、この間の料亭に行って、さゆりさんを見つけてこのことを伝えてほしいんだよ」

またさゆりに会えるかもしれないと思うと井山の心は浮き立ったが、一方で般若になった彼女が噛みついてきた夢があまりにも鮮烈だったので、その意味するところが気がかりだった。

それと、夢の中でさゆりが言った「あなたまで私を裏切るのね」という言葉も気になっていた。

あれは一体何を意味するのだろうか？

単なる井山の想像から出た言葉だとしても、彼女の中にそれを連想させる何かがあることは間違いなかった。

これは夢診断かなにかで解明しなければならない問題なのかもしれないが、それよりもさゆりから直接話を聞いたほうが早いと感じた井山は、是非とも彼女に会わなければならないと思った。

第二章

髭ゴジラと武蔵小杉の「永代塾囲碁サロン」に行った翌朝、井山が大手町のオフィスに入って行くと、真っ先にパンダ眼鏡と髭ゴジラが顔を近づけてコソコソと話している姿が目に入ってきた。井山に気づいた二人は、井山のほうに視線を向けて薄笑いを浮かべたまま会話を続けていた。

どうせ昨日のことをバカにしているに違いないと思うと、井山は憤懣やる方ない気持ちになったが、囲碁勝負で負けた以上は、この屈辱を晴らすには勝つしかないと思った。

席に着くと井山は真剣な表情でパソコンに向かった。

その姿を見て、井山もようやく仕事をやる気になったかと喜んだ一般職の初音が画面を覗き込むと、井山が検索していたのは囲碁関連本だった。

あきれ返った初音は、平板な顔を井山に近づけると無表情のまま、ただ溜息をついた。

「やっぱり囲碁にはまっちゃったのね。あなたねえ、そんなことじゃ、直ぐにどこかに飛ばされちゃうわよ」

「初音さんも『飛ばされる』だなんて怖い表現するなあ」

井山は配属されたばかりの新人が直ぐに飛ばされることなどあり得ないと楽観して、おどけて答えた。

「だってあの二人、最近そんな話ばかりしてるのよ。あなたもトンズラ事件起こして罰点くらったばかりなんだから、少しは真面目にやらなきゃ、直ぐにどこかにポーンと飛ばされちゃうわよ。マジであまり甘く考えないほうが良いわよ。ポーンよ、ポーン」

その言い方はいつもの初音らしく辛辣だったが、入社したての重要な時期に、囲碁にはまって仕事を疎かにする井山のことを真剣に心配してくれていることも確かだった。


夕刻になると、井山は神楽坂の料亭にさゆりを探しに行くために早めに仕事を切り上げてオフィスを出た。退出する際に、前日と同じようにパンダ眼鏡が近寄ってきて、さりげなく井山の肩に手をのせながら声をかけてくれた。

「料亭に電話しても、なかなか埒が明かないんでね。ひとつ君、期待してるから宜しく頼むぞ」

来るべき田中社長との対抗戦に備えて、またその先にやってくるかもしれない、部の存亡をかけたライバル商社との勝負まで見据えて、井山はその双肩に想像以上の重責がのしかかっていることをヒシヒシと感じた。


神楽坂の黒塀の裏通りを抜けて鄙びた門構えの料亭にたどり着いた井山は、門の中へと入っていった。

玄関で井山が遠慮気味に中を覗いていると、一人の仲居が近づいてきた。

「何かご用ですか」

井山が社名を伝えると、仲居は丁寧にお辞儀をした。

「いつもご利用ありがとうございます。それで、今日はご予約ですか」

「いえ、そうじゃないんです。先日ここで宴会をした時についた芸者さんを探しているんですけど」

井山が単刀直入に用件を伝えると、仲居が少し戸惑いの表情を見せた。

「その件でしたら、私では分かりかねますので、女将さんに直接お話しください」

そう言い残すと仲居は引っ込んでいき、しばらくすると女将さんが出てきた。

井山は先日の宴席の際に門まで見送りに出てきた女将の顔を覚えていたが、女将のほうは井山を覚えていないようだった。

「いつも鈴井部長にはご贔屓にしていただいており、ありがとうございます。それで、先日の接待の件とのことですが、いつのことでしょうかね？」

「一か月ほど前に、ここへ芸者さんを五人呼んでもらったんですけど、覚えてますか？」

「はあ、一か月前ですか」

「はい、接待の途中でお客さんと囲碁対決が始まって……」

「あ、はいはい、あの時の芸者さんですね」

「ちょっと用件がありまして、連絡を取りたいんですけど、連絡先を教えてもらえますか」

「予約は必ず店を通してしていただくことがルールになっておりますので、申し訳ないですが、直接お客さまが連絡を取ることは認められていないんですよ」

「そうなんですか。それではあの芸者さんたちがいる置屋の名前を教えてもらえますか。そうしたら自分で探しに行きますから」

「実は、この神楽坂界隈には、もう置屋は一軒もないんですよ」

「え、そうなんですか。それじゃあ、あの日は置屋から派遣されたんじゃなかったんですか？」

「ええ、今では組合が芸者衆を管理しているんですよ。色々と事情が変わって、以前とはちょっと勝手が違うんです」

「でも、あの時いた、さゆりさんという方、置屋の娘さんだと言ってましたよ」

「ええ、実はね、あそこが神楽坂で最後の置屋だったんですよ。ところが残念なことに、一年ほど前に火事で焼けちゃいましてね。その火事でその置屋の女将さんが亡くなったんですよ。それで置屋は廃業となり、そこにいた芸者衆は皆、組合登録に変わったんですよ」

「一年前の火事ですか……」

その言葉に、井山は妙な引っ掛かりを感じた。

しかし喫緊の課題は、まずはどうやったらさゆりと会えるかを探ることだった。

「客が直接芸者さんと接触しちゃいけないということなら、ここでまた宴会をやって、その芸者さんを指名すれば会えますかね？」

「ええ、それだったら大丈夫ですけど、あのさゆりという娘、滅多に出て来ないですからね。たままその日がお座敷に出られる日かどうか、分からないですよ」

「それだったら、どうしたらいいんですか？」

「ここで毎日指名し続ければ、そのうち当たる日もあるかもしれませんね」

そんなことは無理に決まっているが、そうかといって他にどうしたらよいか、井山には良いアイデアが浮かばなかった。

取り敢えず、その置屋にいた他の芸者を呼んで、さゆりの消息を教えてもらうというのはどうだろうか？

しかし組合が芸者を一人ずつ登録して管理しているのなら、もう芸者同士の横のつながりはないのかもしれなかった。

それでは、組合の人を紹介してもらって、さゆりと直接会わせてもらうように頼むのはどうだろうか？

素性も分からない初対面の相手にいきなりルール違反のお願いをするのも、あまり現実的な解決策とは思えなかった。

それでは諦めてこのまま帰るしかないのか？

これでは、役立たずの子供の使いと変わらなかった。

困り果てた井山は良い案も思いつかないまま渋々料亭を後にした。

外に出ると辺りはすっかり暗くなっていた。何か良い方法はないかと真剣に考えながら、井山は狭い黒塀の通りを抜けていった。

思案に暮れて歩いているうちに、井山はいつの間にか神楽坂の裏通りで道に迷ってしまった。

表通りを目指して角を曲がっても、同じような狭い通りが左右に続いており、次の角もまたその次の角も似た景観で、井山は自分がどこにいるのか分からなくなってしまった。

狭い通りの両側には料亭や小料理屋が暗闇の中にポツリ、ポツリと軒行灯をともしていた。その狭い裏路地に人の気配は全く感じられず、深い眠りについたように静まりかえっていた。

暗闇の中に不規則に並ぶ微かな灯りは、井山をいざなう誘導灯のようだった。微かな灯りが導くその先の暗闇に目をこらしてみると、狭い路地の先に着物を着た芸者が、音もなくスーッと滑るように歩いていく姿が目に入ってきた。

暗闇の中で顔はよく見えなかったが、井山にはそれがさゆりであることが直ぐに分かった。

こんなところで今まさに会いたいと探していたさゆりと出会うとはなんという偶然であろうか。

それは井山にとって神の導きとしか思えなかった。

この時井山には、さゆりの熱い怒りや冷たい悲しみが手に取るように感じられた。

さゆりは自分に助けを求めている。

パンダ眼鏡や髭ゴジラに頼まれたからではなく、井山は自分自身の意思で、そしてなによりさゆりのために、ここで彼女をつかまえて、しっかりと話を聞かなければならないと思った。

まなじりを決して井山が暗闇の中を突き進もうとすると、そんな井山の動きを制するように、それまでの静寂を破って、どこからともなく三味線の音が流れてきた。
ペ、ペン、ペン、ペン。
井山は軽いめまいを感じた。
ペ、ペン、ペン、ペン。
三味線の音に続いて、独特の節回しの長唄が聞こえてきた。

ことーしーよーりー……。

その瞬間頭の中がグルグル回って、意識が混濁した井山は、思わずその場にうずくまってしまった。

どこからともなく微かに漂い来る三味線と長唄の音は、井山の耳にというより、頭の中に直接響く呪文のようで、井山をさゆりのほうではなく、どこか他へ向かわせようとする強い意志が働いているように感じられた。

井山は片膝をついてしばらく呼吸を整えていたが、やがて力を振り絞って立ち上がると、朦朧とする頭を抱えたまま、半ば目を閉じた状態でフラフラと狭い路地をさまよい始めた。

追いかけてくるその音から逃れたいと強く念じながらも、井山の身体は無意識のうちにその音に吸い寄せられ、催眠術にでもかかったかのように導かれていった。それはまるでローレライやセイレーンの歌声のように、無理やり井山を誘い込もうとする呪術のようだった。

井山の身体は震え始め、激しい寒気と喉の渇きに襲われた。まるで中毒患者のように手を震わせながら、井山はこの手の震えを抑えてくれるものを求めた。

あの玄室のような小さな部屋の真っ白な壁。あの壁に取り囲まれれば、心の安らぎを覚えて落ち着きを取り戻せるような気がした。

井山は白石の感触を求めた。

そしてあの石板のような真っ黒な扉。あの扉に触れさえすれば、再びやる気がみなぎり、この震えも収まるような気がした。

井山は黒石の感触を求めた。

今や何者かによって、碁盤の奥に潜む悠久の世界へといざなわれていることを肌で感じた井山は、それに呼応して、無限の宇宙との一体化を希求した。

次の瞬間、井山に語り掛ける声が聞こえた。

「井山さん、井山さん」

井山はそれを、耳ではなく身体全体で聞いた。

「井山さん、囲碁をやるのよ」

井山は肩で激しく息をしながら半ば閉じていた目を恐る恐る開けて辺りを見回してみた。

暗がりの中で身体を震わせながら身構える井山の目に飛び込んできたのは「らんか」と書かれた表札だった。

第三章

気がつくと、井山は二度と行きたくないと思っていた「らんか」の前に立っていたが、この時はもう恐れより囲碁への渇望のほうが勝っていた。

次の瞬間、井山は荒々しく門を抜け、玄関に上がっていた。そして勢いよく襖を開けると、絨毯敷きの大広間へと入っていった。

中にいた客が一斉に振り向いたが、井山は構わずテーブルに近づくと碁盤に両手をのせた。

宇宙空間に吸い込まれていくような心地良い感触が伝わってきて安堵した井山は、次に碁笥から黒石をつまみ出し、目を閉じてその感触を確かめているうちに、次第に落ち着きを取り戻していった。

ふと気がつくと直ぐ横で麗子が心配そうな顔をして立っていた。

「大丈夫ですか、井山さん」

麗子は少し首を傾けて、眉を寄せながら井山を見つめていたが、そんな憂いを帯びた面持ちも色香に満ちて堪らなく魅力的だった。

「ええ、少しめまいがしたんですけど、もう大丈夫です」

「それならいいんですけど」

麗子は身体を近づけると、井山の耳元ですねるように囁いた。

「私、あれから、井山さんが来るのをずっと待ってたんですよ」

「え、本当ですか？」

予想外の言葉に驚いた井山は、思わず麗子に顔を向けた。

「そりゃそうですよ。だって私たち、あんなに親密な関係になったじゃないですか」

麗子は軽く井山の手を取った。

「し、親密って、ど、どういう意味ですか？」

井山は麗子とキスをした夢の記憶が鮮明に蘇ってきて、しどろもどろになった。

「まあ、そうやっておとぼけしちゃって。そんなこと、女の私に言わせるつもりですか？」

「でも、あれは本当のことじゃないですよね」

「井山さんたら、もうなかったことにしようとなさるんですか。悪いお方ですこと。あんなこと私も生まれて初めてだったから、自分でも驚いているんですよ」

「実は私も初めてだったので、慣れてなくてすいませんでした」

井山は照れながら答えた。

「井山さんが初めてなのは当たり前ですよね。だって囲碁そのものが初めてだったんですもの」

「え、どういう意味ですか？」

「だから、あんなに長時間打ち続けるなんて、余程お互いがその気にならなければ無理じゃないですか」

「あー、そういう意味ですか。そりゃ、そうですよね」

井山は少しほっとして力が抜けた。

「それなのに、どうして直ぐに来てくれなかったんですか?」

まさか妖怪に食われそうで怖かったとも言えず、井山は曖昧な返事をした。

「ちょっと夢を見たんですよ。麗子さんも出てきたんだけど、凄く怖い夢だったんです」

すると麗子は、突然真剣な眼差しになってジッと井山を見据えた。

「井山さん、私たちは皆、潜在意識の中で繋がっているんですよ」

麗子が何を言いたいのか井山にはよく分からなかった。

井山が麗子に問いかけようとしたその時、勢いよく襖が開いて、フサフサの髪をオールバックにして手首にブレスレットをはめた恰幅の良い中年男性が、溢れんばかりの薔薇の花束を手に入ってきた。ゴルフ焼けかヨット焼けか分からないが、肌は綺麗なミディアムレアにこんがりと焼け、この暑いのにご丁寧にダブルのスーツを着込み派手なピンクのネクタイを締めていた。

「おお我がいとしの麗子さん、その名の通り本当に麗しいですね」

芝居がかったきざなセリフで麗子とハグすると、その男はすかさず麗子に花束を渡した。

「麗子さん、お誕生日おめでとうございます」

「あら、嬉しいわ、埜口さん。いつもありがとうございます」

「お邪魔してすいませんね、お若い方。私は埜口といいます」

「どうも、井山です」

「おお、それは素晴らしいお名前ですね。ちょっと、麗子さんをお借りしますね」

そう言うと埜口はまた麗子とハグしようとしたが、麗子はいたずらっぽい笑みを浮かべながら二人をあおるように交互に眺めた。

「そういえば、お二人はライバル関係にある商社マンですね」

「おやおや、ライバル商社にも囲碁をやる方がいたとは知りませんでしたよ」

埜口が見下すようにそう言うと、腹を立てた井山は、大胆にも埜口の手から麗子の手を奪い取るようにして握った。

「今日は麗子さんのお誕生日だったんですね。おめでとうございます」

するとすかさず、今度は埜口が麗子の手を奪い返して井山を罵った。

「君、何にも知らないんだね。麗子さんの誕生日は四月だけど、毎月同じ日にお祝いをするんだよ。麗子ファンならそれくらい知ってなきゃ駄目だな」

そう言うと埜口はそのまま麗子の手を取ってテーブル席へと連れ去ってしまった。

井山はポツンと一人そこに取り残されたが、カウンター席で頭のツルッとした鈴木と白髪交じり中年太りの松木が、前に来た時と同じように二人並んでワインを飲んでいるのを見つけて、近づいていった。

「鈴木さん。お久し振りです」

「おー、これはこれは、井山さんじゃないですか。この間はあんなに熱心に打っていたのに、しばらく顔を出さないから心配していたんだよ」

「そうだよ、井山さん。一か月も来ないなんて。囲碁は一日でもお休みしたら力が落ちるからね」

「え、一か月もですか」

井山は驚いて二人の顔を見た。

「私はここで一か月間、夢中になって打ち続けていたんですよ」

鈴木は怪訝な表情をした。

「私たちは毎日このカウンターでワインを飲んでいるけど、井山さんには気づかなかったなあ」

井山は自分が一か月もの間、どこで何をしていたのか気になったが、松木は気にする素振りも見せずに愉快そうに笑った。

「でも、井山さんもそんなにはまったんだね。私は四十からはまったんだけど、うちの女房が囲碁を目の敵にするもんだから、囲碁番組をビデオに録っては、毎日夜中にコッソリ見たりしてたんだよ」

「そりゃ松ちゃん、まるで隠れキリシタンみたいだね」

「そうそう、全くその通りでね。そのうちこちらも開き直って堂々と昼間からやりだしたら、女房に愛想つかされちゃってね、遂には逃げられちゃったんだよ」

「え、そうなんですか」

井山は目を丸くした。

「そればかりか、会社でも毎日囲碁のことばかり考えていたら、仕事に集中できなくなっちゃってね。最後は会社もクビになっちゃったんだよ」

井山はますます驚いたが、松木はさして大事でもないかのように、自然な口ぶりで続けた。

「重要な商談でお客さんと話をしていても、目の前に黒と白の石が浮かんできて、全然集中できなくなったんだよ。前日の対局のことが頭から離れなくて、一刻も早く石を並べて確認したくなって、もう商談どころじゃなかったね」

「そりゃ、松っちゃんも重症だね」

「典型的な囲碁中毒ですよ。でもこの年になると、覚えたことを直ぐに忘れちゃうから、ようやく五段になったけど、もうこれ以上の上達は諦めているんだよ。井山さんはまだ若くてこれからいくらでも上達できるだろうから羨ましいよ」

「でも子供の頃からやっている人には敵わないですよね」

「子供は吸収が早いからね。院生時代にプロを目指した人は、一番吸収が早い時期に一日十時間くらい囲碁をやっているから、四十から始めた人が毎日二十四時間囲碁漬けの生活をしても、一生追いつけないだろうね」

「埜口さんはまさにそれだね。元院生、東大囲碁部、学生本因坊だからね。ここでは八段だけど、我々とは明らかに次元が違うよね」

それを聞いて井山は愕然とした。

元院生、学生本因坊という経歴は、福田室長と似ているが、田中社長が言ったように、それはまさに草野球チームにプロが交じっているようなものだろう。そんな強豪が、あのライバル商社にいると知って、井山は軽い立ち眩みを覚えた。

「それにしても、囲碁のやり過ぎで会社をクビになるなんて、松っちゃんもなかなか半端ないね」

「それでモノ書きの真似事を始めたんだけど、ここは昔から数多の文豪が籠って執筆したことで有名な老舗旅館だったから、私もあやかりたいと思って、通うようになったんだよ」

「旅館時代からのご縁なんですか？」

「そうなんだよ。だからここを囲碁サロンにするって聞いた時は、もう運命を感じちゃってね。とことん麗子お嬢様を支えていこうと決めたんだよ」

麗子の保護者のような口振りだが、今や独り身のこの中年男も、麗子を狙っているに違いないと井山は警戒した。

「囲碁好きには堪らないよね、松っちゃん。贔屓の旅館が囲碁サロンになるなんて、凄い偶然だものね」

「そうなんですよ、鈴木さん。でもこれは単なる偶然じゃなくて、神様のお導きに違いなくて、こうやって麗子さんと巡り合えたのも運命だと感じることがあるんだよ」

井山は松木の言う、神様のお導きという言葉にさらに警戒を強めたが、同時に興味も抱いた。

「皆ここで何気なく囲碁を打っているけど、私はね、時々、お導きの声が聞こえるんだよ」

「そうかね、松っちゃんも怖いこと言うなぁ」

「いやいや、この場所は昔から名だたる文豪がインスピレーションを得てきただけのことはあって、やっぱり出るんだよ」

その言葉に思い当たるところがあった井山は鋭く反応した。

「松木さん、何が出るんですか？」

「以前井山さんも言ってたけど、ここはね、お化けか幽霊か知らないけど、そういうのが現れる一種のホットスポットなんだよ。魔界との接点か、黄泉の国の入口か分からないけど、私は独特の『気』を感じるんだよね。感じない人は全く感じないだろうけど、私のようなナイーブな人間はよく感じるんだよ」

井山は勢い込んで同意した。

「松木さん、私も感じますよ。凄く強く感じるんですよ。ここには何かありますよね。鈴木さんはどうですか？」

「私もね、実は何となく感じるんだけど、でも確かに全く感じない人もいるようだね」

鈴木はそう言うと振り返って、麗子の手を取って盛んに口説いている埜口に視線を向けた。

「それから、堀井さんも感じないだろうね」

「彼もいつもマイペースで底抜けに明るいから、幽霊が脅かそうとして後ろから抱きついても、全然気がつかないタイプだよね」

「そんな方がいるんですか？」

「彼がいるだけで、その場が明るく華やいだものになるからね。他の人も巻き込む不思議な力を活かして、ビジネススクールを始めて、大成功を収めているんだよ」

「囲碁は強いんですか」

「彼も負けず嫌いで凄い努力家だから、囲碁を始めて一年で初段になったそうだよ。今では五段くらいかね。それも息子さんたちのお蔭なんだけどね。五人の息子たち全員に囲碁をやらせて、子供と同じペースで強くなっているから、ある意味凄いんだけど、息子には絶対に負けたくないという気持ちが、彼の強さの原動力なんだろうね」

「おやおや、噂をすればですね」

勢いよく襖が開いて、当の堀井が両手にシャンパンのボトルを抱えて入ってきた。

ビジネススクール学長の堀井は五十前後とのことだったが、年よりも随分と若く見えた。

水泳で鍛えた肉体とファッション誌のモデルをしていたイケメンを武器にモテモテぶりを誇示してきたというが、麗子だけはなかなか思い通りにならないようだった。

「麗子さん、お誕生日おめでとうございます」

堀井は部屋中に響き渡る大きな声で言いながらずかずかと麗子に近づいて行くと、梺口のことなど全く眼中にない様子でシャンパンのボトルを手渡して、麗子と熱く長い抱擁をかわした。

麗子を取られた埜口が、憤然と立ち上がって、怒りにまかせて堀井の肩を掴むと、ようやく堀井も埜口に気づいたようだった。

「これは、これは、埜口さんじゃないですか。いつ来たんですか？　シャンパンを持ってきたから、一緒に乾杯しましょう。埜口さんも麗子さんの熱烈なファンなら、今日が『お誕生日命日』だって知ってますよね。お誕生日のお祝いをするのは、麗子ファンの当然の義務ですからね」

あっけらかーんと一気にまくしたてると、堀井は今度はカウンターのほうに顔を向けた。

「おや、鈴木さんも松木さんもいたんですね。お二人はいつも仲がいいですね。それからお隣は」

「井山です」

「ヒャッホー、そりゃ凄い名前ですね。芸名じゃないですよね。本名だとしたら凄いですね。羨ましいな。お強そうだから対局が楽しみだな。今度是非一局お願いしますね。お手柔らかにお願いしますよ。どうですか、井山さんも一緒に乾杯しませんか。今日は月は違うけど麗子さんのお誕生日なんですよ。ここでは毎月やっているんで、このペースで年取ると麗子さんももう二百歳のおばあちゃんですよね。本人は二十歳なんて言ってるけど、本当は二十七歳らしいですけどね」

堀井は息つく暇もなく話し続けてから、バーテンダーの梅崎に向かって大きな声で叫んだ。

「梅ちゃん、皆で麗子さんのお誕生日をお祝いするから、グラスを沢山用意してよ」

皆、堀井が速射砲のようにまくしたてる様子をあっけにとられてただ眺めているばかりだった。

「さあ、皆で一緒に乾杯しましょう。乾杯したい方はこちらに集まってください」

大広間じゅうに響く声で堀井が呼びかけると、シャンパンにありつけるとあって、対局をしていた人たちも一旦中断して、カウンター近くに集まってきた。

「どうも和多田師匠、調子は如何ですか？　銀行を定年退職後は、時間がフルに使えるからますます強くなって羨ましいな。今度またご指導お願いしますね。これはこれは奥井先生、病院のほうはどうですか？　囲碁ばかりやり過ぎて患者さんが疎かにならないようにお願いしますよ。松木さんは囲碁のやり過ぎで会社をクビになったそうですからね。医者の場合は命に関わるからそれじゃ困りますからね。あ、村松姐さん、いつもお綺麗ですね。相変わらず囲碁で男を手玉に取ってますか。今度はお手柔らかにお願いしますよ。おお、羽田さん、お国を背負って日々お疲れ様です。実はプライマリーバランスについて私も言いたいことがあるので今度ゆっくり議論しましょう。あまり囲碁に夢中になって天下国家の運営が疎かにならないようにお願いしますよ。山戸さん、お久し振り。今は名古屋ですか、広島ですか、また東京ですか？　銀行員は転勤が多くて大変ですね。羽田さんを打ち負かして、日頃のうっ憤を晴らしてくださいね」

皆、シャンパンが注がれたグラスを手に待っていたが、堀井の独演会はいつ終わるとも知れず延々と続いた。

するとしびれを切らした埜口が、つかつかと前に歩み出て、大きな声で叫んだ。

「それでは、麗子さんの誕生日をお祝いして、乾杯しましょう」

その声に反応してさっと振り返った堀井が慌てて埜口を制した。

「ちょっと待ってください。その前に今日のために麗子さんを称えるポエムを創ってきたので、皆さんまずそれを聴いてください」

堀井はポケットから何やら紙切れを取り出すと、一回咳払いをしてから神妙な面持ちで詩の朗読を始めた。

「泡より出でたる、我が憧れの美の女神よ……」

そこまで読んだところで、待ちきれなくなった埜口が大きな声で「カンパーイ！」と叫んでしまった。

するとそれに呼応して、他の者たちも一斉に「カンパーイ」と唱和して、堀井の詩の朗読の声を一気にかき消した。

あちらこちらで乾杯が始まり、堀井が持ってきた二本のボトルは直ぐに空いてしまった。追加で店のボトルが開けられて、また次々とグラスに注がれていった。

詩の朗読を中断させられた堀井は、何事もなかったかのように陽気に乾杯を重ね、そのまま何度もグラスを飲み干した。

そして酔った勢いで麗子に近づくと「せっかくだから、お祝いに皆で麗子さんを胴上げしましょう」と叫んで、抵抗する麗子を強引に担ぎ上げてしまった。その周りに他の麗子ファンも寄ってきて、皆で胴上げが始まった。

麗子は何回も宙を舞い、キャーキャー声を上げて嫌がっているのか喜んでいるのかよく分からなかったが、下に降ろされると、笑いながらも「もう、いい加減にしてよ」と言って堀井を激しく叩いた。

そんな喧噪の中、突然襖が開いて、今度はギターを抱えた六十代くらいの男性が二人入ってきた。

麗子は堀井から離れると、直ぐに新たな来客のほうに近づいていった。

「あら、矢萩さん、藤浦さん、いらっしゃいませ」

麗子が明るく挨拶すると、二人の中年男性も明るく答えた。

「麗子さん、お誕生日おめでとうございます」

そして二人は、代わるがわる麗子と軽くハグした。

矢萩と藤浦は、年齢が近いせいか、気の合う仲間という雰囲気だったが、タイプは全く異なっていた。

矢萩は大柄で顔も四角く他の人よりひと回り大きかったが、きちんとした紺のスーツとネクタイ姿の弁護士だった。

一方の藤浦は髪を短く刈って顔一面に髭を生やしていたが、随分と白いものも混じっていた。色の濃いサングラスとTシャツにジーンズといういで立ちは、何ものにも囚われぬ自由人の雰囲気を漂わせていた。仕事も自営業で毎日自由に過ごしているようだった。

二人はギターを抱えてカウンターに腰掛けると、ハーモニカホルダーを首にかけて準備した。

「今日は麗子さんのお誕生日をお祝いして、愛の歌を捧げます」

麗子は嬉しそうに手を叩き、周りの者たちも歓声を上げた。

二人はボブ・ディランに始まり、ビートルズやサイモン&ガーファンクルなどを歌ったが、どれも麗子への愛というよりは、広く人類愛への謳歌だった。六十年代のヒッピーを彷彿とさせる二人の歌声に、麗子ばかりでなく、そこにいる者は誰もが魂を揺さぶられたようだった。

大きな薔薇の花束を捧げた埜口も、シャンパンのボトルをぶら下げてやってきた堀井も、完全に主役の座を二人の中年男性に奪われた格好となった。それを見た井山は、思わず隣の鈴木に囁いた。

「二人のおじさんたち、格好良いですよね」

すると鈴木も、自分のツルッとした頭をなでながら、小さな声で井山に返した。

「二人は学生運動が下火になった後のいわゆる『しらけ世代』なんだけど、そんな時代に抗って全共闘やヒッピーの幻影を追い求めた者同士、戦友みたいに分かり合えるものがあるんだよ」

「今は、仕事も服装も大分違うけど、学生の頃は、同じように社会に反発していたんですかね」

「どうもそのようだね。体制や権威に対する反骨精神も、相通ずるものがあるんだろうね。矢萩さんはね、学生運動に憧れていたのに、大学に入ったらすっかり下火になっていたんで、溜まったエネルギーをどう発散していいか分からず、失意のうちにヒッピーを真似て世界中を放浪したらしいからね。確かそう聴いたよね、松っちゃん」

「ええ、そうらしいですね。ヒッピー文化へのノスタルジーというのは二人とも共通しているようですね。でも矢萩さんはその後司法試験に受かって弁護士になったので、華麗なる転身といえますよね」

「そうそう、実は矢萩さんはね、元院生で、高校の頃に本人がなろうと思えばプロになるチャンスがあったのに、反骨精神から、そうしなかったらしいんだよね。本人は後悔もしただろうけど、その悔しさをバネに東大に受かったのも凄いいし、せっかく東大に入ったのに今度はヒッピーだからね。その後囲碁に戻ってまた奮発して学生本因坊を獲ったのも凄いよね」

「それじゃあ、埜口さんと同じ大学の囲碁部の先輩なんですか?」

「六十代の矢萩さんと四十代の埜口さんでは年は大分離れているけど、元院生、東大囲碁部、学生本因坊というところは同じだね」

「へー、ここにはそんな強い人が来ているんですね」

「それがね、井山さん、もう一人、二十代の星飼さんというのも、同じく元院生、東大囲碁部、学生本因坊なんだよね。しかも星飼さんは埜口さんと同じ会社なんだよ」

「え、あの商社には、そんなに強い人がもう一人いるんですか?」

ライバル商社に、プロ級の打ち手が二人もいると知って、井山は気を失いそうになった。

「他にも強い方はいるんですか?」

「今お話しした、弁護士の矢萩さん、ライバル商社の埜口さんと星飼さんの三人に、実はあそこで矢萩さんと歌っている藤浦さんを加えた四人が八段で、ここでは断トツで強いので、『四天王』と呼ばれているんだよ」

「ところがね、井山さん、藤浦さんも同じくらい強いんだけど、他の三人とは全く異なる異形の碁を打つんだよ。他の三人は基本から鍛えられた綺麗な碁なんだけど、藤浦さんは自己流で形は悪くても結構実戦的で戦いに強いんだよ。剣道の基本を幼少の頃から学んだ武士の剣術と、道場破りの喧嘩殺法の違いのようなものかな。それでも案外、実戦になるとどちらが勝つか分からないからね」

「それでは、その四人の中で誰が一番強いんですか？」

思わず引き込まれた井山が訊くと、すかさず松木が答えた。

「星飼さんじゃないかな。なんといってもまだ若いからね」

ところが、鈴木の意見は違うようだった。

「いやいや埜口さんもなかなか強いよ。星飼さんは確かに若いけど、最近は仕事が忙しくてあまり囲碁をやっていないようだから、どちらが勝つか分からないよ。それに矢萩さんも、高校の頃プロになるチャンスがあったくらいだから相当強いよ。その後切り替えて東大に入って、入った途端にヒッピーになって、ヒッピーに飽きてまた囲碁に戻って学生本因坊獲って、その後司法試験の勉強をして弁護士だよ」

鈴木はまた自分の頭を撫でまわしながら井山に視線を送った。

「どうだね。ここぞという時の集中力というか、凄みというか、全共闘の生き残りの逞しさを感じないかね。案外、一発勝負になるとこういうタイプは強いよ」

「それか、純粋培養のエリートを粉砕する自由奔放な力を秘めた、無手勝流の藤浦さんか。でもリーグ戦の結果を見ると、いつもお互いに勝ったり負けたりのいい勝負が続いているよね」

白髪交じりの松木が、リーグ戦という言葉を口にしたので、井山は興味を抱いた。

「え、リーグ戦というのは何ですか？」

「この囲碁サロンで半年にわたって優勝を目指して行われる対局のことなんだけど、井山さんも参加してみたらいいよ。遊びで打つのと違って、リーグ戦となると結構真剣に打つから、それなりに実力がつくと思うよ」

井山はその話を聞いて、自分もリーグ戦に参加してみたくなった。


麗子の誕生日を祝う矢萩と藤浦の演奏が終わると、大きな歓声が湧き上がり、拍手が鳴り響いた。

うっとりと聴き入っていた麗子は、二人に近づいて行くと感動の面持ちで礼を述べた。

「矢萩さん、藤浦さん、いつもありがとうございます。今日も凄く良かったですよ。聴いているうちにジーンときちゃって、なんだか感動しちゃったわ。さあ、お二人とも、喉が渇いたでしょうからどんどん飲んでくださいね」

汗を拭きながらカウンターからおりた藤浦は、ビールを一気に飲み干すと、持ってきたＣＤをバーテンの梅崎に渡した。

「梅ちゃん、ちょっとこれかけてよ」

藤浦は麗子に向き直ると、恭しくお辞儀して手を差し出した。

「お嬢様、一曲宜しいでしょうか」

するると麗子もニッコリと笑ってお辞儀すると、藤浦の手を取った。

周りの人は輪を広げて、二人が踊るスペースを作った。

ラテン調の軽やかな曲が流れると、二人は身体全体でリズムを取りながら腰を振り、向き合ってサルサを踊り出した。二人でリズムに合わせてスイングしながら、藤浦が麗子をリードして、身体を引き寄せたり離したり、また突然回したりすると、麗子のスカートがヒラヒラと波打ち、花びらのように膨らんで綺麗な花を咲かせた。

井山は思わず息を呑んで、目の前で二人が踊る様を、いや、麗子が踊る様をじっと見つめていた。

他のものは全く目に入らず、今この瞬間、この部屋には自分と麗子しかいないかのようだった。

囲碁が強いだけでなく、こんなに上手にサルサを踊るなんて、なんと才能豊かで魅力的な女性なんだろう。

井山は改めて麗子にハートを射抜かれてしまった。

井山だけでなく、この部屋で麗子がスカートをヒラヒラと翻しながら踊る姿を眺めている全てのおじさんが、改めて麗子への恋心を募らせていた。

一方の麗子は、腰をくねらせて前後に身体を揺らしたり、クルクルと回るうちに、完全に忘我の境地に達し、乗りの良いラテンのリズムに身を任せながら恍惚の表情を浮かべていた。

この時麗子は、一緒に踊る藤浦以外、周りの観衆は全く視界に入っていなかった。いや正確には、この時麗子が見ていたのは藤浦本人でもなく、藤浦の中に十一年前に亡くした父の影を見ていたのだった。

激しく身体を揺すって踊り狂う麗子は、忘却の彼方に置き去りにされた、幼い日々の父との思い出を必死に拾い集めていた。

幸福感に包まれたイメージだけはリアルだが、どこまでいっても曖昧な記憶の断片。

焦点が合いそうで急にぼやけてしまう思い出の数々。

それは本当に現実だったのだろうか？

現実だと思いたいだけの幻想なのだろうか？

それとも消された後に埋め込まれた作り物の記憶なのだろうか？

幼い頃はパパっ子で、奔放で自由な父が大好きだった。何日も家を空けてはある日ひょっこり帰ってくるような遊び人だったが、必ず好きなおもちゃを買ってきてくれたし、格好良い洋楽を演奏して、自慢の歌声を聴かせてくれた。

格好良い父は麗子の自慢だったが、父もいつも麗子を自慢してくれた。

おしゃれに着飾ってちょっと大人の気分で、父の行きつけの店に連れて行ってもらうことが麗子にとっては最大の喜びだった。

父が麗子を自慢すると「なんて可愛らしいお嬢様かしら」と、皆が褒め称えてくれたので、お姫様になったようで幸せな気分に浸れた。

「ママ、いつもの歌を歌ってよ」

この父の言葉がお姫様のダンスタイムの合図だった。

「お嬢様、一曲宜しいでしょうか」

そう言って優しく手を差し出す父。

店のママの歌に合わせて社交ダンスの真似事をしている時も、主役は常に麗子だった。大人扱いされて心躍らせる麗子にとって、それは生涯忘れえぬ幸せな時間だった。

あんな幸福感に包まれることはもう二度とないだろう。

いつも優しかった父も、囲碁を打つ時だけは厳しくて怖かった。思い出すのは碁盤の向こうで腕を組んでいる姿ばかりだ。碁盤の上に身を乗り出して、石を置いてチラリと見上げると、目に入ってくるのは腕を組んで微動だにしない父の姿だった。山のように悠然と構えている姿が目に入ると、怖くてそれ以上視線を上げることができなかった。だから父との対局の記憶は、胸元で組んでいる腕ばかりだった。

父との対局の時間は常に張りつめた空気に満ちていて凄く緊張したけど、社交ダンスの時と同様に大きな愛情を感じて幸せだった。

あの幸せな日々は、本物だったのだろうか、それとも偽りだったのだろうか？

幼い頃はパパっ子でも、思春期になれば母の味方をして、家に帰らぬ父に嫌悪感を抱くようになるのは自然な流れだったが、それにしても十一年前の、麗子が高校生になったばかりの時のあの出来事は一体何だったのだろうか？

父があんな仕打ちをするなんて信じられないし、そもそもあれは本当に父だったのだろうか？

あの愛すべき優しい父が、麗子と母にあんな裏切り行為を働くなどということはあり得ないので、何かの間違いとしか思えなかった。

思い出したくもない二〇〇七年十二月のあの日のこと。

麗子はそこで決まって心を閉ざし、その思い出を封印してしまった。

それはとても正視に耐えうるものではなかったのだ。

あれから十一年経つが、たとえ何年経とうと、直視できるようにはならないだろうから、これ以上深く考えず、これからも心を閉ざして封印し続けるしかなかった。


その時突然、襖が勢いよく開いて、若い女性が大声で喚き散らしながら入って来たので、麗子は我に返り、一瞬で現実世界に引き戻された。

「あなた、こんなところで、若い娘となにいちゃついてんのよ」

藤浦は慌てて踊るのを止め、麗子の手を離した。

その異様な雰囲気に気づいた梅崎も、慌てて曲を止めた。

二人が踊る様を羨ましそうに眺めていたおじさん連中も、一斉にその女性に目を向け、黙ってことの成り行きを見守った。

乱入してきたのは、藤浦の妻の由美だった。

「どうしたんだ、由美。突然入って来たりして。驚いたじゃないか」

「あなた、何言ってんのよ。驚いたのはこっちのほうよ。珍しくギターなんか抱えて嬉しそうに出かけるから、何事かと思ったら、こんな若い女といちゃつこうって魂胆だったのね。いい年してみっともないから止めてちょうだい。この女も、こんなおじさんをたぶらかそうってんだから、若いくせに大した玉だわ」

そういう藤浦の妻も、麗子と同じくらいの二十代の女性だった。

身体は小柄ながら、アラビアンナイト風のシースルーのシルクのドレス越しにその豊満な肢体を際立たせるキャミソールが透けて見え、自慢のボディラインを最大限強調していた。顔は美少女風の童顔ながら、麗子の健全な色気とはまた違う、妖しげで艶やかな色香を放っており、おじさん連中を一発で悩殺する魔力を秘めていた。

怒りに身体を震わせる由美に、麗子は努めて冷静に語り掛けた。

「奥様、誤解なさらないでください。いつもは皆でまじめに囲碁を打っているんですよ。今日はたまたまこんなダンスが始まってしまったけど、特に深い意味はないんです。藤浦さんから、お噂はかねがね伺っていますけど、奥様も囲碁を打たれるそうですね。宜しければ、ご一緒に如何ですか」

「まじめに囲碁を打っているとはとんだお笑い草だわ。これじゃまるで銀座のクラブじゃない。こんな泥棒猫がいるところに主人を放っておくわけにいかないわ」

由美は藤浦の腕を取って、誰にも渡さないとでもいうように自分の腕をからめた。

「ちょっと、由美。そんな言い方は失礼だろ。麗子さんは全然そんなつもりはないんだから」

由美は、麗子の心の内を見透かそうとするかのように睨みつけていたが、藤浦の腕を引っ張ると、甘えるように猫なで声を出した。

「ねえお願い。今日はもう私と一緒に帰ってちょうだい。そうでないと、私もう耐えられないわ」

「分かったよ。分かったから、今日は一緒に帰ろう」

藤浦は妻に腕を引っ張られて部屋を出て行ったが、二人が小さな声でやり取りする様子がしばらく聞こえた。

「でもあんな言い方したら駄目だろ。麗子さんに謝らなくちゃ」

「いやよ、私は絶対に謝らないわよ。あなたこそ、若い娘が大好きだから心配だわ」

「それは本当に誤解だよ」

「誤解じゃないわよ。いつも若い娘に色目使って危ないんだから」

「そんなことあるわけないだろ。だってほら、俺は由美だけだし」

「え、本当に信じていいの」

「そんなこと当たり前だろ」

やがて声は聞こえなくなり、嵐が過ぎ去ったように広間は静まり返った。

思わぬ形で、麗子の「誕生日」を祝う宴は幕を閉じた。

井山があっけにとられて広間の中を見渡してみると、それまでの狂騒が嘘のように、すでに多くの客が机について対局を再開していた。部屋の中は静寂に包まれて、石を打つ音だけが響いた。

それを見ているうちに、無性に囲碁を打ちたくなった井山がカウンターに近づいていくと、梅崎と目が合った。

「井山さんも打ちますか？」

「ええ、どなたか打つ相手はいませんかね」

「井山さんの棋力はどれくらいですかねえ」

「初段の人に打ってもらって、十級くらいだと言われました」

それを横で聞いていた頭がツルっとした鈴木が驚きの声を上げた。

「井山さんも僅か一か月でもう十級かね。そりゃ随分と上達が早いね。十級なら、私の甥が同じくらいだよ」

鈴木が辺りを見回すと、四十代の男が人の良さそうな笑顔で近づいてきた。鈴木同様、頭がツルッと禿げ上がっていたが、両耳の上に微かに毛が残っていた。

「甥は慎重な性格で、石がビッシリ繋がるように打つから切られはしないけど、堅すぎて最後は地合いが足りなくなっちゃうんだよ。職業柄しょうがないんだけどね」

「え、お仕事は何をされているんですか？」

思わず井山が訊くと、鈴木の甥が自分で答えた。

「看護師をやっています。ただでさえ慎重なうえに、仕事柄、相手の石を殺すことができずに困っているんですよ。でも同じくらいの棋力の方がいるなんて嬉しいな。好敵手がいると上達が早いといいますからね。私もそろそろリーグ戦に参加しようかと思っていたんですけど、井山さんも一緒にどうですか?」

「いいですね。でも、私はまだ詳しいことを知らないんですよ」

それを聞いた梅崎が、すかさずリーグ戦の概要が書いてある紙を井山に渡して詳細な説明を始めた。

「リーグ戦は級位者と有段者の二つがあるので毎回優勝者が二名出ることになっています。半年間で最低三十局の対局が必要ですが、現在のリーグ戦は七月に始まったばかりでまだ四か月近く残っているので、特に問題ないと思います」

「そうすると、私は級位者のリーグに十級で参加することになるわけですね」

「最初はそうですけど、五連勝するか、十局以上の勝率が七割五分以上の場合は昇格します。逆に五連敗するか十局以上の勝率が二割五分を割った場合は降格となります」

そう言うと、梅崎は戦績が記入されている大きなファイルを見せてくれた。何ページにも亘って、段の上位者から順番にずらりと二百人あまりの名前が並んでおり、その横に対戦結果が記されていた。

最初のページにはこの囲碁サロンにおける最高段位である八段の四人、四天王と呼ばれている、弁護士の矢萩、ライバル商社の埜口と星飼、自営業の藤浦の名前が記されていた。

そしてこの四人を頂点に、初段までの有段者、そして一級から初心者までの級位者を含む、二百人による巨大なピラミッドが形成されていた。

七段、六段には、ビジネススクール学長の堀井が挨拶をして回っていた、銀行を定年退職した和多田、医者の奥井、姐さんと呼ばれたコンサルタントの村松、財務官僚の羽田、現役銀行員の山戸といった名前が二十名ほど連なっていた。

その堀井は鈴木や松木と同様、五段のところに名前があった。

それから四段、三段と続き、やがて級位者の名前が一級から順番に延々と続いていた。

何気なくページをめくっていた井山は、何人かの名前が横線で消され、その名前が何ページにも亘って再び現れていることに気がついた。

「名前が消されたり、また現れたりしている人がいますけど、どういうことですか?」

「この方たちは、『伸び盛り三羽烏』と呼ばれている、細名さん、稲増さん、村田さんです。今回のリーグ戦が始まってこの二か月の間に、すでに連勝を重ねて昇格しているんです。その度に前の級位の欄から名前を消して、新たな級位に書き替えているんですよ」

「それにしても三人とも凄いですね。二か月の間に三つも四つも昇級しているじゃないですか」

「細名さんは、あの有名な若手政治家ですが、囲碁を始めてまだたったの半年なんですよ」

今は初段だが、ページをめくると、一級、二級、三級、四級のところにも細名の名前があった。各級位で最初は何度か負けているが、五局も打つ頃から五連勝して、あっという間に初段まで駆け上がっていた。

「す、凄いですね」

思わず井山が息を呑むと、横から鈴木が口を挟んだ。

「それにしても、政治家ってよっぽど暇なのかね。こんなに囲碁にはまって大丈夫かね」

「恐らく集中力が人並み外れて優れているんでしょうね。それにやはり物凄く負けず嫌いですからね」

梅崎が一生懸命客の面目を保とうとフォローした。

「それから、稲増さんと村田さんですが、お二人とも二十代のＯＬなんですが、囲碁を始めてまだ一年も経っていないのに、やはりもう初段目前なんですよ」

井山は自分と年が近い二人の女性の上達ぶりに舌を巻いた。

「へー、大したもんですね。お二人ともまだ若いのに、私生活や仕事を犠牲にして囲碁に人生を捧げているんですかね」

梅崎はまた苦笑いしながらフォローした。

「お二人とも大変熱心に毎日通ってくださっていますけど、当人は全然犠牲にしているつもりはないと思いますよ。今やどちらが先に初段になるか、お互いに相当意識していることは確かですけどね」

井山は改めてこの三人の上達ぶりに目を見張ったが、この「三羽烏」こそが将来必ずや自分の前に立ちはだかる存在になるに違いないと感じた。井山ももし初段を目指すなら、将来的にはそんな難敵を打ち倒す覚悟が必要になるのだろうと思った。

井山は膨大な数の名前が書き連ねてある名簿を目にして、この巨大なピラミッドの中における自分の位置をはっきりと認識することができた。

麗子に勝とうと思ったら、このピラミッドの階段を天辺目指して上っていくしかないのだろう。

それは雲をつかむような話かもしれないが、考えようによっては、単に麗子に勝つという漠然とした目標よりも、このピラミッドを指標としたほうが、麗子との距離が測れて分かりやすそうだった。

この道程を着実にたどって行けば、おのずと麗子という最終目標に到達できるのだろう。

このピラミッド構造を見て怯むどころか、井山はその楽観的な性格から、却ってこれは好都合だと考えた。

勝てば上がり、負ければ下がる。

なんの言い訳も利かない、実に単純な話で、そこには忖度も理不尽もない。

あるのはただ己の実力のみだ。

逆にそれが如何に過酷な世界であるか、この時の井山はまだ分かっていなかった。


するとその時、井山と一緒に名簿を眺めていた甥の鈴木が改めて驚きの声をあげた。

「それにしても、一年足らずでよくこれだけの人を集めましたね」

「実は、一番の功労者は藤浦さんなんですよ」

「先程ここで、歌って、踊って、嫉妬深い奥さんに怒られて、一緒に帰っちゃった方ですか」

「そうです。実は一年前にここでボヤ騒ぎがあった時に、最初に気がついたのが、丁度通りかかった藤浦さんだったんですよ。彼が大声で私たちを起こして、一生懸命消火も手伝ってくれたんです」

「そうだったんですか」

「その時のショックで麗子さんのお母様は亡くなってしまったんですが、落ち込んだ麗子さんを励まして、ここを囲碁サロンにするように勧めて援助してくれたのも彼なんですよ。その後は陰に日向に麗子さんを助けて、囲碁仲間を沢山連れて来てくれたので、思ったより早く軌道に乗せることができたんです」

「一度来れば誰でも麗子ファンになりますからね。だから藤浦さんの奥さんが心配するのも分かりますね。藤浦さんもそのうち麗子さんの『パパ』になる魂胆じゃないんですか。そういうことに対する女の勘は鋭いですからね」

「そんな下心は全然ないと思いますよ。藤浦さんからしたら麗子さんは娘みたいな年ですからね」

「奥さんも娘みたいな年だったじゃないですか。あれだけの遊び人だから結構下心がありそうですよね」

鈴木の言葉を聞いて、井山は何故か強い嫉妬の念に駆られた。

あんなおじさんに麗子を獲られたくなかったし、バラの花束で口説いていた埜口にも、シャンパンを担いできた堀井にも負けたくなかった。

そのためには何が何でも囲碁が強くならなければならないのだ。

そう思うと、井山はもう居ても立ってもいられなくなった。

「梅崎さん、私もリーグ戦に参加します。まずは十級からお願いします。鈴木さん、早速リーグ戦の対局を始めましょう」


井山は碁盤のある机に移動すると、甥の鈴木との対局に臨んだ。

二人とも十級なので、握りを行い、井山が白番になった。

髭ゴジラと打った時も最初は白番だったが、打ち慣れていないので井山には苦手意識があった。沢山の置き石を活用して相手を攻める碁に慣れている井山にとって、白番は常に後れをとっているようで打ちづらかった。特に序盤は、先行する黒に対して白は全体が薄くて頼りなく見えた。

それでも鈴木は白の薄みを衝くこともなく、ひたすら慎重に、堅い黒地からさらに地を広げるような手を打ってきた。相手が打ち込んでこないと見た井山は、広く開いている石から中央に向かってさらに飛んで、ひたすら大きく構えていった。

黒が確定地を稼ぐのに対して、雄大に構えた白は至るところに薄みがあったが、このまま全部が地になるとさすがに大きそうだった。白地を荒らさないと勝てないと思った鈴木は、しばらく長考に沈んでいたが、最後は覚悟を決めて白地の奥深く打ち込んできた。

それは井山の想定より深い打ち込みだった。相手が麗子なら簡単に凌がれそうだが、同じ棋力なら分からなかった。

井山は猛然と襲い掛かったが、鈴木は何とか耐えて逆に白の薄みを衝いてきた。思わぬ鈴木の反撃にひるんだ井山の攻めは空振りに終わり、逃げまどっていた鈴木の大石も何とか生きてしまった。

白の大模様が荒らされたので、今度は井山が手堅く囲ってある黒地に果敢に打ち込んでいった。完全に無謀な打ち込みに見えたが、ここで鈴木の看護師という仕事上の弱点が出て、白石を殺すことができなかった。あれだけ堅く囲っていたのに、まさかの荒らしによって黒地も消えてしまった。

まさに実力伯仲の大熱戦で、お互いに荒らし合いとなったが、最初に大きく構えていた分、井山に残って、最後は十目半勝ちとなった。

記念すべきリーグ戦デビューの対局で勝利を収めた井山は、興奮して顔を上気させた。

しかも苦手の白番での勝利だったので、井山にとっては画期的なことで、天にも昇る気持ちだったが、ここで有頂天になることなく、静かに鈴木のほうに顔を向けた。

すると、悔しそうに顔を歪めていた鈴木が「もう一局お願いします」と言ってきたので、井山もニッコリと笑うと大きく頷いた。井山にとって自分と実力が近い好敵手が見つかったことは何よりの喜びだった。

次は井山が黒番となった。

今度も前回と似た展開で、黒番の井山が足早に大きく構えるのに対して、白番の鈴木は自分の地だけは絶対に荒らされまいと手堅く囲っていった。

しかし明らかに黒の構えが大きいと感じた鈴木は、先程よりも早めに模様に打ち込んできた。そこから激しい乱戦に突入したが、前回同様お互いに決定打を放つことができず、取れそうで取れず、取られそうで取られないという、一進一退の攻防が盤上全体に広がっていった。最後は手堅く囲っていた地の分だけ白に残って、鈴木が何とか逃げ切った。

こうして井山のリーグ戦デビューは、十級の相手に対して、互先で一勝一敗に終わった。

この時に井山は、ピラミッドにおける自分の位置をはっきりと見極めることができた。

ここが自分のスタート地点だ。

ここからまずは初段を目指し、やがて五段へと達し、そして狙うは四天王が待ち受ける八段という高みだ。

そこまでたどり着くことができれば、いよいよ憧れの麗子を視界に捉えることができるだろう。

井山はまた妄想を膨らませて、麗子を打ち負かす自分の姿を想像して俄然やる気をみなぎらせた。

第四章

　翌朝会社に行くと、井山はパンダ眼鏡と髭ゴジラに、さゆりを見つけることができなかったこと、芸者には直接連絡が取れない決まりであることなどを伝えたが、「らんか」に行ったことやそこでライバル商社の強豪に会ったことは言わなかった。やっと見つけた自分の聖域に上司に入ってきてほしくなかったのだ。

　パンダ眼鏡は「そうか、それは残念だな」と呟いただけだったが、髭ゴジラの目は「思った通り、お前は何をやらせても役立たずだな」と言っていた。

　井山が席に戻ると、髭ゴジラが何気なく近づいてきた。

「ところでお前、海外に行く気はあるか。東南アジアでお前の好きな稲を見て回って米を買いつけたりするのは楽しいと思わないか」

　井山は稲には魅力を感じたが、今はその気になれなかった。

「商社に入ったのでいずれは海外勤務もあるでしょうけど、まだ勉強不足で全然役に立たないと思うので、まずは国内でしっかり勉強したいと思います」

「そりゃそうだよな。今直ぐってわけじゃないけど、お前の気持ちを確認しておきたかったんだよ。海外に行く覚悟はできているってことはよく分かったよ」

井山はそんな風に言ったつもりはないし、せっかく「らんか」に通い始めたばかりなので、寧ろ海外に行きたくない気持ちのほうが強かったが、髭ゴジラの言い方には作為的な含みが感じられた。

すると二人の会話を横で聞いていた一般職の初音が、いつものように平板な顔を井山に近づけてきた。

「榊課長とのやり取りを聞いていたんだけど、ちょっとニュアンスが違うんじゃないかと思ったのよね。だから早めに訂正しておかないと、本当の本当に、直ぐに海外に飛ばされちゃうわよ」

「海外に飛ばされるだなんて、またまた初音さんも脅さないでくださいよ。はっきりと、直ぐに海外に行く気はないと伝えたから、そんな心配はいらないですよ」

「あなたね、なに呑気なこと言ってんのよ。あの二人の会話を聞いていると、かなり本気だから、少しは真面目に仕事に取り組まないと、本当に直ぐに海外に飛ばされちゃうわよ。囲碁なんて今から始めてもどうせプロになれるわけじゃないんだから、適当に趣味で楽しめばいいじゃない。今度こそ上司にやる気があるところを見せないと、あなたに明るい未来はないわよ」

初音は、よりによって入社一年目の重要な時期に囲碁にはまってしまった井山に、早くそのことに気づいてほしいと願っていたが、そんな初音の心配をよそに、終業時間がくると他の部員が残業しているにもかかわらず、井山は真っ先にオフィスを飛び出して「らんか」に向かった。

会社で罰点を食らおうが、上司から見放されようが、今の井山はそんなことお構いなしだった。囲碁を打ちたいから打つ。

ただそれだけの単純な話なのだ。

井山の人生なのだから、どこまで囲碁にのめり込むかの選択は本人の自由のはずだ。

たとえ会社で明るい未来がないとしても、囲碁にのめり込んだ結果やってくる未来を、自分の人生としてただ淡々と受け入れるだけだと、井山は割り切っていた。

それよりも井山の頭の中は前日の対局の反省でいっぱいだった。

互先で競うライバルに読み負けたところもあったので、もっと読みの力を鍛えたいと考えた井山は、途中で本屋に寄って、髭ゴジラの助言に従って初心者向けの詰碁の本を買うと、神楽坂へ向かう地下鉄の僅かな時間の中で、早速その問題を解いてみることにした。

最初はひと目で分かる簡単な問題ばかりだったので、井山はパラパラとページをめくっていき、十級の問題を見つけると、丁度自分の棋力に合っていると思ってそこから取り組み始めたが、これが意外と難しくて、延々と考え込んでしまった。解けるまで諦めないつもりで粘るうちに、井山は時間が経つのも忘れて完全に詰碁の世界に没入してしまった。

延々と考えて色々な可能性を探ってみたが、どうやっても自分の石のほうが先に取られてしまうので、お手上げの状態になった井山は、これは印刷ミスに違いないと結論づけた。

そこでようやく我に返って顔を上げ、周りを見回してみて、車両の中に自分一人しかいないことに気がついた。

夢中で三十分も考え続けているうちにいつの間にか神楽坂を通り越して、終点の三鷹まで来てしまったのだ。

慌ててホームに降りた井山はそこでようやく諦めて答えを見ることにした。

屈辱的な思いでページをめくった井山の目に飛び込んできたのは「石塔シボリ」という手筋だった。こんなもの、知らなければ解けるわけがないと感じた井山は、屈辱感は直ぐに吹っ飛び、その見事な手筋に感動さえ覚えた。

ホームに立ったまま今度は電車に乗ることも忘れて、井山は夢中になって詰碁を解き続けた。

「石塔シボリ」を見て、いくら考えても分からないものは仕方ないと割り切れるようになった井山は、少し考えて分からないものは直ぐに答えを見るようにした。

すると今度は「石の下」という手筋だった。これを見て井山は「石塔シボリ」の時以上の感動を覚えた。

我を忘れてページをめくっていくと「イタチの腹づけ」だの「タヌキの腹つづみ」だの、次から次へと素晴らしい手筋が出て来て、そのどれもが美しく見事で、まるで手品のように感じた。

詰碁の本に夢中になって長時間ホームに立っていた井山は、そこでまた我に返ると、慌てて逆方向に向かう電車に飛び乗った。

電車の中でも詰碁を続けたかったが、また夢中になると、今度は逆側の終点の勝田台まで行ってしまいそうなので、しばらく我慢することにした。座席に座って目を閉じていると、詰碁の本にあった様々な手筋が浮かんできた。井山は興奮しながら盤上に置かれていく石を頭の中で追ったが、実際に盤上に並べるのに比べると遥かに難しく感じた。

神楽坂で地下鉄を降りた井山は急いで「らんか」へと向かった。

身体を横にして狭い建物の隙間をすり抜け、木がせり出したわびしげな石畳の裏路地を下って行くと、静かに佇む民家の前にたどりついた。

その怪しげな風情さえ愛おしく感じられるようになった井山は、玄関を抜けると急いで大広間に入り、挨拶もそこそこに碁盤に向かった。

井山は早速詰碁の問題を碁盤に並べて正解手順を確認しようとしたが、先程は正解を見てあれほど感動したというのに、実際に石を並べてみるとうまく正解にたどり着けなかった。

すると、どこで間違えたのかと戸惑っている井山のところに、若い女性が笑顔で近づいてきた。きっちりとスーツを着こなすキャリアウーマン風のその女性の身のこなしは秘書のようにそつがなかったが、物腰は柔らかで穏やかそうに見えた。

その女性は、井山が並べた石を見て「これは『石塔シボリ』ですね」と言うと、囲碁が好きで堪らないという表情で石を置きながら丁寧に教えてくれた。

「このタイミングでここを打ち欠かないと攻め合いに勝てなくなるんですよ」

井山はその人懐っこい笑顔に思わず引き込まれてしまった。

「ありがとうございます。はじめまして。井山といいます」

するとその女性もニコニコと明るい笑顔で挨拶を返してくれた。

「素敵なお名前ですね。囲碁を打つ人には憧れですものね。私は稲増と申します」

あの噂の「伸び盛り三羽烏」の稲増だと分かって井山は感動を新たにした。稲オタクの井山にとって、稲が増すなどというめでたい名前はあまりにも神々しくて口に出すことさえ憚られるほどだった。

井山は婿入りしてこの名前になりたいと、勝手に妄想を膨らませた。

稲増は優しい笑顔で、井山の詰碁の本をいとおしそうになでた。

「この詰碁の本はいいですよね。基本が一通り網羅されていますからね」

稲増の名前にすっかり熱を上げる井山とは対照的に、稲増はただ過去読み込んだ詰碁の本への愛着の念を表現するだけだった。

「この本はもう卒業したんですか」

井山が何気なく訊くと、稲増は待ってましたとばかりに重そうなバッグを開けた。中には通常若い女性が持ち歩くようなグッズは一切入っておらず、何冊もの囲碁本が所狭しと詰め込まれていた。

「この二冊はウォーミングアップ代わりに往きの電車の中で解く簡単な詰碁です。大体電車に乗っている間に二冊全てを解きます」

それから最新の定石、布石の本をごそごそと引っ張り出した。

「これはちょっと歯ごたえがあるけど、凄く参考になるので、仕事の合間の息抜きに読んでます」

井山が驚いていると、稲増は更に何冊かの本を取り出した。

「これは帰りの電車で読む本です。ちょっとレベルが高いので、一番集中力を高められる時に読んでいるんです」

「それだったら家に帰ってゆっくり読めばいいじゃないですか」

「家ではネットで対局するので、本を読んでいる暇はないんです」

稲増の凄まじい囲碁ライフに井山は圧倒されて言葉を失った。

これくらいやらないと、一年で初段近くまで昇格できないのだろう。

ただ彼女は、囲碁をこよなく愛する者として、心の底から強くなりたいと願っているだけで、それが特に負担だと感じているようには見えなかった。それでも優しい笑顔のその裏には、ひたすら勝利を目指し、髪を振り乱して脇目も振らず囲碁の世界へと没入する全く別の顔が潜んでいるに違いなかった。

するとそこに、やはりニコニコと笑顔を作り、詰碁が好きでたまらないというオーラを発しながら若い女性が近づいてきた。

「ああ、この本ですね。私もボロボロになるまで読み込みましたよ」

その女性も、稲増同様、愛おしそうに詰碁の本を手に取った。

「こちらは村田さんです。私と級位が近いのでよく打つんですよ」

井山は、彼女が「二羽目の烏」だと気づいた。

小柄で愛らしい美少女風の村田だが、同時に芯の強そうな表情を覗かせていた。

稲増と村田は、笑顔で親しげに話していたが、水面下ではお互い絶対に負けられないライバルとして激しい火花を散らしている様子が窺えた。

井山が持っていた詰碁の本を巡っても、如何に自分がこの本を愛でてきたかを競い合うように語り出した。

「この『石塔シボリ』もいいですけど、私は『イタチの腹づけ』のほうが好きですね。実戦でも応用範囲が広いですからね」

「私は『鶴の巣ごもり』が好きですね。『イタチの腹づけ』に比べて名前が綺麗じゃないですか」

「でも強い人と打つと『鶴の巣ごもり』が決まることなんてまずないですよね」

「それは『イタチの腹づけ』だってそうですよ。それに動物の名前なら『タヌキの腹つづみ』のほうが優れていると思いますよ。あの手筋を最初に見た時、感動で涙が止まりませんでしたからね」

様々な囲碁用語を駆使して互いの「推し手筋」を競い合う二十代の女性というのも、そうそういるものではないので、井山は珍しい小動物を観察するように二人の会話を聞いていた。

小柄な村田が稲増以上に大きなバッグを担いでいたので、井山は恐る恐る訊いてみた。

「そのバッグの中には、囲碁の本が入っているんですか」

すると村田は、バッグから分厚い辞書のような本を二冊取り出したが、よく見ると定石事典と布石事典だった。

「そんな分厚い本を持ち歩いてどうするんですか」

「私は序盤が苦手なので、定石や布石をマスターしようと思って毎日碁盤に並べているんです」

定石や布石をろくに知らない井山はそんな本があることさえ知らなかったが、それはまさに国語辞典を検索に使うのではなく、頭から読み進めるようなものなので、井山には信じ難いことだった。

伸び盛りの「二羽の烏」から大いに刺激を受けた井山は、この二人との距離が現在どれくらいあるのか測ってみたくなった。

「昨日からリーグ戦に参加するようになったんですけど、一局打ってもらえますか」

井山が遠慮気味に訊いてみると、稲増が相変わらずニコニコと笑顔のまま快く受けてくれた。

「いいですよ。それでは私と打ちましょう」

井山は密かに目標と定めた相手とこんなに早く対局の機会が巡ってきたことを素直に喜んだ。

十級の井山に対して一級の稲増とは星目だが、九子局なら麗子と散々打ったし、髭ゴジラとも打ったことがあるので、一番慣れている手合いといえた。

ところがいざ対局が始まると、稲増の着手は大変厳しいものだったので、予想外の展開に井山は次第に余裕を失っていった。

稲増のニコニコと楽しそうに打つその笑顔は実に穏やかだったが、井山を攻め立てる手は直線的かつ過激で、自分の弱い石を放置したまま、黒の薄みを衝いては、切れるところをどんどん切って激しく攻め立ててきた。至るところで攻め合いが発生したが、ここで詰碁オタクの本領を発揮してことごとく攻め合いを制した稲増が、あっという間にあちこちの井山の石を召し取ってしまったので、井山はまだ百手足らずのところで、投了せざるを得なくなった。

稲増の凄まじい力業に井山は舌を巻いたが、一方でその直線的な攻めこそが彼女の弱点ではないかとも感じた。今の段階で理路整然と説明はできないが、麗子の真綿でジワジワと首を絞めるような、余裕すら感じさせる攻めのほうが得体の知れぬ凄味があって怖かった。それこそがまさに麗子の真の実力の成せる業なのであろうが、稲増の直線的な攻めは、一見厳しそうだが、やや無理筋に思えて、逆にこちらからその隙を衝いて返し技をかければ勝機が見出せるのではないかと感じた。

現段階ではまだ敵わないが、読みの力がつけばいつか彼女の背中を捉えることができるのではないかと感じた井山は、まずは読みの力をつけるために詰碁の勉強に一層力を入れようと自分に言い聞かせた。

一方で井山は、実戦から学ぶことも多いと感じたので、もっと対局数を増やしたいと思って、実力の近い人を探した。

すると十級の甥の鈴木が久美と打っている姿が目に入ってきた。

久美は井山が初めてここに来た時、前に伯父の鈴木と一緒にカウンターで飲んでいた若い女性だが、空気が漏れるような独特の話し方をするので、井山もよく覚えていた。鈴木塾で鍛えられている久美も確か十級くらいのはずだと思って近づいていくと、久美も井山に気がついて話しかけてきた。

「この間お会いした井山さんですよねー。こちらの対局はもう少しで終わるから、待っててくださいねー」

相変わらず話し方は緩いが、囲碁のほうは鈴木を圧倒していた。さすがに伯父の鈴木塾で鍛えられているだけのことはあると、井山が感心して見ていると、甥の鈴木が最後は諦めて投了した。

「久美ちゃん、一か月前と比べて随分と強くなりましたね」

「これで四連勝なのでー、あと一勝でー九級ですよー、そうしたらー、今度は定先ですからねー」

「それだったら、井山さんも十級だから、もう一回互先で打って、ばっちり勝って昇格を決めてくださいよ」

それを聞いた井山は、嬉々として答えた。

「それなら私も昇格を阻止するために燃えますよ」

すると久美は「そんなー。井山さん意地悪しないでくださいねー」と泣きを入れてきたが、その顔は自信に満ち溢れていた。

久美の九級への昇格がかかった、井山との対局が始まった。

一桁級というのは、久美が囲碁を始めた時からの目標だったので、今その目標に王手がかかって、久美はこれまでにないくらい緊張していた。

井山は井山で、こんな緩い喋り方をする相手に負けるわけにはいかないと、根拠のないプライドが顔を出していたが、それでも、井山が一勝一敗だった鈴木が完敗したのだから、決して侮れない相手であることは確かだった。

握りで黒番になった井山は、一手一手慎重に打ち進めていったが、久美は基本がしっかりしていて、石の形が整っていた。

序盤で久美にうまく打たれて劣勢を意識した井山は、中盤に入ったところで、劣勢を挽回するためにどこから仕掛けようかと迷って長考に入った。

こういう中盤の勝負どころで、どう打ったらよいかが、井山にはまだよく分かっていなかった。まだまだ勉強しなければならないことが沢山あって大変だと思って溜息をつくと、井山は一旦盤上から顔を上げて、リラックスしようと伸びをした。

するとその時襖が開いて、一人の女性が入って来た。

寛いだまま何気なくそちらに目を向けた井山は、驚愕し、慌てふためいて思わずその場で立ち上がった。

入って来た女性が、さゆりにそっくりだったのだ。

よく見ると、綺麗な顔立ちはさゆりに似ていたが、服装や雰囲気はまるで違っており、そもそも若いのか中年のオバサンなのかよく分からなかった。それというのも、その女性はダボッとした花柄のシャツにダブダブのモンペのようなパンツをはいており、髪も日本髪でなく、ピッチリとオールバックにまとめて結った髪をネットでくるんでいたので、芸者姿のさゆりとは全くの別人に見えた。

その女性は、滑るようにスーッと移動して、カウンターの前を通り過ぎると、窓際の椅子に腰を下ろして、窓の外を眺めながら気持ちよさそうにタバコを吸い始めた。

井山は立ち上がったまま、その姿をじっと見つめていた。

対局中の久美は、自分の目の前で井山が突然立ち上がって、対局そっちのけであらぬ方向を見つめているので、一体どうしたことかと、あっけにとられた。

やがて井山は何かにとり憑かれたようにフラフラと歩き出すと、窓際に近づいて行った。

久美はすっかり驚いてしまった。

「オーイ、井山さーん。もしもーし、次あなたの番ですけどー。そんなところで何してるんですかー?」

久美はあらぬ方向に歩いて行ってしまった井山に向かって声をかけたが、井山は見向きもしなかった。

「どうしました、先生。ハロー。ちょっと返事してくださいよー」

久美の声は段々大きくなっていったが、井山の耳には全く届いていないようだった。

その女性は、煙を出さないタバコを気持ち良さそうに吸っていたが、直ぐ近くまで寄って来て、驚いた表情で見つめる井山に気づくと、厳しい目線で睨み返した。

「あんた、なにさっきからジロジロ見てんだよ。私に何か用かい?」

凄まれた井山はしどろもどろになって答えた。

「いや、その、すいません。私は井山というんですけど……」

「なんだよ、突然。おばさんをナンパかい」

「いや、全然そんなんじゃないんですけど、あの、お名前を教えていただいても良いですか?」

「なんだい急に。気味が悪いね」

いきなり声をかけられて警戒を強めたその女性は、まともに答えようとしなかった。

「あの、囲碁はなさるんですか?」

「たしなむ程度は一応打てるけどね、まあ、十級くらいかね」

「それは良かった。私も十級なんですよ。それでは一緒に打ちましょうよ」

「本当かい。あの娘はどうするつもりなんだい」

井山が振り返ると、久美が心配そうな顔でこちらを見ていた。

「ちょっと、井山さーん。打つんですかー、打たないんですかー?」

井山は久美のほうに手を合わせて謝った。

「申し訳ないけど、今日のところは打ち掛けということでお願いします」

すると久美は不服そうに口を尖らせた。

「それって、いつか続きを打つってことですかー? 私、昇格がかかってるんですけどー」

仕方ないので井山は渋い顔をして叫んだ。

「分かりました。それでは投了します。私の負けです」

「やったー。昇格だー。でもー、なんかちょっと後味悪い感じー」

そのやり取りを見ていた女性はフン、と鼻でせせら笑った。

「あんた、悪い男だねえ。そんないい加減な態度でいいのかね」

「まあ、そう言わずに。こちらで、さあ、一緒に打ちましょう」

「あんた、若いのに大胆だねえ」

タバコをしまうと、その女性は井山と一緒に対局机に向かった。

井山は改めて自分の名前を伝えて、再度相手の名前を訊いた。

「私は早乙女だよ。まあ、一局宜しくお頼み申します」

早乙女と言われても、そもそもさゆりの苗字を知らなかった。

「あの、下の名前は何というんですか」

「何だよそれは？　枕元で囁こうっていうつもりかい。わたしゃ、今日は囲碁しかやらないからね」

「そうじゃないですけど。あの、さゆりさんじゃないですよね？」

井山が思い切ってさゆりの名前を出すと、その女性は驚いたように井山を見つめた。

「そりゃ、あんた、偶然かね。さゆりは娘の名前だよ。私はゆり子っていうんだけどね」

さゆりが娘？

これは偶然なのだろうか？

激しく動揺した井山は、初対面の相手にとんでもない質問をしてしまった。

「え、それじゃあ、あなたは一体何歳なんですか？」

するとゆり子は、また井山を睨みつけた。

「いきなり女性に年を訊くなんて失礼だろ。これ以上変な質問をしたら警察を呼ぶからね。さあ、囲碁を打つのかい、打たないのかい？」

「すいません。これ以上質問はしませんから、許してください。はい、囲碁を打ちます。宜しくお願いします」

井山はそれ以上質問するのは諦めて囲碁に専念することにした。

二人は黙々と打ち続けたが、途中で井山は、これはやはりさゆりではないと確信した。五段の田中社長に三子置かせて粉砕したあのパワフルな碁の片鱗も見えなかったし、うつむき加減で打つ姿はあの凛々しいさゆりからは程遠いものだった。

十級の井山から見ても急所を外す手が多く、最後は白番井山の十五目半勝ちに終わった。

負けて気分を害したのか、ゆり子は不愉快そうに立ち上がると、スーッと滑るように移動して黙って部屋から出て行ってしまった。

第五章

十級で「らんか」のリーグ戦に参加するようになった井山の、頂上を目指す長くて厳しい戦いがいよいよ始まった。

井山は当面の目標を年内初段と定めた。

今は九月に入ったばかりなので、残り四か月足らずだが、若手政治家の細名が半年で初段になったのだから決して不可能な目標ではないはずだった。それに目標を定めてコツコツと努力することは寧ろ井山の得意とするところだった。

幸か不幸かこの頃になると、一向にやる気を見せない井山をパンダ眼鏡も髭ゴジラもすっかり見放すようになっていたので、それをいいことに井山は完全に囲碁中心の生活を送るようになっていた。

井山には死活や手筋は勿論、定石、布石からヨセまで学ぶことが山ほどあったが、取り敢えず毎日の計画を立てて、それを地道にこなしていくことにした。

毎日コツコツと勉強を続けても日々の上達はなかなか実感できるものではないが、囲碁は語学の勉強に似ていると感じた。井山はある日突然階段を上るように、ポーンと飛躍する時がきっと来ると信じて、焦らず取り組んでいった。

朝起きるとまずは十局ほど棋譜並べを行い、通勤時間や休憩時間はひたすら詰碁を解き、終業時間がくると、真っ先に会社を飛び出して「らんか」に向かった。そこには同じ棋力の鈴木や久美が待っていたし、久美と同じように鈴木塾で鍛えられている香澄や新菜という五級の者もいた。鈴木や久美とは互先、香澄や新菜とも五子でいい勝負が続く中、時々「伸び盛り三羽烏」の稲増や村田にも挑戦する機会を得て鍛えてもらった。

家に帰ると定石や布石、中盤の戦い方からヨセに至るまで幅広い内容の本を何回も繰り返し読み耽り、休日ともなると朝から晩までじっくりと何冊も読み込んだが、夢中になって読み続けていると興奮して眠れなくなって、気がついた時には夜が明けていたなどということも度々だった。

毎日疲れが溜まっていき、井山の身体は次第に衰弱していった。

寝不足から顧客との面談中に猛烈な眠気に襲われて、深い眠りに落ちてしまうことさえあった。それでも「らんか」に行って碁石を握ると不思議と精気がみなぎり、まるで「らんか」という「場」そのものに覚醒作用があるかのようだった。しかし妙にハイになった反動で、翌日はより疲弊の度合いが大きくなることも多かった。

会社で井山が眠そうにしていると、一般職の初音が心配して顔を近づけてきた。いつ見ても、初音の顔は平板で能面のようだった。

「部長と課長が話しているのを聞いちゃったんだけど、井山さん、本当に異動になるかもしれないわよ」

「え、本当ですか？　それっていつ頃ですか」

「さすがに新人を一年以内に異動させる度胸は彼等にもなさそうだけど、総会異動の時にどさくさに紛れて飛ばす可能性が高そうね」

「ということは、来年の六月ということですか」

「そうね。あなたね、トンズラ事件でただでさえ危うい立場なんだから、少なくともこれから半年は死に物狂いで挽回しないと、いよいよ悲惨なところにポーイですよ、ポーイ」

初音の忠告は有難かったが、井山にはやっと見つけた生きがいである囲碁を止める気はなかった。

一刻も早く麗子に追いつくためにも、寧ろもっと囲碁の時間を増やしたいくらいだったが、子供の頃から囲碁漬けの生活を送ってきたライバルたちに対抗しようにも、自分に与えられた時間は不公平なほど少なく感じられた。

井山はなんとか勝ちたいと毎日必死に頑張ったが、勝ったり負けたりの繰り返しで、なかなか思い描いた通りに右肩上がりで急成長というわけにはいかなかった。

気持ちは焦るばかりで、勉強すれども進歩を実感できずに空回りする日々が続いた。

それでも一か月経って九月が終わる頃には徐々に成果が表れ始めて、それまで勝ったり負けたりしていた鈴木や久美にも段々負けなくなってきた。中盤の戦いで覚えたての手筋で切り抜けたり、勝負どころでしっかりと生きることができるようになってきたのだ。

鈴木は相変わらず優しい性格と看護師という職業が災いして相手の石を殺すことができず、段々と井山に勝てなくなっていった。

久美も最初の頃は井山をリードしていたが、対局する度にその差を縮められ、やがて抜き去られたことを肌で感じた。それでも久美は、鈍行列車から急行を見送る旅人のように、自分は自分のペースで、車窓の景色を楽しみながら、のんびりと目的地を目指せば良いと割り切って、井山の成長を横から眺めていた。

それが大好きな囲碁を楽しみ、長続きさせるコツなのだ。

人それぞれに囲碁との付き合い方、楽しみ方があり、自分はこれで十分満足だと久美は自分に言い聞かせた。

そんなある日、井山は若手政治家の細名が麗子と打っているのを見かけた。

「伸び盛り三羽烏」の三羽目だ。

見るからに社交的な人物で、麗子と笑顔で楽しそうに打っていたので、井山は激しい嫉妬を覚えた。

「本当に強くなりましたね、細名さん。短期間でこんなに上達した方は初めてですよ」

麗子が大袈裟に誉めると、細名は麗子の手を取って盛んに頭を下げた。

「ありがとうございます。それもこれも全て麗子さんのお蔭です」

いちいち手を取る必要などないのにと憤りながらも、井山は羨ましくて仕方なくて、自分も早くあんな風に麗子に誉められたいと思った。

細名が打ち終わって帰っていくと、笑顔で見送った麗子が井山に気付いて近寄ってきた。

「井山さん、そんな不機嫌そうな顔して、どうしたんですか？」

「今のは政治家の細名議員ですよね」

「ええ、そうですけど」

「急激に強くなっているって聞いたので、凄いなあって思っていたんですよ」

「半年で初段ですから、確かにあまり見たことないけど、政治家ってどんだけ暇なのかしらね」

麗子の言葉に、井山はなんとなく救われた気がしたが、細名を勝手にライバル視しているだけに、早く彼を負かしたいと思った。

十月に入ると九月から始めた勉強の効果が表れて、簡単な詰碁はひと目で解けるようになった井山は、連勝を続けて、一気に八級まで上がった。

遂に階段を一段上がったのだ。

甥の鈴木には二子置かせる手合いとなったが、つい最近まで互先だった相手に二子置かせるのは思った以上に大変だった。それだけではなく、上手に対しても、五目置かせてもらっていた香澄や新菜と今度は三子になるので、大きな違いだった。

井山はまた踊り場を迎えて勝ったり負けたりするようになった。

その後徐々に勝ちが先行するようになった井山は、十月も終わる頃には一気に勝率が上がり、また階段を一段上がった。

それまでは定石や手筋を勉強しても記憶があやふやで、間違えることも多かったが、何度も実戦で繰り返すうちに、完全に自分の知識として定着するようになったのだ。

そうやって一段上のレベルに到達した井山は、その後破竹の連勝で一気に五級まで上がった。

そうなると今度は同じ五級の鈴木塾の香澄や新菜が最大のライバルとなった。五子置いていた相手と互先というのも大変だが、少し前まで互先だった甥の鈴木に今度は五子置かせることになるので、これはこれで想像以上に大変だった。

井山はこれまで置き碁の黒番の勉強をしてきたが、これからは白番の勉強も必要となり、やることが増えて大変だった。

同じ頃、「伸び盛り三羽烏」の稲増と村田も昇格し、細名も含めた三人が初段となっていた。

そうなると彼等とはもう五子である。僅か二か月前に九子で全く歯が立たなかった稲増と五子というのは、いくら井山が上達したとはいえ、彼女も強くなっているので、相当な難事であることは間違いなかった。

五級まで上がったことは嬉しかったが、もう十級の時のように気楽には打てなくなった。五子も置いていた相手と互先、互先の相手に五子置かせ、九子置いても勝てなかった相手とは五子である。井山は前も後ろも厳しい敵に囲まれて、まさに四面楚歌の心境だった。

昇格は良いものだが、その度にますます気が抜けない厳しい勝負が待っていることに、この時井山はようやく気がついた。

気が抜けないどころか、今まで以上の努力を続けないと、せっかく手に入れた地位も直ぐに失ってしまう恐れがあった。ようやく昇格したというのに、喜びよりも降格に対する恐怖のほうが大きかった。

井山は漠然と、こんな戦いはいつまで続くのだろうと考えた。

恐らく一番上にたどり着くまで続くのだろうが、それがどれほど過酷なものなのか想像もつかなかった。

十一月に入って直ぐに、井山は甥の鈴木と打つことになったが、初めての五子局なので今までとは違った緊張感があった。

鈴木は手堅く四隅を陣地にしてきたが、井山としては置石を利用して序盤から攻められるほうが嫌だった。

早々に弱い石がなくなった井山は、厚みを利用して相手の弱い石に猛攻撃を仕掛けた。激戦となったが、これまでの勉強の成果が表れて、逃げまどう鈴木の石を着実に殺した井山が勝ちを収めた。

鈴木との激戦を制して自信を深めた井山は、再び稲増に挑戦することにした。

二か月前に九子で歯が立たなかった相手に今度は五子である。

自分も強くなっているが、相手も日々強くなっているので、勝てるか分からなかったが、自分の成長を測るには絶好の相手だった。

井山は五つの置石を活用して、序盤から相手の弱い石に激しい攻撃を加えた。稲増は巧みに攻撃をかわすと、一瞬の隙を衝いて、攻めていた井山の石を切って反撃してきた。

相変わらずニコニコと優しい笑顔ながら、攻めっ気たっぷりの強引な打ち方である。

お互い生きていない石があちこちに現れて激しい乱戦となった。こうなると読みの力の勝負になるが、ここで井山は、これまで取り組んできた詰碁の成果を発揮して自分の石をなんとか生きて、二か月前とは違う姿を見せた。しかし攻め方を失敗して相手の石も生かしてしまい、勝負はまた振り出しに戻った。

最初から最後まで激しい戦いが続いたが、お互いに生きて大きな石を取られなければ、五子置いたハンディが活きてきた。

稲増は井山が知らない手筋で必死にヨセたが、最後は黒に二目残って井山が際どく逃げ切った。

年末まで残り二か月となったところで、五子で初段の稲増に勝った井山は、これでいよいよ年内初段という目標を射程に捉えたと感じた。

井山は仕事では相変わらずどこに飛ばされるか分からない危機にさらされていたが、年内初段という目標さえ達成できれば、たとえどんな辺鄙な場所に飛ばされようとも、仕事を犠牲にして囲碁に邁進してきたことを決して後悔することはないと思った。

第六章

井山が「らんか」のカウンターで寛いでいると、久し振りにゆり子がやってきた。井山の熱い視線に気がつくと、ゆり子は薄笑いを浮かべながら近づいてきた。

「相変わらず、そんな熱い視線をおばさんに送って、あんた、なかなかの熟女好きだね」

「そんなことないですよ。ゆり子さんもまだお若いじゃないですか。ところで娘さんは今おいくつなんですか？」

「いきなり何だいそれは。大事な娘のプライバシーをあんたのようなストーカーに教えるわけにはいかないよ。あんたとまた打とうと思ったけど、気持ち悪いから止めにするよ」

「ちょっと待ってください。もうご家族のことは訊きませんから、お願いだから打ってください」

井山は必死にゆり子を引き留めて対局しようとした。対局を重ねるうちに、さゆりのことを何か聞き出せるかもしれないし、なによりゆり子が井山に何かを伝えたがっているように感じていたのだ。

対局机についたゆり子が握りを行おうとして白石の碁笥を引き寄せると、井山は誇らしげに胸を張った。

「前回は互先でしたけど、あれから私は五段階昇格したので、今日は五つ置くようにしてください」

するとゆり子は不愉快そうに井山を睨み返して凄んできた。

「私だってこの二か月でちょっとは上達したんだよ。互先でなきゃ打たないからね」

井山は仕方なく今回もまた互先で打つことにした。

黒番になった井山のミニ中国流の布石に対して、ゆり子は落ち着いて応じ、前回のように慌てて打ち込むこともなかったので、お互いに模様を張り合う展開となった。

このまま囲い合ったらコミが出せなくなると焦った井山のほうから、我慢できずに相手の模様に打ち込んでいくと、ゆり子は待ってましたとばかりに打ち込んだ石を攻撃してきたが、急所を外したものだったために、井山はそれほど厳しい攻めを受けることなく白模様の中で生きてしまった。

すると今度は、ゆり子が模様に打ち込んできて、模様の荒らし合いとなったが、井山もうまく攻めきれずに模様の中で生かしてしまった。

勝負は一進一退で細かい碁となったが、最後は白番のゆり子が際どく一目半勝ちを収めた。

この敗北は井山にとって大きな衝撃だった。随分強くなったつもりでいたが、この二か月の努力の甲斐もなく、実際はさほど強くなっていないのではないかと感じられて、井山は茫然とした。

「ゆり子さん、私はこの二か月の間、全てを囲碁に捧げて必死に頑張ってきて相当強くなったつもりでいたんですけど、ゆり子さんはどうやってこんなに強くなったんですか」

ゆり子は満足気な笑みを浮かべると、こともなげに言い放った。

「あんた、自分は頭が良いからこれだけやれば誰にも負けないなんてうぬぼれてたんじゃないだろうね。私だって、やるときゃやるのさ」

短期間にどうやってこんなに強くなったのか教えてほしいとすがるように見つめる井山に対して、誘惑するように不敵な笑みを送りながら、ゆり子は無言で立ち上がると、また黙ってスーッと部屋から出て行ってしまった。

ゆり子には負けてしまったが、リーグ戦では稲増を五子で破った勢いそのままに井山の快進撃は続いた。五級に昇格した後も連勝を続けて、直ぐに四級になり、さらに勝ちが続いて、十一月の終わりには三級まで上がった。

三級になっても勝ち続けるために、井山はこれまで以上に囲碁の勉強をしなければならなくなった。

今の井山に残されているのは、昼間の仕事時間だけだったが、さすがにオフィスで囲碁の本を読むわけにもいかないので、井山は詰碁の問題をコピーして手帳に挟み、自分の席で手帳を覗きながら頭の中に碁盤を描いて解くことにした。

頭の中で碁盤を描いて詰碁を解くことは、想像以上に難しかったが、この方法によって井山の読みの力は飛躍的に上がり、初段レベルの問題はかなり解けるようになっていった。

三級になって勝ったり負けたりの停滞がしばらく続いたが、詰碁に取り組む時間が増えた井山は、また連勝街道を歩み始めた。

その勢いで十二月に入ると遂に二級に昇格したが、ここでまた壁にぶち当たってしまった。

二級ということは、破竹の勢いで初段まで上がった「伸び盛り三羽烏」とも二子の差なので、かなり互先に近い感覚である。ここまで近づいてくると、いよいよこの三人が大きな壁として立ちはだかるようになってきた。

いくら読みの力を高めたといっても、二か月や三か月でできることには限界がある。この三人にも一年近くかけて努力を積み重ねてきた蓄積があるので、そう簡単に打ち破れる相手ではなかった。それどころか、細名は素人が半年にわたってプロ棋士にアドバイスしてもらう囲碁番組に出演したり、ＡＩを活用したりして、初段からさらに腕を上げていた。

その番組での細名の半年後の目標は五段であった。もし本当にこの目標を達成できたら、囲碁を始めて一年で五段ということになる。そんな離れ業ができるのは、余程の天才か相当な暇人のどちらかだろう。いや、その両方を満たしていなければ、到底無理な話だろう。

今まで井山は、初段を目指す中でライバルの級位者や初段の相手を意識してきたが、二級ともなると、その上の有段者も意識せざるを得なくなってきた。そして近い将来には、いよいよ五段以上の高段者、さらには雲の上に聳え立つ八段の四天王をも意識しなければならなくなるだろう。

井山は有段者との対局を増やしていったが、さすがに有段者ともなると囲碁の骨格がしっかりしており、井山が知らない華麗な手筋を繰り出してくるので大いに勉強になった。

上手に負かされながらも、局後の検討で丁寧に教えてもらうことで、井山は多くの栄養を吸収していった。

そうなると、これまでの猛勉強が俄然活きてきて、実戦と机上の勉強の両輪が互いに補い合いながら相乗効果を発揮し始めた。

有段者との実戦を通して、井山は重要な棋理を自分の血肉としていった。

ここに至って、井山はまた一つ階段を上がり、二級でも勝ちが先行するようになったが、もう十二月も半ばを過ぎており、年内に初段まで上がれるかどうかは、微妙な情勢になってきた。

井山には一日が二十四時間しかないことがもどかしかった。何故、人生の三分の一も睡眠に当てなければならないのかと恨めしく感じられた。

毎日時間が足りなくて、寝る間を惜しんで夜中まで囲碁に没頭し続けたので、身体は衰弱していったが、「年内初段」という目標を達成するためなら、たとえ身体を壊そうが、その後どこへ飛ばされようが、どんな犠牲を払ってもいいと思った。負けず嫌いの井山は、どんなことをしてでも、ともかくこの目標だけは達成しなければ気が済まなかった。

そしてその目標を達成すれば、少しは囲碁のペースを落として、今度こそ真剣に仕事に取り組もうと考えていた。

ほとんど狂気の沙汰で囲碁に打ち込む井山は、明らかな睡眠不足から頬はこけ、目は窪み、身体の衰弱も激しかった。それでも「らんか」に入ると頭は冴えて、奇妙な生気がみなぎってきた。そして絶えず誰かが、直接心に響く声で励ましてくれているような気がした。

十二月も二十日を過ぎた頃に、井山はようやく二級で五連勝して一級に昇格した。

こうなると、もう執念以外の何ものでもなかった。

身体は疲弊しぼろ切れのようになっていたが、対局中の集中力だけは落ちなかった。

一級になって、さらに過酷な戦いが待ち受けていたが、井山の勝利に対する執念には凄まじいものがあった。

またこの頃になると「三羽烏」もそろって二段に昇格し、手合いが少し楽になったが、彼等は彼等で着実に実力をつけているので、決して油断はできなかった。

井山は一級に上がってしばらく負けがこんだが、一週間で立て直してなんとか勝てるようになると、年の瀬も迫る二十七日に初めて一級で二連勝を挙げることができた。

翌日がこの囲碁サロンの年内最終営業日で盛大な忘年会が予定されていたので、リーグ戦の対局はこの日までだった。

級位者や低段者で、確実に勝てそうな相手は何人かいたが、井山は最後の三局は「伸び盛り三羽烏」と打ちたいと思った。いずれは乗り越えなければならない壁なので、ここで逃げていては話にならないし、この三人を打ち破ってこそ、初段昇格も意義あるものになると考えたのだ。

井山はまず稲増に挑戦することにした。

手合いは井山の二子である。

稲増はいつものようにニコニコと穏やかな笑顔ながら、相変わらず攻めっ気が強く、強引な戦いを仕掛けてきたが、井山も相手の攻めの力を利用して、稲増が狙った石をあっさりと捨てると、外側に厚みを築き、その厚みを利用して稲増の弱い石に襲い掛かっていった。

この作戦が成功して、井山の好局に終わった。

次は村田である。

稲増とは何局か打って、弱点もある程度分かっていたが、村田とはまだ三局しか打ったことがなく、しかも井山はまだ村田に勝ったことがなかった。

村田は稲増とは対照的に、最初はあまり地を気にせず厚く構えて力をためて、後になって攻撃を加えてくるタイプだった。慎重な性格で隙がないうえに、読みに裏打ちされた攻めの力も強かった。

井山は序盤に稼げるだけ地を稼いだが、それに対して、村田は中央に厚みを築いてきたので、やがて大きな模様が中央一帯に出現した。

井山はその模様に打ち込んでいった。あとはシノギ勝負である。

この打ち込んだ石を殺せば村田の勝ち、生きれば井山の勝ちだ。

村田の攻めは厳しく的確で、生きるか死ぬかの激しい攻防が続いたが、井山は相手の僅かな薄みを衝いて反撃に出た。これが奏功して打ち込んだ石がなんとか生きた井山が勝利を収めた。

これで四連勝となり、初段まであと一勝となった。

井山は三羽烏の二羽との激戦で疲労困憊していたが、最後の力を振り絞って最終局に臨むことにした。

最後の相手は当然、細名である。

三羽烏の三羽目にして、麗子を巡って井山が勝手にライバル視している相手でもある。井山はこれまで細名と一局しか打ったことがなかったが、その時は完敗だった。

すでに夜中の十二時だったが、この日は細名もまだサロンに残っていた。

お互い急激に成長している者同士、負けられない一局であることは明白だった。井山にとっては念願の初段昇格がかかった大事な一局だが、細名もまた勝てば三段昇格という、大一番だった。

囲碁番組で五段を目指す中、次回の収録時に、全国の視聴者にリーグ戦で三段に上がったことを報告できれば番組としても大いに盛り上がるだろうと、細名もまた燃えていた。

今年最後の対局、しかも破竹の快進撃を続ける井山と細名のそれぞれ初段と三段への昇格をかけた大一番とあって、二人の周りには鈴木や久美、香澄、新菜といったかつてのライバルたちや、これからもライバルとして闘うであろう稲増や村田、さらに将来ライバルとして井山の前に立ちはだかるであろう高段者たちも、お手並み拝見とばかりに集まってきた。

多くの観戦者が固唾を呑んで見守る中、お互いに絶対に負けられない戦いが始まった。

手合いは井山の二子である。

一手目で細名が右下隅の星に打つと、井山は残る空き隅の左上の星に打ち、続いて細名は右上、左下の星にケイマでかかって右下の星から大きく構えたかと思ったら、今度はいきなり左上の星の三々に入ってきた。この辺の打ちまわしはＡＩを思わせるものがあった。

しかも三々に入った後に巧みに先手を取ると、右下の星からケイマの締まりまで打ってしまった。まさに電光石火の布石である。

完全に立ち後れたと思った井山は改めて細名の強さを肌で感じた。さすがにＡＩを駆使して日々形勢判断を磨き、囲碁番組でプロ棋士のアドバイスを受けて成長を続けているだけのことはある。

その後も細名は、盤面の全体をよく見まわしながら、どの場所が重要かを冷静に見極めて、的確に急所を衝いてきた。

中盤のつばぜり合いでも、白は中央でうまく打ちまわし、もう中央ではどちらにも大きな地ができない碁形にしてしまった。

終盤に入る段階で井山ははっきりと自分の劣勢を意識した。

黒は右上と左下に地ができたが、その大きさは制限されているのに対して、白は左上の三々で地を稼いだうえに、右下隅から右辺と下辺にかけて大きな模様を築いていた。

このままでは白の圧勝である。

何か打開策を講じなければ、黒は為す術なく土俵を割るだけとなってしまう。そうかといって苦し紛れに勝負手を放っても、それが却って敗北を早めてしまうこともある。どうしたものかと井山はしばし長考に沈んだ。

白は右下方面で効率的に大きな地を囲っているので、本当はそこを荒らしたいが、なかなか隙が見当たらなかった。三々に入っても下手をすると全て取られて却って大損なので、それを思うと相手の地を上から制限するくらいが相場かもしれなかった。そのまま大きな地を与えて地合いで勝てなくなるかもしれないが、他に良い方法がなくてそれが最善の策ならば仕方なかった。

散々迷った挙句に、井山は結局打ち込みを諦めて、上から白地を制限する苦渋の一手を打とうと黒石をつまんだ。

するとその瞬間「井山さん、諦めないで。諦めずに、しっかりと自分の全てを出し切って考え抜くのよ」という声が井山の心に直接語り掛けるように響いてきた。

井山は一旦手を止め、打とうとした石を碁笥に戻した。

まだまだ自分は勝利に対する執念が足りないのかもしれない。

もう一回よく考えるんだ。

井山は自分にそう言い聞かせると、再び真剣に相手の模様への打ち込み方法を考え始めた。

するとその時、まるで雷に打たれたかのように、井山にあるヒラメキが浮かんだ。

それはまるで脳内で断線していた神経回路が、突然電気信号を発して繋がっていくような感覚だった。

目の前に浮かんだのは、二か月前にたまたま目にした、瀬戸大樹の「布石の打ち方が変わる!」という本の中に出てくる、隅で巧みに生きる手筋が詳細に書かれたページだった。

その時はまだそんな高度な手筋はよく分からなかったのでそのまま放っておいたのだが、井山はジグソーパズルのピースを繋ぎ合わせるように、過去の記憶の断片を手繰り寄せて、その図柄を復元していった。

その形が像を結び始めると、当時はよく理解できなかったその手筋が今の井山にはしっかりと理解することができた。

これだ。

鋭い眼光を取り戻した井山は、相手が大きく囲った地の中心点であるケイマに構えた右下隅の星の右横に黒石を付けていった。

細名は一瞬驚いた表情を見せたが、こんなところに打ち込んだ石など根こそぎ取ってやると言わんばかりに、当然のように下から押さえてきた。すると井山は、その白石のさらに右側を二線にはねた。

細名はジッと盤上を見つめて慎重に読んでいたが、しばらく考えて攻め合いで勝てることを確認すると、おもむろに星に付けてある黒石を上から当ててきた。当てられた黒石は二線をはねた石と繋がって三目の塊になったが、細名は構わず当てを打った白石を伸びてそのまま黒石を上から押さえてきた。三目の黒石の塊は三手。二目で黒石を上から押さえつけている白石は四手。攻め合い白の一手勝ちが細名の読みだった。

ところが井山は、星の白石の上下の両脇に残った二か所の切りを当て、当てと両方切ってから、右辺で黒石の三目を押さえている白の二目を取りにいこうと、三線をはねてきた。

細名は鼻で笑った。

その手はすでに読んでいたが、どうやってもこの白二目を取ることはできないはずだった。

井山も無理を承知で、白のミスを期待して勝負手を放ってきたのだろうが、ここをきっちり仕留めれば諦めて投了するに違いないと細名は思った。

所謂「投げ場を求める」というやつだ。

討ち取られる覚悟で、敵陣に単騎で斬り込む武将のようで、潔い態度だと細名は好感を持った。

当然白は二目の石から上に向かって、一回二線を這ってきた。黒がこの石を取ろうとしてさらに二線を押さえてきても、三線と四線にある黒石が両当たりになるのでそこまではできないはずだ。

これで試合終了だ。

細名がそう思った瞬間、それでも黒は二線を押さえてきた。

白は読み筋通り、黒石に対して両当たりをかけた。

すると、両当たりされた黒は、その当てられた石に見向きもせずに、今度は一線をはねてきた。

白は当たりの石をポン抜いた。

一線を渡っても、その先の右辺に生きるスペースなどなかった。

この時になっても細名は、井山が単に悪あがきをしているだけだと思っていた。

井山が一線で渡る手を打つと、白はもう一つの石をポン抜いた。

これで打ち込んだ石を丸々召し取ったうえに、中央にもポン抜き二発で大変な厚みができた。

ここで細名は勝利を確信した。

すると井山は、諦める様子も見せずに、なおもしつこく今度は星の下側を切った黒石を二線に伸びて、その右側にある二目の白石を押さえ込んできた。

細名はこちら側の攻め合いも最初にきっちりと読んでいた。

左側から押さえられた白石を取られないように白は右側に伸びて、三目の黒石を二線で押さえた。これで白石は三手、黒石は二手だから、やはり白の一手勝ちである。

と思った瞬間、井山はその三目の黒から一線をはねてきた。

それを見た細名は、思わず「あっ」と大きな声を上げた。

黒の三目の塊は両側で一線をはねた形になっていた。

所謂「両はね一手伸び」だ。

見事な手筋が決まって、白石は二手、黒石は三手となり、攻め合いは黒の一手勝ちに逆転である。

白の一等地を荒らされて顔面蒼白になった細名は、その後劣勢を挽回しようと様々な勝負手を放ってきたが、井山はその全てを巧みにかわして、最後は数えて黒番の三目勝ちで何とか井山が逃げ切った。

細名はこの結果を受け入れられずに、しばらく茫然と碁盤を眺めていた。

十中八九手中に収めたつもりでいた勝利がスルリとこぼれ落ちてしまったのだ。

その時、対局を見守っていた者たちの間から、どこからともなく拍手が湧き起こった。手に汗握る激戦を闘い抜いた二人の健闘を称える温かい拍手だった。

いつの頃からか、井山の背後からジッとこの対局を眺めていた麗子が、対局が終わると井山の横にやってきた。

「井山さん、おめでとうございます。これでいよいよ初段ですね。本当によく頑張りましたね」

そう言うと、麗子は激戦を終えて疲れ切った表情の井山の手を取った。

「あ、ありがとうございます」

井山がフラフラと立ち上がると、麗子が涙を流しながら抱きついてきた。

「あなたは正真正銘の天才だわ。あなたには目標に向かって努力できるという凄い才能があるのよ。それにあなたは本当に囲碁の神様に愛されているのよ」

麗子に抱きつかれても、井山は喜びを爆発させるでもなく、全ての力を出し切った疲労困憊の状態で、ただ早く休みたいと思った。

「井山さんというんですか。七月に囲碁を始めたばかりだと聞いて驚いて見ていたんですよ」

麗子に抱きつかれたまま井山が声のほうに顔を向けると、大柄な男性が大きな四角い顔で優しく微笑みかけていた。

四天王の一人、八段の矢萩だった。

学生運動に参加しそこなった全共闘の残党にして元ヒッピー。

今は弁護士という仮面を被った根っからの勝負師。

仮面の下から、高校の時プロになる実力がありながら、権威に反発してそれを蹴った反骨漢の顔をのぞかせていた。

この時矢萩は、そう遠くない将来に、自分もこの男と激闘を交わす日がくることを予感した。

「途中まで細名さんが優勢に見えたけど、手筋が見事に決まりましたね。あれを実戦で決めるなんて井山さんも一級の実力ではないですね。細名さんも熱心に勉強しているから、あの手筋はご存じかと思ったんですけどね」

うつむき加減の細名は、疲れ切った顔で声を絞り出した。

「あの手筋のことは全然知りませんでした。途中まで攻め合いは勝っていると信じて疑わなかったので、最後はちょっとショックでした。私の勉強法は、ＡＩ中心なので、形成判断や中盤の急所での理解は進んだんですけど、そういったマクロ的な勉強以外にも、詰碁や手筋といったミクロ的なものを地道に勉強することも重要なんだと、今日は身をもって思い知らされましたよ」

「そうですよね。手筋一発で勝敗が逆転するなんてことも、結構ありますからね。それにあまりＡＩに頼らないほうがいいと思いますよ。ＡＩでもシチョウを読み違えたとか、石塔シボリを知らなかったなんて話を聞きますからね」

矢萩の言葉に、細名は悔しそうな顔でしきりに頷いた。

こうして深夜の激戦を制した井山は、年内最後の一局で見事に念願の初段昇格を果たした。

終章

井山が最大のライバルである細名を破って初段昇格を決めた翌日は「らんか」の年内最終営業日で、昼間からお祭り騒ぎの仮装忘年会が開催されることになっていた。

夕方までゆっくり休んでこれまで蓄積された疲労の回復に努めた井山は、夜の表彰式に間に合うように家を出た。

優勝の可能性はなかったが、昇格者も表彰されることになっていたので、四か月で十段階も昇格した井山は、間違いなく今夜の主役の一人だった。

仮装は米と決めていた井山は、頭から白いズタ袋を被ったが、あまり米らしく見えなかった。

米姿の井山が「らんか」に着くと、大広間はすでに多くの仮装した人で埋め尽くされており、いたるところで狼男とピカチュウが乾杯したり、セーラームーンとキティちゃんが談笑したりする姿が見られた。

そんな中で、井山はタキシード姿の紳士から声をかけられた。

自由奔放な遊び人にして、若くて嫉妬深い妻を持つ恐妻家でもある、四天王の一人、八段の藤浦だった。

顔全体を覆う白い髭と真っ黒なサングラスにタキシードは似合わなかったが、蝶ネクタイとカマーバンドの黒と白いシャツのコントラストは囲碁そのものだった。

「井山さんは七月に囲碁を始めたばかりなのに、もう初段になったと聞いたんだけど、大したもんだね」

「いやいや、たまたま運が良かっただけです。と言うのが囲碁界のしきたりですよね」

「ハハ、なかなか面白いことを言うね。本音は違うということなのかな。そんな率直なところも気に入ったよ。今度一局お手合わせ願いたいね」

「八段の方に打ってもらうなんて光栄です。是非とも宜しくお願いします」

「私のほうこそ、じっくりと見極めさせてもらうよ」

そう言うと、藤浦は不敵な笑みを浮かべた。

会場では宴会芸が始まり、「恋するフォーチュンクッキー」、「U・S・A」に続いて「恋ダンス」や「マル・マル・モリ・モリ!」まで飛び出して、それぞれこの日に備えて練習してきたグループが歌と踊りを披露した。

すると今度は突然、即興と思われる酔った中年男性が、嫌がる若者の手を引っ張って前に進み出てきた。

よく見ると四天王の一人であるライバル商社の埜口と、後輩で同じく八段の星飼だった。

星飼は線が細くてどこか神経質そうだが、顔つきは精悍でなかなかの男前だった。真っ黒に日焼けして海軍士官の制服でオシャレに決めている埜口に対して、水夫姿の星飼は、やせ型の体形や哀愁漂う表情から、戦争映画の悲劇の新兵を思わせた。

二人は埜口の十八番と思われるピンク・レディの「UFO」を突然振り付きで歌い出したが、付き合わされる星飼こそいい迷惑で、楽しそうに得意の持ち芸を披露する埜口の横で完全に不貞腐れていた。

するとそれを見ていたビジネススクール学長の堀井も、埜口をライバル視しているだけに黙っていられなくなったのか、中世フランス貴族風衣装で飛び出すと、突然持ち歌の「ダンシングヒーロー」を歌い始めた。

キレッキレのバブリーダンスでも飛び出すのかと思いきや、自分の世界に浸って一人熱唱するだけで完全な肩透かしとなったが、それでも物凄い音痴だったので、それはそれでそれなりに盛り上がった。

しばらくバカ騒ぎが続いたが、麗子の登場で雰囲気は一変し、会場は異様な熱気に包まれた。

麗子の仮装は、真っ赤なミニスカートのサンタクロースだった。赤い三角帽を頭の横にチョコンと載せて、お色気たっぷりの超ミニスカートのお尻に小さな丸い尻尾を付けた格好は、堪らなく可愛らしかった。

麗子が前に歩み出ると、一斉に歓声が湧き起こった。

「みなさーん、今年一年ありがとうございましたー。囲碁サロンに衣替えする時はすごーく不安だったけど、こんなに盛大な忘年会を開くまでになりましたー。これからも宜しくお願いしまーす！」

安室奈美恵の引退コンサートのように、麗子が絶叫すると、熱狂的な麗子ファンも興奮して大歓声で応えた。

次に梅崎が前に出てきた。

「それでは表彰式を行います」

梅崎は麗子とは対照的に、いたって冷静かつ事務的に話し始めたので、それまで騒いでいた者たちも全員おとなしくなって、会場は一転、水を打ったような静寂に包まれた。

「級位者の優勝者は、細名さんです。細名さんの級位者の時の勝率は、何と九割を超えています」

どよめきが起こり会場はまた大きな歓声に包まれた。

ドラキュラの仮装をした細名が前に出ると、麗子とハグをして賞品を受け取った。

「有段者の優勝者は矢萩さんで、勝率は七割を超えています。埜口さんと星飼さんは僅かに及びませんでした」

また大きな拍手と歓声が湧き起こり、ロボコップの仮装をした矢萩が前に出て賞品を受け取った。

その後、今期のリーグ戦期間中に昇格した者が呼ばれて、昇格した数だけ賞品を受け取った。

目標の一桁級への昇格を果たした久美は、ワンダー・ウーマンの恰好のまま嬉しそうな笑顔で前に出ると、誇らしげに賞品を掲げた。

井山は賞品を十個ももらうこととなり、「伸び盛り三羽烏」の三人もそれぞれ沢山もらったが、井山の登場で今や伸び盛りの烏も四羽になったことが強く印象づけられた。

表彰式が終わると、タキシード姿の藤浦が梅崎にCDを渡してから、麗子に歩み寄って、手を差し出した。

「お嬢様、一曲宜しいでしょうか」

麗子も藤浦と踊ることは嫌いではなかったが、前回のように藤浦の妻ともめたくなかったので、少し躊躇した。するとそんな麗子の心情を察した藤浦が不敵な笑みを漏らした。

「うちの女房なら今夜は絶対に来ないから安心してよ」

それを聞いた麗子は、藤浦とのダンスを楽しむことにした。

メリハリの利いたリズムの曲が流れると、タキシード姿の藤浦とサンタクロースの衣装の麗子は、思いきり身体を密着させながら、息の合った動きでタンゴを踊り始めた。


藤浦と踊っていると、麗子は決まって父親との思い出へと引き戻されるのだった。

但しそれは、心の奥底に封印された十一年前のあの忌まわしい出来事の記憶ではなかった。それ以前の、穢れを知らない幼子の頃、優しくて強い者に守られて幸せだった頃の、大好きな父と過ごした時間だった。

あれは麗子がまだ六歳の頃のことだった。いつものように囲碁番組を観ていると、小学二年生の男の子が六年生の女の子と決勝を戦っていた。男の子は自分とたった二つしか違わなかった。麗子は思わず興奮して、自分がそこで活躍する姿を想像した。

二人の名前、井山裕太と万波奈穂は、幼い麗子の記憶にこの時しっかりと刻みこまれた。憧れとなったこの二人は、その後プロ棋士となり、井山は今や日本囲碁界の第一人者だし、万波も女流タイトルを獲るまでになった。

麗子は興奮して父にねだった。

「パパ、私もあの大会に出たいよう。来年から小学校だから、私も出たら決勝まで行けるかな」

その時の父の困った顔は今でも鮮明に覚えている。

あれ、何か違う。

うちはどこか違う。

「お前が出れば、決勝までいくだろうね。お前は本当に才能豊かなパパの自慢の娘だからな」

「本当？　それじゃあ、私、絶対に来年出るね」

「でもお前は、そういうところに出ちゃいけないんだよ」

そう言った時の父の辛そうな顔は今でも忘れることができない。

「どうして出られないの、パパ。私、出たい。出て優勝したい」

「いいか。よく聞いておくれ。お前には、大事な使命があるんだ。お前はその使命を果たすために、これから生きていかなくてはいけないから、ああいうところに出ちゃいけないんだよ」

それを聞いた瞬間の、自分の人生が、そして魂が、暗い影に覆われていくような不気味な感覚。

「なんなの、そのシメイというのは？　私、よく分からない。何故あの大会に出ちゃいけないの？」

「お前にはまだ難しいかもしれないけど、そのうちきっとパパの言うことが分かる時がくるから。いいかい、パパがお前に一生懸命囲碁を教えてきたのは、ああいう大会に出るためじゃないんだよ」

「それは一体何なの？　なんのために私に囲碁を教えてきたの？」

「それは凄く大事なことのためだよ。あの大会に出るより、もっともっと大事なことなんだよ」

「何よ、それ。そんなの酷いわ」

ワッと泣き出す麗子。

困り果てた顔の父。

「いいか、麗子。絶対に誰にも言っちゃ駄目だぞ。パパとの約束だぞ。守れるかな」

コックリと頷く麗子。

「それはな、今、パパがやっている仕事だよ。大事な仕事なんだ」

「パパ、それは何なの？」

「それはな、あの黒い扉を守ることだよ。それは囲碁の神様や囲碁を守ることでもあるんだ。将来、お前だけではあの扉を守っていけないだろうから、誰か一緒になって守ってくれる人を探さなくちゃならないんだよ」

「それはどういう人なの？」

「それは囲碁の神様に愛される人だよ。それに少なくともお前より囲碁が強くなきゃ、あの扉を守ることなどできないだろうね」

「あの扉の向こうには、囲碁の神様がいるの?」

「あの扉の向こうに何があるか知りたければ、その人と力を合わせて扉を開けることだな。どんなに囲碁が強くても、囲碁の神様に愛されていなければ、あの扉の向こうには行けないから」


その時突然、襖が開いて、それを見た梅崎が慌てて曲を止めた。

ハッと我に返った麗子が目を向けると、松葉杖をついた藤浦の妻の由美が鬼の形相で立っていた。

由美は朦朧とする頭を抱えてフラフラとよろめきながら、気力を振り絞って部屋の中に入って来た。

「由美、お前、大丈夫か?」

思わず藤浦が大きな声を上げた。

「大丈夫かじゃないでしょ。あなた、私に睡眠薬を飲ませたわね。でも、これしきのことじゃ、私はへこたれませんからね。私はね、あなたの浮気を阻止するためなら、地獄の底までだって追いかけていきますからね」

由美は半分目を閉じ、声も切れ切れだったが、それにしても信じられない執念である。

誰もが今にも倒れ込みそうな由美を心配したが、その迫力に圧倒されて、身動きができなかった。

「分かった、分かった。悪かったよ、由美。でも決して浮気なんかじゃないから安心してくれよ」

そう言うと、藤浦は由美の身体をいたわるように抱きかかえて、部屋から出て行こうとした。

するとその時麗子が大きな声で藤浦を呼び止めた。

「藤浦さん、ちょっと待ってください。これから大事な発表をするので、お帰りになる前にそれだけ聞いていってください」

麗子は会場全体を見回すと大きな声を張り上げた。

「皆さん、これから重大な発表をしますので聞いてください。ハイ、皆さん、注目！　ちゅーもーく」

何事かと、全員が麗子に注目した。

「来年からリーグ戦の枠組みを変えようと思っています」

皆がどよめいた。

「まず、リーグ戦の期間は半年から三か月と短くします。ですから一年間に優勝チャンスが四回に増えることになります」

一斉に拍手が湧き起こった。

「それから、リーグ戦のカテゴリーを二桁の級位者、一桁の級位者、初段から五段の有段者、それ以上の高段者の四つに増やします」

期間が短くなるうえにカテゴリーも増えれば格段に優勝の可能性が高まるので、誰もが一様に喜んだ。

「高段者リーグは、六段、七段の方は八連勝か勝率八割以上で昇格、五連敗か勝率三割以下で降格とします。八段の方も降格は同じ基準ですが、昇格基準はありません。但し、他の方と隔絶した実力であると誰もが認める優秀な成績を収めた方は、八段の私が先番コミなしで対局します。もし私に勝てば九段格として名人の称号が与えられ、同時に私と一緒に囲碁の奥義を極める場所、『奥の院』に入る資格を得ることができます」

この言葉に皆、色めき立った。

そもそも「奥の院」が何なのかよく分からなかったが、恐らく一番近いところにいるであろう四天王がまず鋭く反応した。

帰り際に麗子に呼び止められた藤浦は、興奮して思わず身を乗り出したが、逆に警戒心を強めた由美に腕を強く引っ張られた。

弁護士の矢萩は是非ともその「奥の院」に麗子と入ってみたいと思った。

そこは囲碁ばかりでなく恐らく人の世の営みを極める場所に違いない。そうなるとその最たるものは愛である。そこで麗子と奥義を極めることができれば究極の快楽を得ることができるに違いないと考えた。

この時矢萩は、長年連れ添った糟糠の妻と別れてでも、麗子とその奥義を極めたいと思った。

矢萩には矢萩なりの人生に対する悔恨の念があった。恰好をつけて権威に反発し、高校の時にプロへの道を蹴り、大学でヒッピーの真似事をし、その都度拍手喝采を浴びたが、プロの道を選んでいたらどうなっていただろうか？　ヒッピーなんてバカなことをしなければどうなっていただろうか？

自分より弱いと侮っていたライバルはその後プロになりタイトルも獲った。真面目に就職したヒッピー仲間を日和見の裏切り者と罵ったが、彼等は官僚となり国を動かし、大企業で日本の高度経済成長を支えた。

翻って自分は溢れるほどの才能がありながら、結局それに見合った成果を上げることなく人生を終えようとしている。本気になれば何でもできることを証明する、これは最後のチャンスなのだ。

それに何といっても、この究極のご褒美を得る可能性が現時点で一番高いのは、今回のリーグ戦でも優勝を果たした自分であることは紛れもない事実なのだ。

ライバル商社の埜口も、弁護士の矢萩と同じく真剣になっていた。プロへの道を諦めて以降は、淡泊な埜口にとって囲碁はあくまでも趣味でしかなく、これ以上真剣にやるつもりはなかった。

しかし今度は「奥の院」である。

それが一体何なのかよく分からないが、そこに麗子と二人で入っていくというだけで、また真剣に囲碁に取り組むだけの価値のあることに思えた。

自分が真剣にやりさえすれば年寄り連中は怖くなかった。一番のライバルは若い星飼だが、彼にはたっぷり残業させて囲碁に専念できなくすれば問題なかった。

その星飼は、ニヒルでシニカルな性格そのままに、どうせ「奥の院」などという話は、リーグ戦を盛り上げるために麗子が考えた演出に過ぎないと受け止めていた。

思えばこれまでの囲碁人生において、努力や苦労に見合うご褒美などもらったことはなく、いつも裏切られてばかりだった。だからこんなことは真剣にやるだけ時間の無駄だと斜に構えて見ていた。

真剣に取り組めば若い自分が一番強いに決まっているが、また囲碁の神様に裏切られることが怖くてどうしても真剣に打ち込む気になれなかった。幼少の頃からのライバルである福田は、プロになれなかったのに、いまだに未練がましく囲碁好き社長のお守りをしている哀れな愚か者だ。ああはなりたくないと思った星飼は、プロになれなかった時点で、出世を最大の目標に切り替えた。会社組織の天辺を目指す戦いはどこか囲碁のタイトル争いに似て自分に向いている気がした。

八段の一歩手前の高段者も皆、是非ともそこに行ってみたいと思った。

そのためにはまず八段になる必要があるが、そうなると目の前の四天王を打倒しなければならないので、それがどれほど大変なことか、これまでの対戦で嫌というほど思い知らされてきた者としては、「奥の院」に行きたい気持ちは強いが、同時にそれがいかに困難なことかも一様によく理解していた。

ビジネススクール学長である五段の堀井としては、まずは高段者リーグに入らなければお話にならないので、その道のりはさらに困難なものであったが、それでも「奥の院」という言葉の響きから、そこは天蓋の装飾が施された豪華なベッドで麗子とめくるめく時間を過ごす場所に違いないと、勝手に想像を膨らませていた。

この時点で、麗子の言う「奥の院」がどこにあるのか正確に捉えていたのは、この部屋の中では井山だけだった。

あの真っ白な壁の中の真っ黒な扉の向こうに「奥の院」が待ち構えているに違いないが、しかしそこに実際に何があるのか、井山にも分からなかった。

現時点で「奥の院」に最も近いのは八段の四天王に違いないが、麗子の言葉は自分に向けたものであると、井山は固く信じていた。

麗子は待っている。

井山が麗子より強くなることを。

そして、それを誰よりも早く成し遂げることを。

矢萩や埜口よりも早く、麗子より強くならなければならないのだ。

年明け以降は囲碁のペースを落として真面目に仕事に取り組むつもりでいたが、その考えを即座に撤回した。それどころか、これまで以上に真剣に囲碁に取り組まなければ、手遅れになってしまうと焦り、この日も午前中いっぱいゆっくり休んでしまったことを井山は悔やんだ。

こんなところで時間を無駄にするわけにはいかないのだ。

自分には時間が足りないのだ。

そう思うと、井山は一刻の猶予も惜しくなり、早く家に帰って囲碁の勉強がしたくなった。


井山は一人で「らんか」を去り、真っ暗な石畳の通りに出た。

師走の空気はピンと張りつめて肌を刺すように冷たかった。

井山は白い息を吐きながら、思わず空を見上げた。

狭い通りの上に両側からせり出す木々の枝の先は真っ暗で、星ひとつない空が重くのしかかっていた。

井山は思わずコートの襟を立てて、前方の暗がりに目を向けた。

通りに面して微かな光を放っていた軒行灯も全てその灯りを落とし、石畳の底から伝わる凍てつく冷気を一層重たいものにしていた。

井山は足元に気をつけながら慎重に歩を進めて大通りに向かった。

するとその時突然、前方に薄白く光るものが現れた。井山は歩みを止めてじっと目を凝らした。

その薄白いものは微かに光を発してユラユラと揺れながら、ゆっくりと井山のほうに近づいてきた。

井山の鼓動は速まったが、何故かそれはさゆりではないかと思えて、不思議と恐怖は感じなかった。

ユラユラと揺れるものはいよいよ井山の直ぐ目の前まで迫ってきたが、よく見るとそれはさゆりではなかった。

井山は少し落胆したが、改めてよく見ると、それは白装束に赤い袴姿の若い巫女で、長い髪を後ろで結んだ、すらりとしたやせ型の日本美人だった。

井山が呆けたようにただ見つめていると、その巫女は切れ長の目を細めながら、ぷっくりとした形の良い唇を動かした。

「井山さん、早く私を見つけてくださいね」

まるでホログラムがそこに映し出されているかのようで、井山に話しかける顔の向きも微妙にずれていた。

「井山さん、聞こえますか?」

言葉を失っていた井山は、その問いかけにハッと我に返った。

「は、はい、聞こえてますけど、あなたは誰なんですか? 何故私のことを知っているんですか?」

すると急に巫女が距離を詰めてきたので、井山は思わず後ずさった。

「ここでは、私たちは皆、潜在意識の中でつながっているんです」

どこかで聞いたことがあるその言葉に、井山は驚いて目を大きく見開いた。

ここは地下水脈のようにとうとうと流れるその潜在意識とやらの奔流が、地上に顔を出す噴き出し口ということなのだろうか。

その巫女はなおも訴えるように井山に語り掛けてきた。

「やがて私たちは、あなたを巡って争う時がくるでしょう」

「それってどういう意味ですか?」

「私たちで、あなたを取り合うという意味です」

それを聞いて井山は腰を抜かすほど驚いた。

今まで女性にもてたことがない自分にもいよいよモテ期がくるということなのだろうか。

いやいやモテ期などと悠長に喜んでいる場合ではないのだ。

きっと何か複雑で深刻な問題に巻き込まれた可能性があるのだ。

「ちょっと待ってください。私たちというのは誰のことなんですか？」

しばしの沈黙の後、巫女はたおやかな身のこなしで、井山のほうに笑顔を向けた。

「それはいずれ分かります。でも井山さん、その時は私の味方をしてくださいね」

その笑顔に見惚れながら井山が再び「それで、あなたは一体誰なんですか？」と訊くと、一瞬の間の後に若い女性が答えた。

「私はあかね。天方あかねです」

あかねは再び哀願するように形の良い唇を動かした。

「井山さん、早く私を見つけてくださいね」

そう言うと、あかねはスーッと滑るように井山に近づいてきた。

井山は慌てて後ずさったが、あかねがそのまま向かってくるので、思わず尻餅をついてしまった。

井山の身体の上をスーッと通り過ぎると、あかねはそのまま真っすぐに進んで行き、通りの先の腰を絞ったような細い箇所の先の窪みに音もなく沈んでいった。

尻餅をついたまま振り返ってそれを見届けた井山は思わず身震いした。

今のは一体なんだったんだろう？

あれは一体誰なんだろう？

自分を取り合って争う「私たち」というのは誰のことなんだろう？

分からないことばかりで戸惑う井山の顔に、チラホラと雪が降りかかってきた。

お互いの潜在意識が交差し合う結点のようなこの場所で、井山はすでに魑魅魍魎が跋扈する不可思議な世界に取り込まれ、自分はその一部を成してさえいるのだと感じた。

それはもう逃れられない運命なのだろうか？

そう思うと、井山はただ途方に暮れて、凍てつく石畳の上に座りこんだまま、いつまでも立ち上がることができなかった。

第三局

序章

職業資格の試験で難易度が一番高いものは何だろうか？

よく引き合いに出されるのが司法試験と公認会計士試験である。

かつて合格者が毎年五百人、合格率にして僅か二パーセントという狭き門だった司法試験は、最難関の試験としてよく知られていた。当時は合格者の平均年齢は二十九歳で、大学在学中に合格すれば天才、大学卒業後二年以内に合格すれば秀才といわれたものである。

合格するのは宝クジに当たるより難しいとまでいわれた司法試験も国際業務の増加に伴う弁護士不足解消の目的もあって、九〇年以降は合格者の数が徐々に増え、二〇〇六年には千五百人と、九〇年以前と比べて三倍に増えた。

同じ年から法科大学院制度を利用した新司法試験が導入されると、合格率は一気に五十パーセントまで急上昇し（その後は約二十パーセントで推移）、これを機に、司法試験が最難関というイメージは過去のものとなった。

対する公認会計士試験は出願者約一万人、合格者が約千人で合格率は約十パーセントである。受験者数に対する合格率でも約十五パーセント前後と思われるので、今では司法試験よりも低いようである。そうなると、現在では司法試験よりも公認会計士試験のほうが難易度が高いといえるのかもしれない。

それでは、医師国家試験や薬剤師国家試験はどうだろうか。

世間一般では、どちらも難関試験で通っているが、医師国家試験の受験者は約一万人で合格者は約九千人、合格率はなんと九十パーセントにもなる。

対する薬剤師国家試験は、受験者約一万三千六百人、合格者が約九千六百人で、合格率は七十パーセントとこちらもかなり高い。

そもそも大学入学の段階で難易度が高いので、合格率が高くても単純に難易度が低いとはいえないのかもしれないが、それにしても毎年一万人近くの合格者が出ているのだから、絶対数としてはかなりのものである。

そういった意味でも合格率が僅か二パーセントだった旧司法試験は、気が遠くなるほどの狭き門といえるのかもしれないが、それでも毎年五百人もの合格者が誕生していたのである。

それに比べると、採用試験に合格してプロの囲碁棋士になることは遥かに狭き門である。

たとえば日本棋院の例を見てみると、プロを目指す少年少女は、日本棋院が主宰するプロ養成制度に参加して院生になることが多い。

それぞれの地元で天才の誉れ高い子供たちが、年四回行われる院生試験に臨むわけだが、まずはこのハードルが相当高い。通常は六段の実力がないと院生にはなれないし、年齢制限があるので、十四歳までしかなれないうえに、十七歳までしかいられない。

こうして全国から腕に覚えのある早熟の天才が市ケ谷の日本棋院に集い、週末に行われる院生のリーグ戦で鎬を削ることになる。

小・中学校が義務教育なので院生活動は週末しか行われないが、囲碁に専念するために、高校には行かない院生も多い。本気でプロになるためには、子供にも相当な覚悟が求められるのだ。

院生は常時七十人くらいいて、成績順にクラス分けされている。

上から順番にAクラス十名、Bクラス十名などとなっており、全員が一番から順番に順位付けされており、毎月数人ずつクラスの入れ替えが行われる。

プロの採用試験は年に二回行われるが、夏季採用試験は院生しか受けられないので、院生はプロになる機会が一回多いことになる。

夏季採用試験は四月から六月の院生研修の毎月の成績順位を足して、その数が最も少ない者が合格者となる。

つまり、合格者はたったの一名である。

院生の中で誰もが第一人者と認める実力があっても、この期間の研修対局で不覚を取ればプロにはなれないという、まさに一発勝負の厳しい闘いが待っている。

その後、院生以外の外来の受験者と院生の上位二十名で争う冬季採用試験が行われるが、こちらの合格者もたったの二名である。

冬季採用試験は、八月から十一月までの長丁場で、さらに過酷な闘いが待ち受けている。

外来の受験者の年齢制限は二十二歳である。以前院生であったが十七歳までにプロになれず、その後大学の囲碁部などで活動しながら最後の夢を懸けて受験する者が多い。

外来予選には、院生時代からプロに限りなく近い実力と認められていた者や、その後アマチュアの大会で優勝した実力者などが多数参加するが、こちらも一発勝負のリーグ戦なので、プレッシャーのあまり実力を出し切れずに涙を呑む者も多い。

まずは外来者だけで予選が行われ、上位四名が合同予選に進む。

合同予選ではこの四名と院生Bクラスの十名の合計十四名が総当たりのリーグ戦を行い、上位六名が本戦に進む。

本選ではこの六名と院生Aクラスの十名の合計十六名が総当たりのリーグ戦を行い、上位二名が合格者となる。

以上が日本棋院東京本院の採用試験であるが、合格者はたったの三名である。

その後、日本棋院の中部総本部と関西総本部でも同じような試験が行われ、一名ずつが合格するので、日本全国で合格者は五名になる。

但しこれだと合格者が男性ばかりになってしまうので、その後女性だけの採用試験を行い、女流枠として一名を合格としている。

それに加え、二〇一九年から女流棋士を増やす目的で女流特別採用枠が新設され、この年は六名が採用された。

また、中韓の棋士に対抗する強い棋士を養成する目的で英才特別枠が新設され、第一号として仲邑菫が十歳の最年少で採用された。

このような新たな推薦制度が加わり、二〇一九年四月にプロ棋士となったのは十三名と、従来より随分増えたが、基本的には採用試験で合格したのは、女流枠を含めても僅か六名である。

この数字を見ると、受験者の母集団が小さいことを考慮しても、公認会計士試験や司法試験よりも遥かに狭き門といえるのではないだろうか。

現在の採用制度は十七歳までに職業の選択を迫っているようで、幼い子供には随分と過酷に思えるが、それ以上に、二十二歳でその道を閉ざされてしまうことになるので、囲碁に人生を懸けてきた者にとっては相当残酷な話ともいえる。それでも年齢制限がないと、逆に止め時を見失って、もっと悲惨なことになってしまったり、この年齢でプロになれなければ勝負の世界で生きていくことは厳しいといった、致し方ない面もあるのかもしれない。

よく東大合格とプロ棋士になるのとではどちらが難しいか、議論になることがあるが、それは東大合格とプロ野球選手になるのとではどちらが難しいかという問いと同じくらい意味のないものだろう。それぞれ求められる能力が異なるし、各人の特性によっても違ってくるからである。そうはいっても東大合格者は毎年三千人もいるのだから、数字だけ見れば囲碁棋士のほうが遥かに狭き門といえるだろう。

将棋の米長邦雄永世棋聖は東大に行った兄たちを評して「兄弟は頭が悪いから東大に行った（自分は頭が良いからプロ棋士になった）」と豪語したことがある。

囲碁も同じで、ずば抜けた頭の良さが必要だろうが、加えてこのゲームに適合した特別な才能を備えていたり、並外れて忍耐力や精神力が強かったり、あるいは本当に囲碁の神様に愛されているということでもない限り、毎年六名の競争には勝ち残れないだろう。

このような熾烈な競争を勝ち抜いた若者が、晴れて日本棋院三百四十人、関西棋院百三十人、合計四百七十人の天才集団の仲間入りを果たすわけである。

当然のことながら、そのほとんどが十代の若者で、なかには小学生もいるが、念願のプロ棋士となった喜びも束の間、そこから先は賞金を争う厳しい勝負の世界が待っている。

プロ棋士の収入は、賞金と対局料と基本給で成り立っているが、収入のほとんどが賞金と対局料と考えていいようだ。そういった意味で、プロというのは、勝敗の結果が直接生活に影響を及ぼす、極めて厳しい世界といえる。

二〇二三年時点で優勝賞金額が一番大きいのは棋聖戦で四千三百万円、次いで名人戦が三千万円、本因坊戦が二千八百万円で、七大タイトルの合計で一億四千二百万円になる。

それ以外にも、テレビ対局のＮＨＫ杯や竜星戦、若手を対象にした国際棋戦のグロービス杯や新人王戦、若鯉戦などがある。

国際棋戦は現在二十以上のタイトル戦が行われているが、なかには優勝賞金が三千万円や四千万円の高額のものもある。

また、女流棋士を対象とした六つのタイトル戦の優勝賞金の総額は四千二百五十万円で、その分だけ女流棋士には多くの機会が与えられていることになる。

対局料は公表されていないが、タイトル戦の一次予選で数万円、三大タイトルのリーグ戦では数十万円（もしかしたら百万円以上）と、かなり幅があるようだ。

二〇一八年の賞金ランキングを見てみると、五冠を占めた井山裕太が一億五千万円あまりで、二位の一力遼の五千万円を引き離して断然のトップである。その前年の七冠の時より千三百万円ほど減ったが、八年連続でトップを維持して、毎年一億円以上の賞金を獲得しているから立派である。

この金額は同じ年に男子プロゴルフの賞金王となった今平周吾が獲得した一億四千万円とほぼ同じレベルである。女子プロゴルフの場合は賞金女王のアン・ソンジュが一億八千万円で男子より多かった。経費がかかるゴルフと単純に比較はできないが、囲碁とゴルフの賞金ランキングトップがほぼ同金額というのは興味深い。

但し、問題はその下の順位の金額である。囲碁では井山裕太が独り占めの状態なので、彼だからこそゴルフの獲得金額と同等だったともいえるが、二位以下を見てみると、ゴルフは二位で男子が約一億円、女子が約一億六千五百万円、十位でも男子が約七千万円、女子が約六千五百万円である。対する囲碁は二位が約五千万円、十位でやっと一千万円というレベルだ。

ゴルフの場合、一千万円以上稼いだ者は男子で八十二人、女子で八十人、合計百六十二人もいる。それと比較すると、囲碁の現状は少し寂しい気がする。

狭き門を通った限られた天才たちの処遇は、もっと満たされたものであっても良いと思う。

第一章

二〇一九年一月。

平成最後の正月休みは異例の七連休となったが、大手町の大手商社に勤める新人商社マンの井山聡太は帰省することなく、ひたすら囲碁三昧の時間を過ごしていた。

日本中が新年の祝賀に沸く中、井山はただ一人、穴倉のような薄暗いアパートに引きこもって、出口の見えない迷宮の中を正気とは思えぬ執着をもって彷徨い続けていた。

神楽坂の囲碁サロン「らんか」のリーグ戦に昨年九月から参加するようになった井山は、ろくに仕事もせずにほとんど全生活を囲碁に捧げる毎日を過ごした結果、奇跡の躍進を遂げて、僅か四か月で目標の初段に到達したのだが、ここで立ち止まるわけにはいかなかった。

井山は名人となって囲碁の奥義を極める場所「奥の院」に、「らんか」の席亭若菜麗子と一緒に入って行くことが自分に課せられた使命であり、麗子もそれを望んでいると固く信じていた。そのためには誰よりも早く、「最強の棋士」の称号を得る必要があるので、まだ初段になったばかりの井山には一刻の猶予も許されなかった。

この棋力で名人を目指すなどという無謀な挑戦は想像を絶する試練となるだろうが、たとえそうだとしても井山に諦める気持ちは全くなかった。

冷静に考えると、それはまさに遥かな天上目指して雲の上へと塔を築いていくような、神をも恐れぬ大胆な試みかもしれないが、それでも井山はそれが果たせなければ自分には生きている価値などないと思うほどの決死の覚悟をしていた。

井山がそこまで思い詰めるのは「らんか」から発する不気味な妖気のせいでもあった。目に見えるわけではなかったが、その気配は黄色く霞む砂塵のように渦巻き、どこまでもまとわりついては、井山を狂気の世界へと誘っていた。

現時点で名人の最有力候補は、「らんか」において「四天王」と呼ばれている、弁護士の矢萩、ライバル商社の埜口と星飼、自由奔放な藤浦の四人の八段であり、井山の遥か先にいることは確かであった。しかし今年は通常の夏の長期休暇に加えて、今回の一週間に亘る正月休暇、そしてゴールデンウィークの十連休と、例年になく長い休みに恵まれているので、井山はこれを三段ロケットのように活用して一気に飛躍を遂げれば、「四天王」にも十分追いつけると信じていた。

根拠もなく自分を信じ切れる思い込みこそが井山の強みともいえるが、それにしても長期休暇を俗世間から切り離されたパラダイスと捉える井山の休暇の過ごし方は、世間一般の常識からすると、尋常ではなかった。

井山は、少しでも時間を無駄にしたくないと考えていたので、この一週間は一歩もアパートから出ずに、食事はカップラーメンだけで済ませて、風呂にも入らないつもりだった。

井山は休みを迎えるにあたって、大体の一日の日程を考えていた。

まず朝一番に、ウォーミングアップ代わりに一時間ほど詰碁を行い、その後棋譜並べと布石の勉強をして、そして午後はネット対局とＡＩを交えた検討に時間を費やすつもりでいた。

休みの初日に、朝起きると井山は早速詰碁に取り掛かろうとしたが、その時突然、長期休暇は丁度良い機会なので、レベルを一気にあげて高段者向けの問題にチャレンジしてみようかという考えが浮かんだ。

この頃の井山は、初段前後の問題ならひと目で解けるようになっていたので、二百問の詰碁を一時間もあれば終えることができた。これなら確かにウォーミングアップといえるが、高段者向けともなると一問解くにも大変な時間がかかるので、井山は正直どうしようか迷った。

それでも最強の棋士になるためにいずれは通らなければならない道ならば、早く始めたほうが良いと考えた井山は、高い志を胸に、高段者レベルの問題を毎日百題解くことに決めた。

そこで井山は、高段者向けの詰碁の本を引っ張り出すと、早速問題を解き始めたが、初めて見る問題は想像以上に難しくて、いきなりぶ厚い壁にぶち当たってしまった。

集中力を高めて必死に難問に立ち向かっても、中には五分くらいで解ける問題もあるが、ほとんどが十分以上考えても解けないものばかりだった。井山は喘ぎ声を上げながら必死に解き続けたが、それはまさに苦行といえた。

これまで井山は、難しい問題でも自分で解けるまで粘ることにしていたが、これだけレベルが上がると、なかなかそうもいかなかった。

どんなに難しい問題にも、井山は目を血走らせながら挑戦し続け、その間全く集中力を切らすことはなかったが、それでもほとんどの問題を解くことができずに、最後は悔しい思いをしながらも、諦めて答えを見る羽目になった。

食事を摂ることも忘れて井山はひたすら詰碁に集中したが、知らぬ間にいつしか午後になり、そのうち辺りは暗くなっていた。

そんなこんなで井山は高段者向けの詰碁を息も絶え絶えになんとか百問解き終わったが、気がつくともう深夜になっていた。ウォーミングアップの詰碁だけで十八時間も費やしたことになり、もう一日が終わろうとしていた。

真夜中を過ぎた真っ暗な部屋の中で、井山はただ茫然とするしかなかった。

部屋の中には相変わらず、井山を狂気へと駆り立てる妖気が、黄色い砂塵のように渦巻いていた。

休む間もなく難しい詰碁を解き続けてすっかり疲れ果ててしまった井山は、激しい頭痛に襲われた。

井山は暗い部屋の中で身体を横たえると、こんなに時間がかかってしまうとは、自分はまだまだ修行が足りないなと大きく嘆息した。

このレベルの問題が初段の問題と同じようにひと目で解けるようになれば相当な読みの力がついた

ことになるのだろうが、そうなるためにはひたすら反復することが必要なのだろう。

できればこの休暇中にそうなりたいが、現実的にはさすがに無理そうだった。

それでも遅くとも一か月以内にそうなるくらいでなければ、高段者リーグに上がることは難しいだろうし、ましてや麗子と一緒に「奥の院」に入ることなど夢のまた夢だろう。

そう思うと井山は激しい焦燥感に襲われた。

そもそもまだ高段者リーグに在籍もしていない状態では、どんなに熱い想いがあっても、情けないことにその争いに加わる資格さえないのだ。

今は他の誰かが名人になることがないように、ただひたすら祈ることしかできないが、もしかしたらこの一月から始まるリーグ戦で、直ぐにでも名人が誕生してしまう可能性だってあるのである。

それでは、高段者リーグのライバルたちと「奥の院」をかけて争えるようになるのは、いつのことになるのだろうか？

五年だろうか？

とてもではないが、そんな悠長なことは言っていられないだろう。

では三年ならどうだろうか？

その間に誰か他の者が名人になってしまう可能性は十分にあるだろう。

弁護士の矢萩か、ライバル商社の埜口か、星飼か、はたまた自由奔放な藤浦か？

駄目だ。

どんなに遅くとも一年以内、できれば半年以内に高段者リーグに上がるくらいでなければ、全てが手遅れになってしまうだろう。

そしてその間も、他の者が名人になることがないようにと、ただひたすら祈って眠れぬ夜を過ごすしかないのだ。

あれこれと考えを巡らせていると、心は千々に乱れて居ても立ってもいられなくなった。

一旦は疲れて寝ようと思った井山だったが、気力を振り絞ってはね起きると、目をランランと輝かせながら、狂気の形相でまた迷宮へと分け入っていくのだった。

背筋に寒気を覚えゾクゾクと鳥肌が立つ不気味な気配が、アパートの部屋の中に渦巻いていた。

井山は眠気を振り払うと、今度は棋譜並べを始めた。

最初の予定では一日三十局のつもりだったがもう夜中の三時になっていた。

妙な興奮状態に陥って眠くはなかったが、それでも頭が重くてずきずきと痛んだ。

そんな状態で棋譜並べをしていると、今度こそ大津波のような猛烈な眠気が襲ってきて、井山は自分でも知らぬ間に深い眠りへと落ちていった。


井山は黄色い砂塵が舞う暗闇の中をゆっくりと沈んでいった。

砂塵が吹きすさぶ音が耳に響いて激しく髪が乱れた。

どこまで沈んでいっても、黄色く霞む暗闇は果てがなかった。

沈みながら井山は暗闇の中で着物を着た女性の人影を見つけた。

その女性は悲しみに包まれて、顔を両手で覆って泣いていた。

井山にはその女性の悲しみが手に取るように感じられた。

井山が漂いながら近づいていくと、女性は顔から手をゆっくりと離したが、暗闇の中でも、その美しさは際立っていた。

さゆりだ。

さゆりも井山に気づくと小さく頷いて井山の手に自分の手を重ねてきた。

お互いの手が触れ合うと、心が通じ合い気持ちが落ち着いた。

涙目のさゆりが少しほほ笑むと悲しみと安らぎの感情がせめぎ合い、黄色く霞む暗闇が揺れた。

肩で息をしていたさゆりの呼吸がますます荒くなり、怒りの感情が表れてくると、その顔は少しずつ崩れ、次第に牙をむき、角が生えていった。

何故なんだ。

さゆりさん、止めてくれ。

怒るのは止めて。

井山は必死にさゆりの顔が変形するのを止めようと、両手でその顔を包み込んだが、井山の手の中でさゆりの顔は般若へと変形していった。

激しい怒りを露わにしながらも、さゆりは深い悲しみに包まれて涙を流していた。

井山はなぜか般若と化したさゆりに怖さを感じることなく、何とかして悲しみから救いたいと思った。

さゆりは困惑の表情を浮かべて何かを訴えようとしたが、次の瞬間、井山の手を振りほどいて、黄色い闇の中へと消えていった。

井山は一人取り残され、ただ深い闇へと沈み続けた。

「ここでは、私たちは皆、潜在意識で繋がっているんです」

黄色い闇の中で虚ろに響くさゆりの声を聞くと、井山は今度こそ一切の意識から切り離されて、深い眠りへと落ちていった。


翌朝目を覚ますと、井山は再び高段者レベルの詰碁から始めた。

井山はヒイヒイ言いながら、ひたすらこの荒行に挑み、百題解き終えた時には、前日同様もう一日が終わろうとしていた。

最初の三日間はそんな状態で、詰碁だけで一日が終わった。

休みの後半は違う勉強もしたかったが、記憶の定着を図るために、井山は再度同じ問題に挑戦した。

初日の百題に再度挑戦すると、三割くらいは解けるようになり、時間も半分ほどでこなせたので、その勢いのまま二日目の百題にも挑戦することにした。

こうして、取り組んだ問題は倍に増えたが、この日も詰碁だけで終わってしまった。

翌日も再び同じ二百題の問題に取り組んだが、今度は半分くらい正解するようになっていた。繰り返し解くことで読み筋のストックが増えていることを実感した。

その翌日は同じ問題を七割方正解するようになり、そうなると詰碁にかかる時間も大幅に短縮できるようになってきた。

こうして今回の長期休暇はウォーミングアップのつもりでいた詰碁だけで終わってしまったが、井山は同時に大きな手応えも感じていた。

第二章

長い年末年始の休暇が終わり、一月四日の仕事始めの日を迎えた。

これだけ長い休みが続くと、休みボケの頭を抱えたサラリーマンにとって、通常業務に戻るまでが結構厄介なものであるが、井山の職場もいつもより遅めに出社してきた部員が、互いに新年の挨拶をして回りながら、徐々にエンジンをかけている状態だった。

上司のパンダ眼鏡こと鈴井部長も髭ゴジラこと榊課長も、まだお屠蘇気分が抜けずに、腑抜けた様子でのんびりと構えていた。

新年らしく色とりどりの着物が咲き乱れ、職場は華やいだ雰囲気に包まれていたが、その中にあっていつもは地味で目立たない一般職の星野初音が、この日は色鮮やかな振袖を身にまとって見違えるほど美しかったので、誰もが思わず見惚れてしまった。

そんな浮き立つような正月気分の中でも、井山だけは気もそぞろで、一刻も早く「らんか」へ行きたくて落ち着きがなかった。

午前中は新年の挨拶をして回った井山も、昼過ぎに業務の一環として、仕方なく職場の同僚と日枝神社へ初詣に出かけたが、参拝が終わるや否や、その後の新年会には参加することなく、皆と別れて一人神楽坂へと直行した。

神楽坂は昔ながらの古き良き日本的な正月の風情を至るところに残しており、「らんか」の玄関にも大きな門松が飾られていた。

井山が「らんか」に入っていくと、すでに多くの客でごった返しており、年末の忘年会がそのまま続いているかのように、今度は新年会で盛り上がっていた。

ワインがお屠蘇に代わっただけで、酔って乾杯を繰り返す喧噪はいつもと変わりがなかった。

相変わらず酔っぱらって陽気にはしゃいでいた麗子が、井山に気がつくとパタパタと近づいてきた。

「井山さーん、明けましておめでとうございまーす」

そう言って井山に抱きつくと、麗子は片手に持つおちょこのお屠蘇を井山のスーツにこぼしていることなどお構いなしに、上機嫌でまくしたてた。

「さあ、一緒に乾杯しましょうよ。初段昇格のお祝いもしなきゃですよね」

いつものようにカウンターで飲んでいたツルッとした頭の鈴木が井山に気づいて声をかけてきた。

「井山さん頑張ったよね。細名さんをガツンとやっつけたからね。彼は少し調子に乗っているところがあったから、なんかちょっとスカッとしたよ」

すると麗子がすかさず鈴木の言葉に便乗して、皆を煽った。

「それでは、井山さんの初段昇格をお祝いして、皆で乾杯しましょう」

「そうだね。それじゃあ、俺がシャンパンのボトルを入れるよ」

すかさず鈴木が応じてくれると、麗子が手を叩いて大喜びした。

「ワー、鈴木さんは、いつも太っ腹で本当に素敵だわ」

それを見ていた白髪交じり中年太りの松木も、鈴木に負けじと威勢よく注文した。

「それじゃ、俺は赤ワインを入れるよ」

これには、予想外だった麗子はますます喜んではしゃいだ。

「まあ、松木さんも見た目通りの太っ腹で素敵だわ」

麗子がいたずらっぽく微笑むと、松木が思わず呆れたように苦笑した。

「それにしても麗子さん、正月もやっぱり、シャンパン、赤ワインのグイ飲みになっちゃうね」

麗子は少し照れながらも、開き直って笑い飛ばした。

「ホホホホ、宜しいじゃないですか。おめでたいんだから。さあ皆で徹底的に飲みましょう」

これまでならシャンパンに釣られて多くの客が集まってきて、大乾杯合戦へと発展するところだが、この日は麗子と飲むのが大好きなビジネススクール学長の堀井をはじめとしたおじさん連中が、乾杯には見向きもせずに黙々と対局に集中していた。

堀井と対局していたのは麗子を巡って互いにライバル視しているライバル商社の埜口だった。

四天王で八段の埜口は「奥の院」に最も近い存在の一人といえた。

対する五段の堀井は、本気で「奥の院」を目指すからには、こんなところで三子も置いて負けているわけにもいかず、とにかく一刻も早く高段者リーグに入らなければお話にならないと焦っていた。

二人は険しい表情のまま闘争心をむき出しにしていたので、誰も近づける雰囲気ではなかった。

その隣の席では、やはり四天王の一人で八段の弁護士矢萩が、元銀行員で今は隠居生活を送っている七段の和多田と、いつになく真剣な表情で打っていた。

矢萩は全てを投げうってでも、自分が生きた証として「奥の院」という極みに達したいと願っていた。これは矢萩にとって人生の集大成ともいえる最後の大勝負で、囲碁でこんなに痺れる感覚を味わうのは、プロを目指していた高校の時以来だった。

再び震えるような緊張感の中で打てる喜びを噛み締めながら、矢萩は自分はやはり根っからの勝負師なのだと、しみじみと感じ入っていた。

それに対し、四十過ぎで囲碁を始めた和多田は、七段は自分が到達し得る最高水準だと達観し、ここまで来ただけで満足していた。この上を目指そうにも、幼少の頃から鍛えられてきた八段の四天王に追い着くことなど所詮無理な相談だと誰よりもよく理解していたので、悠々自適の年金生活者である和多田としては、サラリーマン人生で身に付けた現実的な処世術に従って、不可能なことに無駄なエネルギーを費やすことなく、余生を平穏無事に過ごすことこそが肝心だと割り切っていた。

その隣では、医者で七段の奥井と女性唯一の高段者リーグメンバーでやはり七段のコンサルタントの村松が、こちらもいつになく真剣な表情で打っていた。

普段から飄々としている奥井は、さほど名人に興味があるような素振りは見せなかったが、見た目とは裏腹に、医者によくありがちな虚栄心と自尊心に衝き動かされて、心の中では真剣に「奥の院」に行きたいと思っていた。

しかしそんな心情を露骨に見せるのも流儀ではないので、人目も憚らずなりふり構わず囲碁に専念できない自分がもどかしくもあった。

対する松村女史は、プロを目指したわけではないが、子供の頃から囲碁に親しみ、大学時代は少しはその名を知られた猛者として、囲碁の奥義を極める場所に少なからず関心を持っていた。

それは純粋に囲碁に対する興味からであり、他の男性の麗子への邪念とは一線を画するものであったが、皮肉なことにそんな邪念がない分、他の男性に比べて熱意に欠けるきらいがあった。

それでもいつになく真剣な彼女の表情からは、何かしら殺気立つものが感じられた。

またその隣では、六段の銀行員の山戸が、永遠の天敵とみなす財務官僚で同じく六段の羽田と対峙していた。

山戸も熱烈な麗子ファンとして「奥の院」に興味があったが、仕事を投げうって囲碁に専念してもどうせ果たせぬ夢であることは明らかなので、それよりは目の前の天敵を打ち破って日頃のうっ憤を晴らすほうが、現実的な目標として関心があった。

羽田も仕事が忙しいことでは山戸と同じだったが「奥の院」に対する想いはかなり違っていた。

天下国家を動かしている自負から、自分にできないことはないという信念を隠そうともしない羽田は、これまでも勘違いしては受付嬢にセクハラ発言を繰り返して顰蹙を買ってきたが、今回もまだ六段だというのに、すでに麗子をものにしたかのような言動には麗子ファンを動揺させるに十分なものがあった。

彼が自信たっぷりにそう言うと、本当にそれが実現しそうで実に恐ろしかった。

高段者だけでなく、井山の当面のライバルである「伸び盛り三羽烏」の稲増と村田も二段同士で真剣に打っていた。

また井山のかつてのライバルである鈴木と久美や、香澄と新菜もやはり真剣に打っていた。

米田と坂口という三段の初老の紳士も、ドイツからの留学生のトーマスと外資系勤務の須賀川という初段の若者も、飽きもせずいつも同じ相手と打ってばかりだったが、周りの熱気に触発されて、この日はいつになく真剣な様子だった。

これから井山が昇段を目指すなかで、彼らも目の前に立ちはだかる存在となることは間違いなかった。

麗子の仕掛けた「奥の院」という餌に食いつくことなく、これまでと変わらずのんびりと構えているのは、カウンターで飲んでいる鈴木と松木くらいで、その他の者は昨年までとは比べものにならないほど真剣度合いが増していた。

その中でも「奥の院」をより現実的な目標と捉えている高段者リーグのメンバーの気合いが、桁違いに大きいように感じられた。

グラスを口に当てたままその様子を見回した井山は、完全に出遅れたと感じた。

こんなところでさほどやる気のないおじさんと、のんびりシャンパンなど飲んでいる場合ではないのだ。

多くの者が麗子と「奥の院」に入ることを目指して、それこそ髪を振り乱し目の色を変えて真剣に取り組み始めているではないか。

皆、本気だ。

井山も年末年始休暇を利用して随分勉強したつもりでいたが、それは自分だけではなかったのだ。自分も直ぐに対局を始めなければ手遅れになってしまうと焦った井山は、早速対戦相手を探したが、しばらくはどの対局も終わりそうになかった。

するとその時、襖が開いて、若手政治家の細名が入ってきた。

「あら、いらっしゃいませ。明けましておめでとうございます」

麗子が明るく声をかけたが、驚いたことに、細名は麗子には目もくれずに、カウンターでグラス片手に眉間に皺を寄せて一人焦りの色を見せている井山に向かって、真っすぐに突き進んでいった。

井山の目の前に立つと、細名はなんの挨拶もなくいきなり声をかけた。

「井山さん、さあ対局しましょう」

目は落ちくぼみ隈ができ、頬もこけていたが、井山を射すくめる視線は鋭く挑発的だった。

年末のリベンジマッチをしたいということなのだろうが、細名の鬼気迫る様子から、井山は細名もこの長期休暇中は昼夜を問わず囲碁漬けの生活を送ってきたのだと直ぐに察した。

細名も井山がこの休みにいかに囲碁に没頭してきたか直ぐに見抜き、お互いに相手に同じ匂いを嗅ぎ取って、両者のライバル心はいやがうえにも高まった。

井山としても、やっと勝利を収めた相手にここであっさりと討ち負かされてしまうようでは、せっかく年末に勝った意味がなくなってしまうし、それ以上に、年末年始にあれだけ時間をかけて囲碁に打ち込んだ意味さえ問われかねないので、絶対にここで負けるわけにいかなかった。

その点は細名も同じで、ここまで連勝街道を破竹の勢いで疾駆してきた第一人者として、同じ相手に二度続けて負けることは、プライドが許さなかった。


対局机に移動した二人が、神妙な面持ちで向き合って座ると、細名は井山を睨みつけながら、驚くべき覚悟のほどを口にした。

「井山さん、私は議員辞職することに決めました」

「え、マジですか、細名さん」

細名の言葉に、井山はただ唖然とするしかなかった。

この人は本気なのだろうか？

それとも冗談で自分を担ごうとしているのだろうか？

井山は改めて細名の顔を見たが、その表情は真剣そのものだった。

「辞めてどうするつもりですか？」

「囲碁に専念したいと思っています。私にとって『奥の院』を目指すこと以上に重要なことがあるとは思えなくなったんです」

井山は絶句した。

この人は正気なのだろうか？

彼もまた黄色い砂塵のような妖気に当てられて、すっかり正気を失ってしまったのだろうか？

よくよく考えてみると、自分も随分と常軌を逸しているように思えるが、それでも細名ほどではないように感じられた。

「でも政治家というのも、世のため人のため立派な職業ですよね」

井山がそう言うと、細名は自嘲気味に鼻で笑った。

「そんな立派に見えますか？」

「え？」

「そりゃ私も若い頃は理想に燃えて、高い志を胸にお国のために我が身を捧げる覚悟でいましたけど、理想を実現する前に、その立場になるためには、時に自分の信条と相容れない唾棄すべき行動もとらなきゃいけないという、矛盾に満ちた世界でもあるんですよ。それで、私ももう、心底疲れちゃったんですよ」

「それにしても、囲碁ですか？」

「はい。もうプロ棋士になる可能性はないかもしれないけど、囲碁は十分に自分が命を懸けるだけの価値があるものだと思うんです。何より、純粋で公平ですからね。囲碁は嘘をつきません。自分が頑張った分だけ報いがあるし、それにまだまだ探求する余地がたくさん残っていると思うんですよ。私はね、是非とも『奥の院』に行って、その未知なる囲碁の奥義を極めてみたくなったんですよ」

そう言うと、細名は眼光鋭く井山を見据えた。

瞳の奥に潜む魂の焔を狂気の如く燃え滾らせている細名に、井山は戦慄を覚えた。

まだ二段の細名が、本気で「奥の院」を狙っている。狂気の度合いにおいて細名に劣る自分は、まだまだ甘いのだろうか？

本当に強くなるためには、細名ほどの覚悟が必要なのだろうか？

囲碁に命を懸ける細名の迫力に圧倒されながら、井山は黒石の碁笥を手元に引き寄せた。

年末最後の大一番で細名に勝って初段に昇格した井山に対し、細名は二段のままなので、井山の定先である。

いよいよ「伸び盛り三羽烏」の筆頭格である細名に対して、置石なしのところまで追いついたのである。

そのことに改めて深い感興を覚えた井山は、細名への恐れを払いのけるように、一手目の黒石を力強く碁盤に打ちつけた。

細名は、新年早々に井山にリベンジマッチを仕掛けることを念頭に、この長期休暇の間も入念に準備してきたことは明らかだった。

前回の対局の時にも、細名の布石は自分より優れていると感じたが、今回は万全の対策で臨んできているだけに、序盤早々から、井山は明らかに劣勢を強いられる展開となった。

黒番なら本来は局面をリードしていけるはずなのに、いつの間にか白のほうが大きく構えているうえに、全ての石が連携して石が張っている、つまりおのおのの石が無駄なく目いっぱい働いているように感じられた。

序盤での細名のそつのない打ちまわしに井山は改めて感服し、これだけの布石は、すでに高段の域に達していると言っても過言ではないと感じた。前回の対局から、細名がさらに布石の腕を上げたことを認めざるを得ないが、井山としても、感心ばかりしているわけにはいかなかった。

なんとか反撃を試みないと、相手に圧倒されるだけで終わってしまう。

黒も先行した二隅にいくらか地があったが、白の構えはそれを遥かに上回り、打ち込みを誘っているかのようだった。確かにそろそろ打ち込まないと大きな地模様が完成してしまいそうなので、井山はどこに打とうかしばらく考えていたが、最後は意を決して、模様の真ん中に堂々と打ち込んでいった。

細名は打ち込みを待っていたが、井山の打った手は予想よりも深いものだった。それでも打ち込んできた石へのパンチの効いた攻め方も、休暇中に時間をかけて勉強してきていたので、細名はこの石をうまく攻めることで全体の局面をリードしていけると考えた。

さほど時間をかけずに、細名は打ち込んだ黒石の一間上にボウシした。打ち込みが思ったより深かったので、殺しにいくのではなく上から圧迫して小さく生かそうという手だった。黒は下に潜り込んでさほど苦労せずに生きたが、白も中央で新たな厚みを築いた。

細名の巧みな打ちまわしによって、模様の位置が変わったのだ。

井山は予想していなかった細名の打ちまわしにまた感心した。

碁盤全体がよく見えており、実に柔軟な打ちまわしといえた。

しかも今度の模様は辺から中央にかけて深いうえにより雄大で、このまま白地になると、黒が全然足りなくなりそうだった。

そこで、井山は中央にできた模様の中に再度打ち込んでいった。

今度の打ち込みは、細名としてもそう簡単に見逃すわけにいかなかった。

まさか、という驚きの表情を見せた後、細名は手を顎にあてて真剣に死活を読み始めた。

これだけ厚ければ、もう打ち込んでくることはないだろうと、高をくくっていたが、こんなに堂々と打ち込まれては、易々と生かしてしまうわけにいかなかった。

中央の白模様の中で、生きるか死ぬかの巨大な詰碁が出現した。

細名は打ち込んできた石の眼を奪う厳しい手で攻め立てたが、井山は模様の中で相手の弱みを巧みに衝いて、あれこれと綾をつけながら石を連携させていった。細名が取りにくれば狙われた石はあっさりと捨て、逆方向に自分の懐を広げていったが、細名は出口を塞いで全体を包囲すると、黒に二眼作らせない急所に一撃した。

これで万事休すかに見えたが、次の瞬間井山は、涼しい顔で直ぐに着手した。それがあまりにも早かったので、細名は少し不安になったが、何度読んでみても死んでいるようにしか見えなかった。

その後何手か打ち進めるうちに、細名にもいくつかの利き筋が見えてきて、それを巧みに組み合わせると、もう一眼作る手とセキ生きにする手が見合いで、この石全体が生きていることに気がついた。

非常に難解な死活で細名は直前まで気がつかなかったが、井山はいつから読んでいたのだろうか？

二度も打ち込みをくらってうまく凌がれた細名は、一等地を大きく荒らされてさすがに地が足りなくなり、その後しばらく打ち進めたが、最後には悔しいながらも投了せざるを得なかった。

細名としても、序盤の構想は悪くなかった。

大きく模様を構えて、相手が打ち込まざるを得ない状況に追い込んで、打ち込んできた石を攻め立てるところまでは作戦通りだったが、相手の石をうまく攻めきれなかったことが敗因だった。

戦略は良かったが、戦術が伴わなかったということだろうか。

これだけ入念に準備をしたというのに、同じ相手に再び負けてしまったショックは大きく、細名は悔しい気持ちを隠そうともせず、激しく顔を歪めた。

細名にとって、この対戦は単なるリーグ戦の一対局という以上の意味を持っていた。

議員辞職まで決意して退路を断ち、文字通り背水の陣で臨んだというのに、再び負けてしまうようでは、人生における一大決心の意義まで問われかねない、由々しき事態といえた。

対局が終わると、通常は勝っても負けても和やかに局後の検討を行うものだが、細名が思い詰めた顔で盤上をジッと睨んだまま一言も発しないので、井山も黙って盤上を見つめていた。

勝つには勝ったが、井山も課題の多い碁だと反省していた。

確かに今回は手がよく読めたので、狭い領域の中で死活を読む速度が遥かに上がった手応えを感じていた。恐らくそれは長期休暇に集中的に取り組んだ詰碁の成果で、死活に関してはまた階段を一段上った気がしたので、それはそれで大変喜ばしいことだと思った。

しかし序盤から中盤にかけての構想や戦略は、完全に細名に劣っていたと認めざるを得なかった。そこがまさに井山の課題で、その点を強化しない限り、まだまだ高段の域に達することはできないだろうと感じた。

井山が厳しい表情で盤上を見つめていると、今にも泣き出しそうな顔の細名が、消え入りそうな声で話しかけてきた。

「井山さん、あなたはこの年末年始のお休みの間に、相当囲碁の勉強をしてきましたね」

細名の問いかけに、井山はやや逡巡した後に、正直に頷いた。

「そ、そうですね」

「実は私もずっと囲碁漬けの生活を送っていたんですけど、井山さんもそうだったんですよね」

「まあ、そんな感じですかね」

ああ、やっぱりそうかという顔で頷くと、細名はさらに詰問するように井山に迫ってきた。

「それで、一体、どんな勉強をしたんですか？　一日のスケジュールとか教えていただけませんか？」

「それが、最初はスケジュールを立てて、詰碁と棋譜並べと対局をバランスよくやるつもりだったんですけど、高段者向けの詰碁問題に取り組み始めたら、想像以上に難しくて凄く時間がかかってしまったので、結局この休みは詰碁だけで終わってしまったんですよ」

それまで悲しそうに顔を歪めていた細名が、今度は大きく目を見開いて驚きの表情を見せた。

「一週間もの間、昼夜を問わず、詰碁だけをやっていたんですか？」

「お恥ずかしい話なんですけど、実はそうだったんですよ。詰碁は一日の始まりにウォーミングアップ程度に一時間くらいやるつもりだったんだけど、問題の難易度を一気に上げたら、これがもう難しくて難しくて、正直な話、ヒイヒイ言いながらの苦行でしたよ。百題解くのに十八時間もかかってしまいましたからね。こうなるとウォーミングアップどころの騒ぎではなくて、もう完全にマゾの世界でしたよ」

自嘲気味に話す井山に耳を傾けていた細名は、最初は信じられない様子で驚きの表情を見せていたが、やがて大きく頷いた。

「それは凄いですね。一日中そんなに詰碁ばかりやるなんて人間業とは思えないですよ。それであんなに正確で速い読みができるようになったんですね。私も前回の負け方が手筋一閃で非常に悔しい思いをしたので、その反省から詰碁や手筋にも取り組むようになったけど、やはり勉強は序盤や中盤の構想や戦い方が中心だったんですよね。特に序盤で優位を築くことが物凄く重要だと思っているので、この休暇中も布石の勉強に力を入れたんですよ」

「それは打っていてよく感じましたよ。序盤早々、随分遅れてしまったと感じましたからね。私も大きいところから打つように心掛けているけど、実のところどこが大きいのか、本当はよく分かってないんだと思います。私の課題は布石や中盤での形勢判断だと思うので、これからはそういったことを、重点的に勉強しなければいけないと思っているんですよ」

「井山さんの死活の読みはもう高段者レベルだと思うので、私の布石と井山さんの死活の読みが組み合わされれば、鬼に金棒ですね」

「そうですね。そこが両立してくれれば、名実共に高段者のレベルに近づくんでしょうね。そうはいっても、布石からヨセまでどの分野も隙なく高段者のレベルを身に付けることは至難の業ですよね」

井山と話をしているうちに、細名の表情は次第に和らいでいき、再び希望に満ちた生き生きとしたものに変わっていった。

「井山さんにまた負けたことは悔しいけど、これで自分の弱点もはっきりしたので、今日はそれが大きな収穫でしたよ。井山さん、ありがとうございます。自分はまだまだ甘いと思いましたよ。これからは『毎日が日曜日』じゃないけど、時間がたっぷりあるので、私ももっと詰碁をやりますよ。待っていてくださいね、井山さん」

自分より高段の細名から待っていてくれと言われるのも変な話だが、井山の勉強法を聞いて細名が納得したなら嬉しいことだった。

結果的にこれまで以上に強力なライバルの誕生を手助けすることになってしまったが、井山もますます気を引き締める覚悟を固めた。

対局を終えて、細名は直ぐに次の相手を見つけて打ち始めたが、井山は少し休憩するためにカウンターに向かった。カウンターでは堀井との対局を終えた埜口が、常連の鈴木や松木に加わって、一緒にシャンパンを飲んでいた。

「井山さん、明けましておめでとうございます。細名さんとのライバル対局はいかがでしたか？」

「何とか勝たせてもらいました」

「そりゃ凄い。細名さんも年末のリベンジで相当気合いが入っていたけど、見事な返り討ちですね。それじゃ、一緒に勝利の美酒で乾杯しましょう」

「埜口さんも、ライバル対決で堀井さんに勝たれたんですか？」

「そりゃ、当然ですよ。それに堀井さんは私のことを勝手にライバル視しているけど、私から見れば彼はライバルでもなんでもないですからね。だから勝ってわざわざ乾杯するほどのこともないんだけど、まあ、新年でおめでたいことだし、一緒に乾杯しましょう」

「そうですね。でも堀井さんは一緒に飲まないんですかね？」

なにげなく井山が訊くと、皆で視線を向けないまま、一斉に対局机のほうを顎で指した。

井山が振り返ると、碁盤の前に座ってがっくりとうなだれている堀井の姿が目に入ってきた。

この世の終わりかというほどの落ち込みようで、いつも陽気な堀井からは想像もできないほど痛々しい姿だった。

「負けたのがよほどショックだったんでしょうね」

「そうですね。今日は随分と気合いが入ってましたからね。彼も本気で麗子さんと『奥の院』に入りたいと思っているみたいで、このお休みも随分と囲碁に没頭したようですよ。一刻も早く高段者リーグに入りたいと思っていたところで出鼻をくじかれて、相当落ち込んだんでしょう」

「でも、堀井さんは、今日に限らず、負けるといつもあんな感じで落ち込みが激しいよね。勝つと大声ではしゃぎ回っているから、勝ったか負けたか直ぐに分かって、非常に分かりやすいけどね」

「それにしても、堀井さんはまだ高段者リーグにも入っていないのに、本気で『奥の院』を目指しているんですかね」

「かなり本気のようだね。彼は『奥の院』そのものより、麗子さんとなにやら怪しげなところに二人きりで入っていけるということに魅力を感じているようだけどね。今日も私には三子で負けたけど、正直言って以前の堀井さんとは比べものにならないほど強くなっていると感じたよ。彼は相当勉強しているね。私も年末年始は久し振りに真剣に囲碁に取り組んだけど、そうでなければ、今日は負けていたかもしれなかったね」

ということは、堀井だけでなく埜口もまた、麗子と「奥の院」に入ることを真剣に狙っていると暴露しているようなものだった。

「そりゃもう、彼だけじゃないよね。矢萩さんも羽田さんも、なんか随分と殺気立っていて、相当気合いが入っていたからね」

「意外なのが村松さんだよね。彼女もやはり『奥の院』に行きたいのかね。でも他のおじさんと違って、女性同士というのはチョットまずいんじゃないのかね。松っちゃんはどう思うかね」

「鈴木さん、最近はそういうところで男女差別するのは大いに問題があるんですよ。それに時代の流れからいって、女性同士の権利というのもしっかりと認めなくちゃいけないと思いますよ」

「いやー、そう言われちゃうと、私のような古臭いおじさんにはよく分からないけどね。いずれにせよ最近はちょっとした発言にも気を遣わないといけないから、色々と大変だわな」

「そうだけど、そもそもその前段階の話として、麗子さんに邪な妄想を抱いているのはおじさん連中だけで、村松さんは必ずしもそういう動機かどうか分からないですよね。彼女は純粋に囲碁の奥義を極めてみたいと思っているだけかもしれないですしね」

「いやいや、井山さん、あんたまだ若いから世の中のことがよく分かってないかもしれないけど、誰でも人には言えない秘密の一つや二つはあるもんなんだよ。私なんか自慢じゃないけど、一つや二つじゃ済まないけどね。でもそこをいちいち詮索しないのが大人の態度というものなんだよ」

鈴木の大人トークに釈然としないものを感じながら井山が酒を飲んでいると、悄然とした面持ちの堀井が、幽霊のように音もなくカウンターに近づいてきた。

なんとか歩けるくらいには、負けたダメージから回復したようだが、なんと言って声をかければよいか分からずに皆が押し黙っていると、唐突に堀井が口を開いた。

「僕は、なんとしても麗子さんと『奥の院』に行きたいんだ」

なんの前置きもない、随分とストレートな物言いだった。

「誰もがそう思っているけど、まずは高段者リーグに入らなければ、お話にもならないよね」

埜口がそんな宣言は百年早いとでも言わんばかりに皮肉った。

「でも僕は本気ですからね。これまで欲しいものは何でも手に入れてきたし、金で買えるものは何でも買ってきたけど、麗子さんだけは思い通りにならなかったんだ」

「そりゃ、囲碁がそんなに弱いんじゃ、どだい無理な話だよ」

またまた埜口が厳しい言葉を投げつけると、堀井は決然と決意のほどを口にした。

「そんなこと言われなくても分かってますよ。だから私も、仕事を引退して囲碁に専念することに決めたんです」

「エ、エー!?」

そこにいる誰もが一斉に驚きの声を上げた。

五十にもなって、プロになれるわけでもないのに、仕事を投げ打って囲碁に専念したいとは、狂気の沙汰としか思えなかった。

井山は、細名からも議員辞職して今後は囲碁に専念すると聞いていたので、他の人ほどの驚きはなかった。それよりもただ、細名や堀井が仕事を辞めても食べていける境遇にあることが羨ましいと思った。

できることなら自分も仕事を辞めて囲碁に専念したいが、井山の場合は明日から食べていけなくなるのでそんなことは無理だった。実質的にはほとんど仕事をしていないので、囲碁三昧の毎日であることに変わりはないが、会社で周りに気を遣う分、随分と不自由であることも確かだった。

井山が羨ましそうに見つめていると、堀井がまた思いつめた様子で話し始めた。

「僕は色々なことに興味を持つんだけど、飽きっぽいから、これまでは何をやっても長続きしなかったんだ。でも、全身全霊を傾けてやれば、自分にもこれだけできるんだという高みを極めてみたいと、真剣に考えるようになったんだ」

「それが『奥の院』ですか?」

「そうです。命を懸けて挑戦できるものに初めて出会えたんですよ」

それは囲碁のことなのか、麗子のことなのか、よく分からなかったが、堀井はさらに続けた。

「最近、よく夢を見るんですよ」

「え、どんな夢ですか?」

「広大な宇宙の中を麗子さんと手を取り合って漂っている夢です。手と手を取り合って浮遊しているとやがて心が通じ合い、身体を絡め合わせて二人で無限の時空を超えていくんです。有形無形の全てのもの、有限なるものを超越して飛翔していく様は、まるで神にでもなったようですよ。その夢を見ていると、これまでにないくらい幸せな気分になるんです。幸せというか、もっと不思議な感覚で、凄く満たされた気持ちになるんです」

幽霊に後ろから抱きつかれても気づかないような堀井も、遂に黄色い砂塵のように渦巻く妖気に侵されてしまったのだろうか？

そうでなければ、堀井の狂気の行動の説明がつかなかった。

「でもビジネススクールはどうされるんですか？」

「息子に任せようと思います。もう軌道に乗ったからそちらは大丈夫です。それ以上に重要な人生の意義を見出したんですから」

ともかく堀井は本気だった。

「らんか」を中心に吹き荒れる黄色い砂塵のような妖気に巻き込まれ、井山は勿論、細名も堀井も、埜口も矢萩も、また他のおじさんや村松のような女性まで、皆、竜巻に吸い込まれるように空高く巻き上げられて、尋常とは思えぬ狂気に踊らされていた。

麗子の思惑通り、年明け早々から、新たなリーグ戦は、これまでにない熱量を伴って始まった。

第三章

井山の生活の中心は完全に「らんか」へと移っていった。一日のうちで最も長いのは会社にいる時間だったが、井山の心は常に「らんか」と共にあった。

職場で一向にやる気を見せない井山を、上司のパンダ眼鏡と髭ゴジラは完全に見放すようになっていて、二人の間では、六月の株主総会のタイミングで井山をどこかに飛ばす相談ができていた。

そんな様子を逸早く察知した一般職の初音は、普段は興味がないように装いながらも、実は井山のことを心配して、早く立ち直ってほしいと願っていた。

井山が手帳を見る振りをしながらこっそり詰碁を解いていることにも、初音はとっくに気づいていた。

パソコンの前で真剣な顔で考え込んでいる井山に、初音は椅子を近づけていった。

「井山さん、今年に入って随分と問題のレベルを上げたわね」

突然初音から声をかけられた井山はすっかり驚いてしまった。

「え、なんの話ですか?」

井山も最初はすっとぼけたが、初音は不敵な笑みで応じた。

「フッフッフッ、あなたね、そんなとぼけたって、ちゃんとお見通しよ。そろそろリハビリも卒業してまじめに仕事に取り組まないと、本当の本当にやばいことになるわよ。もうすでに手遅れかもしれないけど、一応やる気くらい見せておかないと、飛ばされるだけじゃ済まなくて、下手したらクビになるかもしれないわよ」

初音は真剣に井山のことを心配していたのだが、それに対する井山の返答はピント外れのものだった。

「凄いなー、初音さん。問題のレベルを上げたってよく分かりましたね。ひょっとすると初音さんも囲碁をやるんですか？」

「実を言うと、こう見えても高校時代は囲碁部だったから、一応打てるのよ」

「そうか。それで『爛柯』という言葉を知ってたんですね」

「でも面倒なことになるのは嫌だから、部長や課長には絶対に内緒にしておいてね。そんなことより、あなたも少しは外回りでもして真面目に営業してきなさいよ。ドーンと大きな商談でも取ってきたら、異動も取り消しになるかもしれないじゃない。まあ、今となってはその可能性も低いかもしれないけどね」

「この問題を見てレベルを上げたって分かるなんて、初音さんもなかなかのものですね。それで、棋力はどれくらいなんですか」

初音が親身になって助言しているというのに、井山の関心は囲碁にしか向いていなかった。

すっかり呆れた初音は首を横に振って離れたが、すると今度は井山が初音に椅子を寄せて近づいてきた。

「ねえねえ、初音さん。何段か教えてくださいよ。気になって仕事が手につかないじゃないですか」

「知らないわよ。そもそも全然仕事してないし」

初音は井山を軽くあしらって、あとは無視することにした。


井山は連日、昼間はパソコンを見る振りをしながら詰碁を解き、終業時間と同時に、真っ先にオフィスを飛び出して神楽坂の「らんか」へとすっ飛んでいった。

この日も井山が「らんか」に入って行くと、なんのしがらみもない外資系で自由奔放に生きている須賀川と、ドイツ人なのにサッカーよりアニメや囲碁が好きという留学生のトーマスが仲良く対局していた。

二人とも初段でリーグ戦に参加したばかりの若手だが、実際の実力は二段はあるとの評判だったので、井山は自分の現在地を測るうえでも是非とも彼らと打ってみたいと思った。

二人の対局を観戦した井山は、これは確かに強いと感じたが、二人の対局が終わってから早速対戦を申し込むと、須賀川が快く受けてくれた。

手合いは互先である。

須賀川に対して、布石が苦手な井山は、案の定序盤からリードを許す展開となり、確かに相手のほうが一枚上だと感じたが、中盤に入って激しい戦いが勃発する中で、井山の華麗な手筋が決まって相手の一等地を荒らすことに成功したので、なんとか逆転勝ちを収めることができた。

その翌日は、仲良しの敵を取ろうと意気込んだトーマスのほうから井山に挑戦してきた。

手合いは同じく互先である。

トーマスは初段に昇格したばかりの井山を下に見ているようだったが、実際に打ち始めてみて予想以上に強いことが分かってくると、慎重に打ち進めるようになった。

実力伯仲の大接戦となったが、最後は白番の井山がコミがかりに持ち込んで、なんとか三目半勝ちを収めた。

こうして井山は、初段に昇格して新たな年を迎えてからも、細名に続いて須賀川、トーマスという活きの良い若手に勝利し、順調に三連勝のスタートを切った。

その翌週に井山は米田という三段の初老の男性から声をかけられた。

稲とか米をこよなく愛する井山にとって、米田という名前には侵すべからざる神々しい響きが感じられた。

米田は白髪交じりの初老ながら見るからにエネルギッシュで、囲碁も剛毅な性格そのままに、とにかく攻撃的だった。

井山とは二子局だというのに、いつの間にか井山が攻められる展開となったが、厳しい攻撃にたじたじとなりながらも井山は米田の薄みを衝いて反撃に出た。お互いに意地を張り合って、自分の弱い石を放置したまま相手の弱い石を攻撃したので、完全な振り替わりが生じたが、その結果少し得をした井山が激戦を制して勝利を収めた。

すると今度は、米田とは三段同士の好敵手である坂口が、リベンジとばかりに井山に挑んできた。坂口は米田とは対照的な穏やかな性格で、囲碁も慎重に手厚く打つタイプだった。

二人は飽きもせずにいつも仲良く打ってばかりいるが、全く異なる棋風だからこそ、いくら打ってもお互いに飽きないのだろう。

井山とは米田同様二子局である。

坂口は井山が知らない手筋を繰り出して、堅実ながらも少しずつ得点を重ねてきた。米田が一発KOを狙うハードパンチャーなら、坂口はジャブを確実に当てて得点を稼ぐタイプだった。

井山はじわじわと差を詰められたが、なんとか二子のリードを保って最後は僅かに逃げ切った。

こうして初段になってから五連勝した井山は、一月のまだ早い時期に二段への昇格を果たした。

これまでは昇格しては踊り場を迎えて、しばらく足踏みする状況が続いていたが、今回は長期休暇中の特訓の成果もあって、すんなりと二段に昇格することができた。

目標の「伸び盛り三羽烏」に追い着いて、いよいよ互先の勝負かと思ったところ、同じ頃に細名も三段への昇格を果たしていた。

まるで逃げ水のようだったが、年明け早々に井山に負けた細名も、あれ以降詰碁に真剣に取り組むようになったようで、その後破竹の連勝を続けていた。

細名が死活に強くなれば、まさに鬼に金棒で、自分は全く敵わなくなるだろうという危機感を持って、井山は井山で自分の弱点である布石や中盤の形勢判断の勉強に力を入れた。

同じ三羽烏と呼ばれながらも、これまで常に細名の後塵を拝してきた稲増と村田は、二段となってようやく細名に追いついた矢先に、三段昇格でもまた細名に先を越されて悔しい思いをしたが、それ以上に、遂に井山にも追い着かれてしまったことに納得がいかない様子だった。

稲増は最初に井山と出会った時に、ろくに「石塔シボリ」も知らない相手に懇切丁寧に手筋の素晴らしさを教えてあげたのは自分であるという自負があった。

村田も布石の意味もろくに知らない井山に、定石事典や布石事典を活用した勉強方法を教えてあげたのは自分であるという思いがあった。

二人ともあらゆることを犠牲にして、二十代の全生活を囲碁に捧げてきたというのに、こう簡単に追い着かれてしまったのでは立場がなかった。

二子置かせて負けてもまだ言い訳が立つとしても、二人にも女の意地があるので、互先で負けるわけにはいかなかった。

ここから、互先の三人による、お互いに譲れない壮絶なバトルが始まった。

これこそまさに、本当のライバル関係といえた。

それに加えて、一つ下の初段には実質二段の須賀川、トーマスという若手がおり、一つ上の三段には囲碁歴が長く海千山千の米田、坂口というベテランが控えていた。

初段の時には案外すんなりと連勝できたが、段が一つ上がっただけで様相は全く異なるものとなり、井山はまた勝てなくなった。

段位一つの差は、級位者の時とは比べものにならないほど大きかった。

こうして二段に上がった井山に再び踊り場がやってきた。

井山は勝ったり負けたりの激しい戦いに明け暮れて、時には負けが込んで降格の危機にさらされることもあった。降格の危機というのは、井山にとっては、囲碁を始めてから初めての経験だったので、不安のあまり食欲がなくなり、あれこれ悩んでは、夜も眠れなくなるほどだった。


井山がそんな不安定な精神状態の時に、久しぶりにゆり子が「らんか」にやってきた。

井山はもっとゆり子と会って、さゆりのことを色々と聞きだしたいと思っていたが、だからといって積極的にゆり子に会いたいわけでもなかった。

井山としては、いつもゆり子のペースに振り回されて調子が狂ってしまうので、寧ろ苦手なタイプといえた。

この日も井山が緊張した面持ちで近づいていくと、ゆり子はニヤニヤと不敵な笑みを浮かべた。

「お兄さん、今日もやるかい」

ゆり子のペースに乗せられてばかりではいられないと思った井山は、少し大胆な態度を見せた。

「だって私と打つために来たんでしょ」

するとそれまで余裕の表情でほほ笑んでいたゆり子の顔が急に険しくなり、鋭い目つきで井山を睨みつけてきた。

「あんたも随分と強気だね。今日も痛い目にあわせてやるよ」

「私は前回から六つ上がって二段になったんですけど、今日も互先ですか」

「当たり前だろ。あんたには死んでも石を置きたくないからね」

相変わらずゆり子も強気だったが、その言葉を裏付けるように、ゆり子の打ち回しは前回よりも遥かに安定し、完全に有段者のものといってよかった。

盤上で激戦が繰り広げられたが、最後は白番のゆり子が際どく一目半の勝ちを収めた。

茫然とした井山は完全に言葉を失ってしまったが、次の瞬間、全く衝動的にそれまでゆり子に訊きたいと思いながらも抑えていた問いを発していた。

「娘さんは囲碁が強いんですか？」

するとゆり子は、答えようかどうしようかとしばらく迷っているふうだったが、やがて小さな声で返事をした。

「メチャクチャ強いけど、なんでそんなこと訊くんだね？」

それを聞いた井山は、勢い込んで畳みかけた。

「ゆり子さんは、さゆりさんに囲碁を教わっているんですか？」

するとゆり子は、薄ら笑いを浮かべながら立ち上がった。

「まあ、そんなところかね」

そう言うと、ゆり子はまたスーッと滑るように部屋から出て行ってしまった。

もしかしたら、さゆりを見つけることができるかもしれないと思った井山は、ゆり子の後を追うことにした。

門を出て左右を見回すと暗闇の中を滑るように歩いていくゆり子の姿が目に入ってきた。

井山は身を隠しながらゆり子の後をつけて行った。

ゆり子は神楽坂の複雑な裏通りを右に曲がったり左に折れたりしながら、ゆっくりと歩いていたが、ある角を曲がったところで、井山はその姿を見失ってしまった。

角を曲がった井山は慌てて走り出して、急いで次の角までたどり着くと左右を見回したが、ゆり子の姿はどこにもなかった。

井山がキョロキョロと落ち着きなく首を振っていると、腕を組んで電信柱に寄りかかっている人影が視線の先に入ってきた。

暗闇の中を恐る恐る近づいていくと、それは髪を金色に染めた、Tシャツにジーンズ姿のやせた若い男だった。

金髪の男と目が合った井山は、直ぐに目を逸らすと黙って前を通り過ぎたが、その間ずっとその男は、井山を睨むように見つめていた。

第四章

二段に昇格した後に踊り場を迎えてまた勝てなくなった井山は、自分の成績以上に高段者リーグの勝敗を気にしていた。

いくら井山が奇跡の昇段を続けても、高段者リーグで名人が誕生してしまったら、その時点でもうゲームは終わってしまうのだ。

井山は高段者リーグで連勝中の者を見つけると、その人が負けるようにとひたすら祈った。

一月も終わる頃には、高段者リーグで予想通り好調な滑り出しを見せて全勝を続けているのは、弁護士の矢萩とライバル商社の埜口の四天王の二人だけで、この二人を七段の医者の奥井と六段の財務官僚の羽田が一敗で追う展開となっていた。

四天王の残りの二人、若い商社マンの星飼と自由人の藤浦は、まだ一局しか対局しておらず、星飼は順調に勝ちを収めていたが、藤浦は不覚にも低段者との対局で星を落としていた。

星飼はニヒルでクールな性格そのままに「奥の院」には興味を示していなかったうえに、埜口から山ほど仕事を与えられて、連日深夜まで残業が続いていたので、とても囲碁を打つ余裕はなかった。

藤浦も「奥の院」に興味を示すことなく、たまに顔を出しても飲んでばかりであまり対局をしていなかった。珍しく低段者を相手に対局した時も指導碁のような打ちぶりで勝負には淡泊だったので、結果は負けてしまった。

それは嫉妬深い妻の追及をかわすためのカモフラージュなのか、それとも囲碁そのものへの情熱が薄れているからなのかよく分からなかったが、それでも時々麗子を食事に誘っていたので、麗子に対する興味だけは衰えていないようだった。

二段に昇格した井山に対抗心むき出しで挑んできた「伸び盛り三羽烏」の稲増との互先の碁を、激闘の末に僅か半目差で落とした井山が、悔しさを胸にカウンターで飲んでいると、隣の席で藤浦が麗子を食事に誘う声が聞こえてきた。

稲増に負けて四連敗となり、あと一敗で初段に降格する崖っぷちに立たされた井山は、これまでになく落ち込みながら、負けた碁を振り返ってしきりに反省していたが、二人の会話が聞こえてくると集中できなくなってしまった。

「そこはおいしいワインをコース料理に合わせて選んでくれるおしゃれな店なんだよ」

「へー、素敵ですね。そんなお店なら是非とも行ってみたいわ。それじゃあ、奥さんも誘って一緒にどうかしら?」

「いやー、それはちょっとなー……」

「そうだわ、それなら二対二なら丁度いいんじゃないかしら」

「え、二対二ってどういうこと？」

「私も誰か誘うのはどうかしら」

「誰かって誰？　梅ちゃんとか？」

「特に誰と決めているわけではないけど……」

そう言いながら麗子が辺りを見回すと、なにげなく顔を上げた井山と目が合った。

麗子は目を大きく見開いて軽く両肩を上げると、いたずらっぽく微笑んだ。

井山の心臓の鼓動が速まった。

「でも由美は絶対に麗子さんと一緒には行かないだろうな」

「それじゃあ、このお話もなしね。素敵なお店なので行ってみたかったけど残念だわ」

「それじゃあ、他にも麗子さんが絶対行きたいっていうお店を見つけてくるから、気に入ったら付き合ってよ」

藤浦は麗子との食事にそれほど執着しているようには見えなかったが、そうかといって完全に諦めているわけでもなさそうだった。

その時に突然、藤浦がサッと後ろを振り返って、二人の会話を聞いていた井山と目が合った。

顔全体を白い髭で覆っている藤浦が、じっと井山を見つめたが、サングラスの色が濃いので、どんな視線で眺めているのか、実際のところ井山にはよく分からなかった。

「これは、これは、井山さん」

「あ、どうも藤浦さん」

「年末のパーティ以来だね。初段に昇格してからの調子はどうかね？」

「新年早々は、五連勝で二段に昇格したんですけど、そこで壁にぶち当たって、今は四連敗で降格の危機です」

「そうなんだ。まあ、勝負事というのはそういうものだから、あまり気にしないことだよ。誰でも勝ったり負けたり、上がったり下がったりするもんだからね。でもね、井山さん、不思議なもんでね、負けた数だけ強くなるもんなんだよ。だってそうでしょ。勝った時って、内容が悪くてたまたまラッキーで勝っても直ぐに忘れちゃうけど、負けた時は、なぜ負けたのか突き詰めて考えるでしょ。だから今はたくさん負けて、たくさん反省すればいいんだよ」

「本当にそうですね。今もどこが悪かったのか考えていたんですよ。今日は悔しくて眠れなくなりそうですよ」

「悔しい気持ちは分かるけど、そんな深刻にならず、どうかな、気分転換に一局打たないかね？」

井山は常々「らんか」で最高峰に君臨する四天王と一度打ってみたいと思っていたので、まだ二段だというのにそんな幸運が巡ってきて、本来なら喜んで受けたいところだったが、一方で、あと一敗で降格という時にこんな強い相手と打つことは無謀ではないかと躊躇した。

するとそんな井山の心情を察した藤浦が明るく励ましてくれた。

「井山さん、降格なんて気にすることなんかないよ。落ちたらその悔しさをバネにまた這い上がってくればいいんだからさ。あなたにはそれができる心の強さを感じるよ」

それもそうだ。

井山は開き直った。

藤浦の言う通り、井山の目標は二段を維持することではなく、最終的に最強の名人になることなのだ。それなら八段の藤浦に打ってもらうことを、絶好の機会と捉えるべきなのだ。

下手なプライドに妨げられて千載一遇の機会を逃す愚を犯すことなく、負けてもいいから、この一局で多くを学ぼうと気持ちを切り替えて、井山は藤浦との対局に臨むことにした。

藤浦が八段、井山が二段なので手合いは六子である。

最近は互先や二子の碁が多かったので、六つも石を置くことは井山にとっては逆に新鮮だった。

「らんか」で十級として打ち始めたばかりのことが懐かしく思い出された。確かにあの頃は五つとか六つとか、時には九つも石を置くことが多かった。

随分前のことのようだが、実はまだほんの半年ほど前のことなのだ。

こんなにたくさん石を置くのは久し振りなので、井山は相手がいくら強くても、今の実力なら負けることはないと感じたが、対局が始まって直ぐに、自分の考えが甘かったことを思い知らされた。

藤浦の手はこれまでリーグ戦で対局してきた誰よりも鋭く急所を衝くものばかりで、時には井山が見たこともないようなものもあった。

そんな華麗な手筋が飛び出すたびに、井山は感動を新たにした。

白石は黒石の大海の中にパラパラと散らばっているだけなので弱いはずなのに、そうかといって、攻めようと思っても、簡単に攻められそうにも見えなかった。

白のうまい打ち回しによって、黒地になりそうなところは巧みに消されてすっかり小さくなってしまい、その一方で白には大きな地ができつつあった。

特に厳しい打ち込みや攻めを食らったわけでもないのに、次第に黒地が減り、白地が増えていく展開となり、ハンディが六子もあったのに、いつの間にかその差はほとんどなくなっていた。

井山は思わず、初めて「らんか」を訪れた夜に九子で麗子と打った時のことを思い出していた。激しく闘うわけでもないのに、麗子の打ち回しも実に巧みで、真綿で首を絞めるようにジワジワと追い詰めてくるような迫力があった。

これが八段という、全く次元の異なる者の碁なのだろう。

終盤に入って数えてみると、それでもまだ僅かに黒がよさそうだったので、井山は改めて六子の威力を感じたが、いずれにせよ、このままヨセていくと、十目くらいの差は直ぐにひっくり返されそうだった。

そこで井山は、ありきたりの手では負けてしまうと感じて、なにか有効な手を繰り出せないかと長考に入った。

よく見てみると、相手は石を目いっぱい働かせて打っているだけに、ところどころに薄みがあった。

特に下辺で大きく地を囲っている白石が少し薄く見えるので、井山はそこをどうにかできないかと考えてみた。

根こそぎ荒らせる手段があれば一番良いが、薄いとはいえ、八段の藤浦がそこまで隙をつくることはなかった。それでもその弱点を衝いて、少しでも得ができないかと井山は必死に考え続けた。

長時間にわたる苦行のような詰碁の勉強をしてきたのも、まさにこのような時のためなのだと自分に言い聞かせて、井山は物凄い集中力で真剣に長考を続けたが、なにか手がありそうに見えるが、それがどんな手なのか読み切ることができなかった。

今の力量では残念ながらそれが限界だと諦めた井山は、それでもこれが石の形だと思って、下辺の白石の薄みともいえる場所のケイマにツケコシの手を打っていった。

すると、その手を見た藤浦の手が突然止まった。

サングラスの奥の目を大きく見開いて盤上を睨みつけながら、今度は藤浦が長考に入り、そこで起こり得るあらゆる手を猛烈なスピードで読んでいるようだった。

ひょっとして、何かうまい手があるのだろうか？

井山も再び盤上に目を落として真剣に読み耽った。

確かに何かありそうだが、悔しいかな、何度考えても井山にはよく分からなかった。

しかし藤浦はしばらく考えた後に、おもむろに胸を反らせると、顔を歪めながら独り言のように大きな声を絞り出した。

「いやあ、これは参ったな。そんな手があったのか」

やはり何かしらの手があるようだった。

藤浦はそこを大きく荒らされないように、慎重に下から受けたので、結果として随分へこまされたうえに、白石をひとつもぎ取られてしまった。

黒からしたら十目以上の大戦果だった。

恐らくこの白石を一目捨てずに頑張ると、下辺の地を根こそぎ荒らされてしまうような手が潜んでいたのだろう。

実のところ、井山はその手がよく読めていなかったのだが、藤浦には読めていたのだ。

いずれにせよ、ヨセで上手にやられるどころか、下手の井山が逆に大きく得をしてしまった。

この後、藤浦に徐々にヨセられて、かなり肉薄されたが、下辺での予想外の戦果がものをいって、最後は黒にぎりぎり二目残って、井山が際どく勝ち切った。

井山にとっては初めて迎えるカド番でプレッシャーも大きかったが、四天王の一人を相手に想像もしていなかった勝利を収めて、なんとか降格を免れた。

負けたというのに、悔しそうな顔ひとつ見せずに嬉しそうに微笑んでいる藤浦を、井山は怪訝な表情で見つめた。

これで藤浦は二連敗となり、今期リーグ戦優勝の可能性はかなり遠のいてしまったが、そのことをさして気にしている様子はなかった。

他の者はあんなに熱くなって勝ちに執着しているというのに、藤浦は本当に「奥の院」に興味がないのだろうか？

それとも、優勝でもしようものなら、妻と大変なもめごとになると心配して、気合いが入らないのだろうか？

「藤浦さんは、あまり『奥の院』には興味がないんですか？」

井山は生来の率直さそのままに、藤浦に対してストレートな疑問をぶつけてみた。

「囲碁を愛する者なら誰だって興味があると思うけど、なんだってそんなことを訊くんだね？」

藤浦のプライバシーに立ち入る気はさらさらなかったが、そう訊かれたからには、うまくはぐらかすという芸当ができない井山としては、正直に答えるしかなかった。

「奥さんのことを気にして本当の実力が出せないのなら、気の毒だなあって思ったんですよ」

藤浦は苦笑しながら答えた。

「俺の勝敗と女房のことは全く関係ないよ。由美もかなりの打ち手なんだけど、ちょっと複雑な事情があって、囲碁に対して屈折した思いがあるんだよ」

「そうだったんですか」

「実は由美は双子なんだけど、お姉さんも囲碁が強くて、中学の頃は囲碁の強い美人姉妹ということで地元の北海道ではちょっとした有名人だったんだよ」

「あの風貌の方がもう一人いるんですか。それもまた強烈ですね」

井山は、由美が二人並んでいる姿を想像して思わず身震いした。

「お姉さんのほうが由美以上に過激で、熱情型だけどね」

由美以上に過激という女性も、井山はちょっと見てみたい気がした。

「そうなんですか。ちょっとお会いしてみたい気もしますね」

「怖いもの見たさなら止めといたほうがいいよ。実をいうと、二人とも高一の時に訳あって院生になる機会を得て、親元を離れて東京に出てきたんだけど、そこで壁にぶち当たって挫折を味わったんだよ。昔から囲碁の強い美人姉妹として、地元でちやほやされてきたんだけど、それがよくなかったんだろうね。東京には囲碁の強い人も美人もいっぱいいるからね。おまけに都会には、挫けそうになった人の逃げ場となる甘い誘惑も多いから、あとはずるずるといっちゃったんだよ。結局は囲碁の世界で生きていくことを諦めざるを得なくなって、それで囲碁に対して屈折した思いを抱くようになったんだよ」

「そうだったんですか」

「それでも由美は俺と出会って、囲碁が強い相手と一緒になれたから、彼女なりに落ち着きを取り戻したんだけど、大変なのはお姉さんのほうでね」

「え、どうなったんですか?」

井山の好奇心はとどまるところを知らず、藤浦ファミリーの秘め事へとさらに分け入っていった。

「旦那さんも囲碁のインストラクターで強いんだけど、彼女は強い相手と一緒になっただけでは満足できず、今度は自分たちが果たせなかった夢を息子に託すようになって、小さい頃から猛特訓して、小学校にも行かせないで、韓国で囲碁の修行をさせているんだよ。絶対に息子を世界一にするつもりでいるから、こうなるともう執念以外のなにものでもないね」

「本当ですか。それは凄い話ですね」

井山は驚いたが、ここに怒鳴り込んできた由美の双子の姉なら、それも十分ありそうな気がした。

「いずれにせよ、由美が囲碁に対して素直になれないのは確かだけど、俺が強いことは彼女にとっても誇りなんで、俺の勝敗に彼女が悪い影響を与えていることはないよ。今回も実力で負けたからね。それにしても、あのツケコシは見事だったね。俺もうっかりしてたけど、あんな手が潜んでいたなんて気づかなかったよ」

井山は藤浦に誉められたことは嬉しかったが、実際にはそれがどんな手なのか読めていなかったので、このまま分からずに終わることは耐えられなかった。その手をどうしても知りたいと思った井山は、恥を忍んで正直に打ち明けることにした。

「実はあそこにどんな手があったのか、私はよく読めていなかったんです」

「え、そうだったの」

藤浦は驚きの表情を見せたが、次の瞬間、拍子抜けしたように笑い出した。

「あんた、なかなかやるね。あれだけ長考して自信たっぷりに打ってくるから、てっきり読み切ったのかと思っていたよ。ハ、ハ、ハ、それで結局勝っちゃうんだから、大したもんだよ。きっとあんたは、囲碁の神様に愛されているんだね」

「え、囲碁の神様ですか？」

「そうだよ。なるほど、そりゃ麗子も惚れるわけだな」

麗子が井山に惚れているなんてことが、本当にあるのだろうか？

本当にそうなら嬉しいが、井山は照れながら慌てて否定した。

「そんなわけないですよ」

「いやいや、そうでもないよ。見ていれば分かるよ。さっきも誰か食事に誘うって話の時に、井山さんに視線を送っていたじゃない」

見ていないと思っていたが、やはりこの人は気がついていたのだ。

急に照れくさくなってきた井山が落ち着きなくソワソワしていると、藤浦はなおも微笑みながら続けた。

「彼女はそういうところに敏感だからね。もうきっとあんたの本質を見抜いているんだよ。囲碁の神様に愛されている人なんてそうそういるもんじゃないからね。こうなりゃ、俺も応援するから、頑張って早く強くなりなさいよ」

それを聞いて井山は思わず有頂天になった。

「それじゃあ、麗子さんと食事に行く時は、私もついて行っていいんですか？」

すると藤浦は急に険しい表情に変わり、井山の申し出を一蹴した。

「それとこれとは話が別だよ、あんた。何、調子に乗ってんのかね。俺はね、彼女と二人だけでゆっくり過ごす時間が欲しいんだよ」

藤浦は何を考えているのだろうか？

麗子と「奥の院」に行く気はなさそうだが、そうかといって、本当に井山が麗子と「奥の院」に行くことを支援する気があるのだろうか？

どうせそんなことは無理だから、応援しても構わないと思っているだけなのだろうか？

それとも「奥の院」は井山に譲って、自分は麗子と食事に行ければそれでよいと思っているのだろうか？

わざわざ「奥の院」に行かなくとも、食事に行けば、十分目的を果たせるということなのだろうか？

確かに「奥の院」に入るとなると、由美に邪魔されるかもしれないが、二人で食事に行くのであれば、由美に知られることなく、無事目的を果たすことができるのかもしれなかった。

井山が藤浦の真意を測りかねていると、藤浦はザッと石を崩して下辺の白に黒がツケコシを打った後にどんな手があったのか並べてみせてくれた。

そこには思いもよらずコウで粘る手が潜んでおり、白がコウに負けると、下辺の地が根こそぎ荒らされてしまうという恐ろしいものだった。

自分の石が当たりになってしまうので、そこで諦めてコウに弾く手に思い至らなかったが、この時井山は高段者向けの問題にも似たようなものがあったことを思い出して、あれだけ詰碁をやったというのにまだ実戦で使いこなすほど身に付いていないことに愕然とした。

おそらく着実に身に付けるためには、詰碁と実戦の両方が車の両輪のように必要なのだろう。藤浦は盤上の石を全て片付けると、一手目から打ち直して、一手一手の意味や、どう打てばよかったのかを時間をかけて解説してくれた。

どうやら井山が強くなることを支援してくれるという言葉に偽りはなさそうだった。

初段への降格をぎりぎりのところで回避した井山だったが、その後もリーグ戦では勝ったり負けたりの膠着状態が続いた。そのため再び降格の危機にさらされることはなかったが、そうかといって三段への昇格もまだ程遠い状況が続いた。

長期休暇中の猛勉強が奏功して初段から二段への昇格をあっさりと成し遂げたので、井山は簡単に昇段できるものだと勘違いしてしまったが、本来は有段者が一つでも昇段することは、級位者の時とは比べものにならないほど難易度が高まり、しかもそのハードルは一段上がるごとに幾何級数的に上がっていくものだということをしみじみと感じるようになっていた。

それはゴルフのハンディに似ているのかもしれなかった。シングルプレイヤーがハンディを一つ減らすことは、ハンディ十八の者に比べると遥かに難しくなり、ハンディがゼロに近づけば近づくほど、その難易度は倍々で増えていくものであるが、囲碁の段位も、まさにこれと似たところがあった。

特に「らんか」では実力伯仲のライバルが多いので、お互いに勝ったり負けたりが繰り返されて、なかなか連勝は難しかった。

二段の井山に加えて、政治家を引退した三段の細名、ＯＬで二段の稲増、村田、ベテランで三段の米田、坂口、活きのいい若手で初段の須賀川、トーマスといった、初段から三段までのライバルが激しく鎬を削る中、お互いに星の潰し合いが続くので、そこから抜け出すことは想像以上に大変だった。皆が夢中になって囲碁に取り組んでおり、一様に少しずつ強くなっているので、なかなか決定的な差が表れないのだった。

誰もがそんな膠着状態から一刻も早く抜け出したいと願って努力を重ねていたが、そのためにはこれまでと同じように、ただ一人で勉強して、漫然と対局しているだけでは十分ではないようだった。

より強くなるためには、上位者から懇切丁寧に指導を受けることが一番であろうが、井山の場合、そこに登場したのが、強力な助っ人である藤浦だった。

藤浦の言葉に偽りはなかった。

藤浦はたまにしか「らんか」に顔を出すことがなかったが、それでも井山と顔を合わせると、必ず練習対局に誘ってくれて、しかも有難いことに、対局後に時間をかけて丁寧な検討をしてくれた。

井山がまだよく知らない定石や布石に加えて、相手の陣地の荒らし方や打ち込んだ後の凌ぎ方、相手の石の攻め方や中盤での形成判断の考え方など「高段者の芸」ともいえる技や棋理を、数多く伝授してくれた。

そんな藤浦からの温かい支援のお蔭もあって、二月も終わりを迎える頃には、井山にも膠着状態から徐々に脱する兆しが見えてきて、二段でも勝ち星が先行するようになっていった。

この勢いで囲碁に専念すれば、直ぐにでも高段者リーグ入りを実現できるのではないかと期待も一気に膨らんだが、丁度そんな時にそうも言っていられない事態が発生して、井山の囲碁ライフに急ブレーキがかかることになった。

第五章

職場で一向にやる気を見せない井山に対して、上司のパンダ眼鏡と髭ゴジラはこれまで完全に放置を決め込んでいたが、田中社長の会社の食品加工工場がいよいよ完成することになると、さすがに担当の井山には、それに伴う雑務くらいはやってもらわなければならなくなった。そうなると竣工式への出席やら祝宴やらで、井山もなにかと忙しくなった。

自社の全レストランの三倍ものキャパを誇る巨大な加工工場の完成によって、効率的な大量生産が実現して収益構造が大きく改善するうえに、三月末には同業の外食チェーン二社の買収によって、この巨大なキャパの三分の二までが埋まることになる。その結果、売上も倍増が見込まれるので、田中社長の鼻息は荒かった。

そうなると食材の仕入れを担当する各商社も色めき立って、競合他社を蹴散らそうと、激しい受注合戦を繰り広げていた。

八段の藤浦に教わるようになって、初段前後の団子レースから抜け出せそうになっていた矢先に、井山はこの竣工狂騒曲に巻き込まれてしまったのだった。

井山は祝い花、贈答品、祝電などを手配し、渋々竣工式に出席したが、その後も連日様々な催しや手配に追われて時間を取られた。しかも一連のお祭り騒ぎの最後には、一気に商談をまとめたい商社側の思惑から、祝宴がいくつか予定されていた。

忙しくなって囲碁が全くできなくなった井山は、このままでは逆にライバルに差をつけられてしまうと焦った。

当然井山は、祝宴など出席したくなかったが、今回は田中社長、福田室長に加えて渡辺購買部長も招待していたので、人数のバランス上、井山が参加しなければ都合が悪かった。

また髭ゴジラとしては、井山が囲碁を始めたことを田中社長に報告して、宴席を盛り上げたいという思惑もあった。

それでも囲碁が疎かになり焦る井山は、断固として参加を断るつもりでいたが、髭ゴジラから前回と同じ芸者を呼ぶと聞かされて、突如気持ちが変わった。

宴席の日を迎えて、またさゆりに会えると思うと井山は朝から落ち着かなかった。

そんな井山を見かねた初音が、何を勘違いしたのか、ピント外れなアドバイスをしてきた。

「あなた、なにそんなに緊張しているのよ。はは〜ん、接待でまた芸をやらされることが怖いのね。でもここで面白い芸を一発決めれば、飛ばされることもなくなるかもしれないから、今度こそ開き直ってなんでもやってみなさいよ。あなたにとって、多分これが最後のチャンスよ」

確かに初音は思い違いをしていたかもしれないが、一面で真理も衝いていると井山は感じた。

井山には「奥の院」という大きな目標があるのだから、その大義のために、どんな犠牲を払ってでも、またどんな恥を忍んででも、ここにとどまるべく努めるべきなのだ。

宴会は前回と同じ神楽坂の料亭で行われた。

広い座敷の掘りごたつに足をつっこんで、真ん中に恰幅の良い田中社長、右隣に若々しく精悍な福田社長室長、そして左隣には白くなった薄い頭髪に髭ゴジラのようなチョビ髭を生やしている、恰幅の良い渡辺購買部長が座っていた。商材を獲得したい業者に対して絶大な影響力を持つ渡辺部長は、どちらが社長か分からないほど堂々たる態度でふんぞり返っていた。

対する下座には、田中社長の正面にパンダ眼鏡、渡辺部長の前にチョビ髭対決とばかりに髭ゴジラ、そして福田室長の前に井山が座った。

乾杯も終わり、当然のように新規オープンの加工工場の話でひとしきり盛り上がったあと、自然な流れで話題は囲碁へと移っていった。

髭ゴジラが早速田中社長の歓心を買おうと大きな声を張り上げた。

「田中社長、実は井山が先日の社長のお言葉にいたく感激して、遂に囲碁を始めたんですよ」

するとそれを聞いた田中社長は素直に喜んだ。

「そうか、そうか、それは良かった。熱心に勧めた私としても嬉しい限りだよ。なんといっても名前が井山さんだからね」

「でも始めたばかりで、実力的にはまだまだなんで、今度社長が鍛えてやってくださいよ」

さらに田中社長の歓心を買おうと、髭ゴジラが勢い込んで吠えると、田中社長は嬉しそうにダミ声で答えた。

「分かった、分かった。是非ともやりましょう。ところであれから半年経つけど、井山さんは十九路では打てるようになったのかね？」

田中社長の問いに井山が答えようとすると、先に髭ゴジラが訳知り顔で答えた。

「一応十九路では打てるようになりましたけど、私が見たところ、まあ十級くらいですかね」

井山は、以前と違って今ならもう髭ゴジラにも負けないはずだと思ったが黙っていた。

「井山さんも打てるようになったのなら、今度は三対三で対局会ができるね」

「ということは、渡辺部長も打つんですか」

パンダ眼鏡が嬉しそうに反応した。

「ええ、私も若い頃から遊びで打っていたんですけど、福田君に教わるようになって少し上達したので、今は五段くらいですね」

「すると田中社長と同じくらいですね」

「いやいや、田中社長は今ではもう六段はあるので、私はもう互先では敵わないですよ」

それを聞いたパンダ眼鏡は顔を少し曇らせた。

「すると、私も五段だから、もう田中社長には敵いそうもないですね」

パンダ眼鏡が落胆の色を見せると今度は田中社長が上機嫌で続けた。

「鈴井部長は渡辺君と互先でいい勝負じゃないかな。互先の相手がいるというのはいいもんだよね。渡辺君、今度は是非とも鈴井部長と打ってみたまえ。すると私が榊課長のお相手だな。確か初段だったから、私とは五子だね。井山さんは、福田君にじっくりと基本から教えてもらったらいいと思うよ。そういえば、おたくとは最近囲碁会をやっていなかったね」

ということは、ライバル商社とは頻繁に囲碁会をやっているという意味だろうか？

パンダ眼鏡と髭ゴジラは、言外の意味を読み取って不安に駆られた。

和やかな雰囲気で囲碁談義を続けていると、そこに六人の芸者が入ってきた。

誰もが胸をときめかせてさゆりを探したが、残念ながらそこにさゆりの姿はなかった。

「先日ここで私と囲碁を打ったさゆりさんは、今日はいないのかな？」

堪らず田中社長が訊くと、一番年増の美幸がすかさず答えた。

「彼女は今日はおりません」

田中社長は心底残念そうにため息をつき、井山も同じ思いだったが、積極的に身を乗り出してさゆりの姿を探していた福田室長の落胆ぶりは傍から見てもよく分かるほどだった。

しかも驚いたことに、普段はおとなしく社長の隣に控えている福田室長が、突然芸者に話しかけた。

「さゆりさんはお元気ですか？」

そんな積極的な態度に驚いて、皆が一斉に福田室長に顔を向けた。

「実は、私はあの時の社長とさゆりさんの対局が忘れられなくて、機会があれば是非とも一度お手合わせ願いたいと思っていたんですよ。彼女は今、どうしているんですか？」

今度は皆が一斉に美幸を見た。

「それが、少し体調を崩したみたいで、最近はあまり見かけないんですよ」

「でも、同じ置屋で、毎日顔を合わせているんですよね？」

「実は、以前はそうだったんですけど、二年前に火事で焼けてしまって廃業になったので、今は全員組合に登録して、ばらばらにやっているんですよ」

二年前の火事。

井山は梅崎から聞いた話を思い出した。

確か「らんか」でもあの時点で一年半ほど前にボヤ騒ぎがあり、それを機に囲碁サロンに切り替えたということだった。

神楽坂は火事が多いのだろうか？

そんなことを考えながら、今度はいつも隅でおとなしくしている井山が大きな声を上げた。

「確かその火事で置屋の女将さんが亡くなったんですよね」

井山が意外なことを言い出したので、皆が驚いて彼を見た。

美幸も驚いて思わず声を漏らした。

「よくご存じですね。置屋では女将さんではなくお母さんと呼ぶんですけど、その火事に巻き込まれてお母さんは亡くなったんです」

当時を思い出して涙を流す美幸に、皆、もらい泣きしてしまった。

「中でも一番ショックを受けたのがさゆりちゃんで、それ以来、体調を崩してしまったんです。十年ほど前にお父さんを亡くしてから母娘二人で仲良くやってきたのに、今度はお母さんも亡くして、相当参ってしまったんですよ」

美幸の話でしんみりとした雰囲気に包まれている中で、井山が突然、場違いとも思える質問でまた皆を驚かせた。

「お母さんの名前は何ですか?」

袖で涙を拭いていた美幸は思わず顔を上げ、何故そんな質問をするのかと怪訝な表情を見せたが、井山の思いのほか真剣な眼差しに圧倒されて、思わず口を開けた。

「お母さんの名前はゆり子でした」

それを聞いた井山はあやうく卒倒しそうになり、乗り出していた身体を掘りごたつに沈めると、絞り出すように訊いた。

「早乙女ゆり子さんですか?」

美幸は驚いて井山を見返した。

「はい、そうですけど。でもお客さん、どうしてその名を……」

井山は真っ青になった。

少し呼吸を整えて落ち着くと、また身を乗り出して訊いた。

「どんな方でしたか？」

また随分と変な質問をする客だと思って美幸は首をかしげた。

「そうですね。さっぱりとした性格で、姉御肌でしたね。言葉はきついところもあったけど、心は温かい方でしたよ」

「結った髪をネットでくるんで、ダボッとしたパンツをはいていませんでしたか？」

この男はどこまで知っているのかと気味悪く思いながら、美幸は慎重に答えた。

「そういえば、普段着ではそんな恰好をしていることもあったかと思います」

井山の好奇心は尽きることなく、さらに質問を続けた。

「さゆりさんは、ゆり子さんに似ていますか？」

「はい、そりゃもうまるで生き写しで、若い頃のお母さんにそっくりですわ」

それを聞くと井山は再び力なく沈み込んで、深い思念の淵に一人はまって身動きできなくなった。

置屋のお母さんの名前がゆり子と分かった井山は身体が震え、それ以降、もう何も聞こえず、何も目に入ってこなくなった。

若い芸者の美穂が「おひらきさん」で勝負しようと井山に声をかけたが、井山は全く気づかず、ただ一人物思いに沈むばかりだった。

初音に言われた通り、井山にとってここは最後の挽回のチャンスだったかもしれないが、完全に一人の世界にこもった井山は、この絶好の機会を逃してしまった。

井山の様子から「おひらきさん」をやらせるのは無理と判断した髭ゴジラが、仕方なく立ち上がろうとすると、そんな髭ゴジラを制して、意外にも渡辺部長が突然口を開いた。

普段はマーロン・ブランド似を自認して恰好をつけている購買部長だったが、この日は少し様子が違った。

「実は以前から一度『おひらきさん』をやってみたいと思っていたんですよ。今日は是非とも私にやらせてください」

渡辺部長は照れ臭そうに白状すると、いつものように気取ってゆっくりと立ち上がったが、いざ「おひらきさん」が始まると、子供のようにはしゃいで、美穂との勝負を思いっきり楽しんだ。

渡辺部長の変貌振りに皆が唖然としつつも、その場は大いに盛り上がったが、井山だけはそんな喧噪の中、一人物思いに耽っていた。


夜も更けて宴はお開きとなり、芸者衆は帰って行ったが、そのタイミングを見計らって、パンダ眼鏡がこの日の最大の目的である、企業買収後の取引量の増加について、単刀直入に田中社長に訴えた。

「田中社長、うちとしても御社の事業拡大に貢献したいと思って、セントラルキッチンの建設場所となる不動産もご紹介しましたし、その加工工場のキャパを埋めるべく買収先企業もご紹介させていただいたので、それに見合うだけの食材の仕入れ増を、是非ともお願いしたいと思います」

するとそれを聞いた田中社長は、大きく頷きながら答えた。

「ああ、その件ね。おたくには、色々とお世話になってきたから、よく配慮するようにと、渡辺君には伝えてあるんだよ」

「そうですか。渡辺部長、是非とも宜しくお願いします」

パンダ眼鏡と髭ゴジラは手をついて深々と頭を下げたが、井山だけは呆けたようにポカンとしてまだ考え事をしていた。

先程まで「おひらきさん」で子供のようにはしゃいでいた渡辺部長も、いつもの厳しい購買部長の顔に戻ると渋い表情のまま小さく頷いた。

すると、今度は田中社長が思い出したように話を切り出した。

「そうそう、そういえば、おたくにはいつもご馳走になってばかりだから、そのお返しも兼ねて、今度はこちらで宴席を設けさせてもらいますよ。今日はもう遅くてこれ以上十分な話はできないけど、実は色々とご相談したいこともあるんでね」

畳に頭をつけていたパンダ眼鏡と髭ゴジラが真っ青になって顔を上げた。

客のほうから接待をするということは、何かお願い事がある場合が多いものである。

「竣工式も無事終わって落ち着いたので、これから長期の海外出張に行く予定なんだよ。恐らく三月中には帰ってくるけど、三月末には我が社の命運をかけた買収のクロージング業務もあって忙しいから、四月早々ということでどうですかな」

それを聞いて、さらに青ざめたパンダ眼鏡が恐る恐る訊いた。

「海外というのは、どちらに行かれるんですか？」

「中国と東南アジア、それからオーストラリア辺りだね」

「新規店舗の出店のためですか？」

「そういうことも当然考えてはいるけど、今回の目的は食材の仕入れなんだよ。これから売上倍増が見込まれるので、調達先の幅を広げておきたいと思っていてね」

いよいよパンダ眼鏡と髭ゴジラの顔から血の気が引いた。

「田中社長、そういった地域はうちも強いコネクションを持っておりますので、是非とも私共に社長のお供をさせてください」

田中社長は穏やかに微笑んだ。

「そういった気遣いは今回は無用だよ。自分で直に足を運んで、自由な発想で新しいところを開拓したいと思っているんでね」

完全に先を越されてしまった。

おそらくライバル商社が全て手配して、田中社長をアテンドすることになっているに違いなかった。

パンダ眼鏡と髭ゴジラは身体の震えが止まらなくなった。

神楽坂の大通りで田中社長たちを見送ってから、パンダ眼鏡と髭ゴジラは何やら今後の対策について話し合っていたが、相変わらず井山だけはぼんやりと考え事をしていた。

やがて二人の上司が渋い表情のまま去っていくと、井山はどこに向かうでもなく一人でトボトボと歩き始めたが、頭の中ではずっと芸者から聞いたゆり子のことを考えていた。

自分は幽霊と囲碁を打っていたのだろうか？

それとも、囲碁を打っているうちに生気を吸い取られて、すでに死後の世界へといざなわれているのだろうか？

確かに「らんか」には得体の知れぬ妖気が満ちており、どこか浮世離れしたところがあるが、井山にはそれは死後の世界とは少し違うように思われた。

少なくとも「らんか」に漂う異様な気配は、世間一般の常識からは大きくかけ離れたものかもしれないが、常軌を逸した狂気も、信じ難いほど熱く燃えたぎる情熱も、等しく人間の営みの一部であると思えるものがあった。

そう考えると、ゆり子が幽霊とは思えないが、一方で「らんか」が旅館の頃から、幽霊が出ることで有名だったという松木の話も気になった。

ゆり子は足のないお化けなんだろうか？

血の通っていない冷たい物体なんだろうか？

それとも成仏できない霊魂なんだろうか？

ゆり子のことをあれこれと考えていた井山はいつの間にか神楽坂の裏通りに紛れ込み、やがて猛烈な眠気に襲われた。

こんな道端で寝込んだら、下手をしたら凍えてしまうと頭では理解していても、生理的な眠気をどうすることもできずに、井山は突然襲ってきた睡魔と闘いながら、必死に人通りの多い大通りのほうに出ようともがいた。

激しく襲い来る眠気に抗いながら、細くて暗い迷路のような裏通りを、井山は延々と彷徨い続けたが、いくら歩いても永遠に出口にはたどり着けないような気がした。

あてもなく彷徨い続けた果てに力尽きた井山は、次第に身体を折り曲げて、やがて崩れ落ちるように片膝をついた。

道端に腰を下ろして膝を抱えた井山は、眠気に抗うように必死に視線を上げた。

暗くて狭い路地の上には、大きな木がせり出して頭上を覆っていた。月明かりも届かない暗い裏通りの道端で、井山は力なく頭を垂れて深い眠りに落ちていった。


井山は深く深く落ちていった。

辺り一帯に、黄色い妖気が砂塵のように舞い散る中を、井山はさらに沈んでいったが、ふっと気がつくと迷路のような暗闇の中にいて、落ち葉と土くれの湿った匂いが鼻をついてきた。

そこは数えきれないほどの大木が密集している深い森の中だった。鬱蒼と生い茂る木々の葉が幾重にも重なって陽の光を遮っていた。

大きな木々に覆われた出口のない森の中を井山は一人彷徨っていた。

森の中に立ち並ぶ大木からは、まるで怒りを爆発させたかのように、黄色い花粉がバサバサと大量にまき散らされていた。まき散らされた花粉は一様に拡散して陽の光を遮り、ただでさえ暗い森の中を黄色い闇で包み込んでいた。

真っ暗な森の中を井山はしばらく進んで行ったが、するとその先に木々が開けた場所が見えてきた。そこだけ微かな陽が射していたので、その明るさを目にして井山は少し安堵した。

そこから子供たちが楽し気に笑う賑やかな声が聞こえてきた。

その陽が射す場所には碁盤が置いてあり、二人の子供が楽しそうに囲碁を打っていた。

さゆりと、髪を金色に染めた少年だった。

さゆりに会えると思って井山が喜び勇んで近づいて行くと、そこに座っていたのは一人だけだった。

それはゆり子だった。

ゆり子は井山が来るのを待っていた。そして何故かゆり子が待っていることを井山は知っていた。

その時はそれが当然のような、そんな気がしたのだった。

「お待たせしました。ゆり子さん」

そう言いながら、井山はゆり子の前に腰を下ろした。

「今ここで子供が囲碁を打っていませんでしたか？」

「あんたがそう思うなら、きっとそうなんだろ」

ゆり子は無愛想に答えた。

「さゆりさんのようでしたが、違いますか?」

「あんたがそう思いたいなら、そういうことにすればいいだろ」

井山の問いに、ゆり子は今度は不愉快そうに答えた。

これ以上ゆり子を刺激しないほうが良いと考えた井山は、黙って囲碁を打つことにした。

囲碁を打ち始めると、井山の心は落ち着いて、何とも言えぬ幸せな気持ちに包まれた。

束の間の平穏な時間だったが、そんな穏やかな空気を突然破ったのは、ゆり子だった。

「ねえ、あんた、本当に鈍い奴だね。まだ気がつかないのかい」

「なんのことですか?」

「こっちは待ってるんだよ」

「何を待ってるというんですか?」

「あんた、本当は私を口説きに来たんだろ」

井山は驚いて、躊躇することなく答えた。

「そんなこと、全く考えてないですよ」

ゆり子は明らかに苛ついているように見えた。

「なんでだよ。分かっているんだよ。最初に会った時から本当は私を誘いたいと思っていたんだろ」

「そんなことないですよ。それは完全に誤解ですよ」

するとその言葉に激怒したゆり子は猛然と立ち上がった。

「そんなもん、誤解なもんかい。本当に愚鈍な奴だね。私を誰だと思っているんだい。なんで分からないのかね」

井山も立ち上がって言い返した。

「私は最初から、あなたを誘いたいと思ったことはないですよ」

すると我慢できなくなったゆり子は突然井山の腕をつかんだ。

「そんなことないさ。隠さなくたっていいんだよ。私には分かっているんだから。さあ、一緒にこっちに来るんだよ」

ゆり子は物凄く強い力で井山を引っ張った。

「ちょっと、何をするんですか、ゆり子さん」

井山は足をバタつかせて必死に抵抗したが、ゆり子の力に抗えず、強引に引きずられていった。

暗く黄色い闇に包まれた迷路のような深い森の中で、井山を引きずっていたゆり子は、やがて滑るように風を切って飛び始めた。

周りの景色が流れて、溶けて、やがて黄色い線だけになった。

物凄い風圧を受けて、井山は息が詰まりそうだったが、しばらくするとゆり子が止まった。

井山が呼吸を整えて周りを見回すと、そこは神楽坂の裏通りだった。

目の前にある「早乙女」という表札の家の格子戸を開けると、ゆり子は井山を家の中に引きずり込んでいった。

奥の床の間には布団が敷いてあった。

「ゆり子さん、ここは……」

ゆり子はニヤニヤと笑いながら黙って服を脱ぎ始めた。

「ちょっと待ってください、ゆり子さん。それはまずいですよ。何やってるんですか」

「まったく鈍い男だね。自分の気持ちがまだ分かってないんだね」

苛つきながら井山を一喝するとゆり子はゆっくりと一枚、また一枚と服を脱いでいった。

井山はその部屋から逃げ出そうと思って襖を開けた。

するとそこには、まだ小学生くらいのいたいけな少女がいて、碁盤の前に座って、一人で黙々と棋譜並べをしていた。その整った美しい顔立ちから、井山は直ぐにそれがさゆりだと分かった。

ようやく、捜していたさゆりに会えた。

井山の身体から喜びがほとばしり出た。

「さゆりさんですよね」

さゆりは何事もないように黙って座ったまま、ひたすら棋譜並べに集中していた。

「さゆりさん、こっちを向いてください。聞こえますか？」

井山がどんなに大きな声で呼びかけても、さゆりには全く届いていないようだった。

さゆりが目の前にいるというのに、このもどかしさは何としたものだろうか。

やるせない気持ちで泣きそうになりながら、井山がさゆりに近づこうとすると、ゆり子が後ろから強く引っ張った。

「ちょっとあんた、そこに入ろうったって、そうはさせないよ」

「どうしてですか。私はさゆりさんをずっと捜していたんですよ」

「まったくなに言ってんのかね。あんたまだ分からないのかい」

そう言うと、ゆり子は井山の身体を強引に引っ張ってそのまま押し倒そうとしたが、井山はゆり子の腕を振りほどいて、さゆりのいた部屋とは反対方向に逃げて、目の前の開き戸を開けた。

すると井山は、あまりの驚きに言葉を失い、思わずそこに立ちすくんでしまった。

「あら、あんた見ちゃいけないものを見たわね」

ゆり子はそう言いながら、驚いて身体を震わせている井山の横までゆっくりと歩み寄ってきた。

その部屋は真っ白な壁で覆われた小さな玄室のような小部屋で、部屋の正面には大きくて黒い石板のような扉が構えていた。

「あんたも扉の向こうに何があるか見てみたいんだろ」

「向こうには何があるんですか?」

「それを知りたければ、私と一緒に扉の向こうに行くんだよ」

そう言った瞬間、ゆり子は井山の腰に腕を回した。驚いた井山はその腕を振りほどこうともがいたが、ゆり子は力ずくで井山を運び始めた。井山も腰を落としてそれ以上進まないようにと必死に踏ん張ったが、ゆり子の力は信じられないほど強かった。

「ちょっと待ってください、ゆり子さん。止めてください」

井山は必死に抵抗したが、次第に黒い扉に近づいて行った。

そこに何があるかよく分からないが、今ここでゆり子と入ってはいけないと井山の本能が命じていた。

それが麗子の言う「奥の院」なら、井山にはまだそこに入る資格はないし、晴れて資格を得たとしても、一緒に入る相手はゆり子ではなかった。

そもそも、ここにある黒い扉が「らんか」のそれとは似て非なるものだとしたら、一体どこに連れて行かれるのか知れたものではなかった。

二人で激しくもつれ合いながら、じりじりと扉に近づいて行くと、ゆり子の身体は徐々にその扉の中へとめり込んでいき、身体のほとんどが扉と一体化して、井山の身体をつかんでいる腕だけが扉から突き出ている状態になった。

「お願いだから、本当にお願いだからもう止めてください」

井山は泣き出さんばかりに叫び声を上げて、ゆり子に懇願した。

井山の身体は扉へと次第に引き寄せられて、石板特有の冷たい感触を頬に感じた。そのひんやりとした感触は実にリアルでとても夢とは思えなかった。

扉から不気味に突き出ているゆり子の両腕はしっかりと井山の腰を抱えて、渾身の力を込めて最後のひと引きで、井山を扉の中へ引っ張りこもうとした。

ゆり子の尋常とは思えぬ力に抵抗できない井山は、次第に諦めの境地に入っていった。

黒い扉に対する恐怖心と、扉の向こうには何があるのか知りたいという好奇心の狭間で葛藤を続けながら、井山はもうこうなったら自分の身体をゆり子に預けてしまおうと覚悟を決めた。

するとその時、井山の背後から誰かが身体に抱きついて両腕で強く引っ張り始めた。扉から飛び出たゆり子の両腕と、後ろから抱え込む両腕の双方から引っ張られて井山の身体は悲鳴を上げた。

「少し痛いかもしれないけど、我慢してくださいね」

どこかで聞いたことがある若い女性の声だった。

身体がちぎれそうな激痛に耐えながら、井山は後ろから抱きかかえている女性が早く自分を助けてくれることをひたすら祈った。

しばらく綱引きが続いたが、最後はゆり子の手を振りほどいて、井山はなんとか扉から離れることができた。

九死に一生を得た井山が、礼を言おうと思って振り返ると、白装束に赤い袴の巫女の姿をした女性が井山をじっと見つめていた。

「あなたはあかねさんですね」

「はい、井山さん。覚えてくれていたんですね」

「ええ、勿論ですよ。助けてくれてありがとうございます」

「私もいつもあなたを助けられるわけではないので気をつけてくださいね。あの扉には、絶対にまだ入っては駄目ですからね」

「え、どうしてですか。あの扉の先には何があるんですか？」

「あんなに力を使ってしまったので、もう限界です。私はもう行きますけど、井山さん、早く私を見つけてくださいね」

そう言い残すと、大きな砂塵を舞い上がらせてあかねは消えた。

竜巻のような激しい風圧で井山は目を開けていられなくなった。


風が吹き止むと、井山は神楽坂の真っ暗な裏通りで、ひとり膝を抱きかかえて座っていた。

寒くて震えが止まらなかった。

それにしてもなんと恐ろしい夢だったのだろうか。

特に真っ黒な扉から腕だけが飛び出している様子は実に不気味なものだった。

井山は真っ暗な細い路地で身体を起こすと、ゆっくりと立ち上がって目の前の建物に目を向けた。

暗くてよく見えなかったが、そこは朽ち果てた民家の焼け跡のようだった。

ここが、ゆり子がやっていた置屋があった場所だろうか？

井山は気になって、今は廃屋となっている真っ暗な焼け跡の中を覗き込んでみた。焼け落ちた建物の残骸が、真っ暗な中におぼろげな陰影を描いていた。

その時井山は、真っ暗な残骸の中で人が動く気配を感じた。

暗くてよく見えないが、神経を集中させると廃屋の中を誰かがゆっくりと歩いているのが分かった。

また激しい恐怖心に襲われて、井山は思わず後ずさった。

ここから直ぐにでも走って逃げようかと思ったが、一方でそこに動いているのが何者なのか見届けたいという好奇心が働いて、井山はなかなかそこから離れることができなかった。

道路の反対側の壁に身を寄せて身体を隠すと、井山は焼け跡の暗闇にじっと目を向けていた。

するとやがて焼け跡の暗闇の中に、ぼんやりとした人の輪郭が次第に浮かび上がってきた。

こんなところに一体誰がいるというのだろうか？

よく見えないがスーツを着た男のようだった。

心臓の鼓動が次第に速まったが、井山は息を殺して廃墟の闇に目を凝らしながら、男が出てくるのをじっと待った。

廃墟から出てきた人影は、焼け跡の縁に佇んだまま、その境目の場所から振り返って再び中を覗き込んでいたが、やがて前を向くと道に踏み出してきた。

暗闇の中で、相手の男もそこにじっと立っている井山に気づいて歩を止めた。

警戒感を強める相手の男性からも、激しい鼓動の音が聞こえてくるようだった。

井山が勇気を振り絞って近づいていくと、相手は怯えて後ずさったが、直ぐ間近に近づいてそれが誰か分かると、全く予想もしていなかった相手に井山は驚いた。

それは福田室長だった。

福田室長も直ぐ近くまで寄って、そこにいるのが井山と分かって少し安心したようだった。

それにしても、深夜遅くにこんなところで福田室長は何をしていたのだろうか?

「福田室長、こんなところでどうされたんですか?」

福田室長は激しい動揺を見せた。

「井山さんこそ、こんなところで何をしていたんですか?」

お互いに暗闇で向き合いながら沈黙が続いたが、やがて井山が口を開いた。

「実は宴席の後にこの路地裏で道に迷って、そのうち猛烈な眠気に襲われて眠ってしまったんですよ。さきほど話題に出たせいかもしれないですが、さゆりさんの亡くなったお母さんが夢に出てきて、それが凄く怖い夢だったんです。そして夢から覚めたらここにいたんです。ちょっと信じ難い話かもしれないけど、本当なんですよ」

井山の話を黙って聞いていた福田室長はしきりに頷いてみせた。

「私はその話を信じますよ。実は私もさゆりさんの夢をよく見るんです。それが、最初に会ったあの日からずっとなんですよ」

「そうだったんですか。それはどんな夢なんですか?」

「さゆりさんと一緒に無限の宇宙空間を飛んでいる夢なんですよ」

「私も同じような夢を見ることがありますよ。さゆりさんは怖い顔になっていませんでしたか」

「いいえ、さゆりさんはお会いした時のままの美しい顔ですよ。二人で手に手をとって未知なる宇宙を探索していると、この上なく幸せな気持ちになるんです」

井山は羨ましいと感じたが、違う夢を見るのはそれなりの理由があるに違いないので、複雑な心境だった。

「ここまでお話ししたので、正直に言いますけど、実は私、前回さゆりさんに会って以来、是非ともまた会いたいと思って、随分色々と捜したんですよ」

「え、そうだったんですか」

「彼女のことが忘れられなくて、なんとしても彼女と囲碁を打ってみたいんです。そんなふうに思えたのは本当に久し振りだったので、彼女とまた会えたら、自分の人生がこれまでと違ったものになるんじゃないかとさえ思えてきたんですよ」

「また痺れるような勝負の世界に戻りたいという気持ちですか」

「まさにそういうことだと思います。それにあんなに美しい方には今までお会いしたことがないですからね。それでなんとかこの置屋の焼け跡を探し当てたんですけど、私もこの近辺で度々猛烈な睡魔に襲われて物凄く恐ろしい夢を見ることもあるんですよ。だから少し怖い気持ちもあるんですけど、ここに足繁く通えばそのうちさゆりさんに会えるんじゃないかと思って、淡い期待を抱いているんです」

「そういうことだったんですか」

「井山さんはどうなんですか？」

まさかさゆりを囲碁対抗戦要員として捜しているとも言えず、ましてやひと目会った時から心を通わせているからだとはなおさら言えずに、井山は思いついた言葉を福田室長に返した。

「福田室長のお気持ちがそこまでのものなら、私もさゆりさん捜しに協力しますよ。もしさゆりさんを見つけたら真っ先に福田室長にお知らせします」

「本当ですか。井山さん、ありがとうございます」

こうして、ろくに顔も見えない真っ暗な神楽坂の路地裏で、井山と福田室長はさゆりを巡って、取り敢えずは本音を隠しつつも、固い約束を交わすこととなった。

第六章

田中社長の食品加工工場の竣工に伴う業務に忙殺された井山は、囲碁のための時間を満足に取ることができなくなって焦っていた。

藤浦の熱血指導のお蔭もあって、井山は「らんか」の低段者リーグにおいて、初段前後のライバルたちとの団子レースから抜け出せそうになっていただけに、その勢いが削がれたことが悔しかった。

井山が足踏みをしている間に、議員辞職した細名は鬼のように詰碁に取り組んだ効果が現れてきて、三段から一気に五段へと上がっていた。

そうなってくると、細名の次の目標は六段へと昇段して、夢の高段者リーグ入りを果たすことだった。

ビジネススクールの学長を辞めた堀井はすでに五段から六段に昇格して、細名より一足先に念願の高段者リーグ入りを果たしていた。

細名や堀井のように、仕事もせずに囲碁に専念できる境遇にある者を、井山は羨ましく感じた。

三月に入り、リーグ戦もいよいよ終盤を迎えて優勝争いも熾烈になる中、誰もが自分の成績以上に高段者リーグの優勝争いを気にしていた。

　高段者リーグの結果は「奥の院」に直結するだけに、全ての者が我が事のように、一局ごとの勝敗に一喜一憂するのは、ある意味当然のことであった。

　全勝を続ける二人の四天王、ライバル商社の埜口と弁護士の矢萩を一敗で追っていた七段の医者の奥井と、六段から七段へと昇格した財務官僚の羽田が、遂に直接対決する時がやってきた。

　有言実行とばかりに「奥の院」に向かって着々と歩みを進め、早速七段への昇格を果たした羽田にはそれなりの凄味があったが、奥井は奥井でこれまで定先だった相手が互先となったので、逆に与しやすいと感じていた。

　優勝争いに残るためにも、また悲願である八段へと昇格するためにも、お互いに絶対に負けられない勝負であることは明らかだった。

　奥井と羽田の七段同士の対局が始まると、直接の優勝争いというわけでもないにも拘わらず、八段の四天王を始めとして多くの観戦者が二人の周りに集まってきた。

　序盤からお互いに闘志をむき出しにした激しい闘いが繰り広げられたが、激戦を制したのは医者の奥井だった。勝負はコミがかりとなったので、羽田が六段のままなら、結果は逆だったという際どいものだった。

　奥井はこれで星一つの差で優勝戦線に留まったばかりか、あと一つ勝てば八連勝なので、ようやく念願の八段昇格に手が届くところまでこぎつけた。

するとそのことに気づいたライバル商社の埜口が、早速奥井に対戦を申し込んだ。

奥井は八連勝して八段に昇格するまで四天王との対局は避けたいと思っていたが、四天王と一回も当たることなく八段に昇格することは周りが許してくれなかった。

埜口としては、星の差一つで追走する奥井を突き放す絶好の機会と捉え、ここで相手を粉砕して、八段はまだ早い、ましてや「奥の院」など夢のまた夢だと思い知らせてやりたかった。

優勝の行方を占う重要な一戦が始まった。

手合いは奥井の定先である。

奥井もこれまでと変わらぬふうを装いながら、陰では人知れず猛勉強をしていたので、序盤早々、埜口は今までの奥井と着手の厳しさが違うと感じた。

これまで奥井は、布石で慎重に厚く打つことが多かったので、埜口はそれに乗じて序盤で僅かにリードを広げることができ、そのリードを守ってそのまま勝ち切るパターンが多かったのだが、この日の奥井は、激しい闘いもいとわなくなっていた。埜口が何気なく利かそうとした手に奥井が反発したため、そこから予想外の激しい闘いに突入した。

今まで奥井との対局で、こんな展開になることは一度もなかったので埜口は驚いたが、それでも闘いになれば読みの力の勝負になるので、埜口としても歓迎だった。

奥井は今までのように手堅く打っているだけでは、いつの間にか相手にリードを許してしまうと思って反発したのだが、その裏には、必死で詰碁を勉強して読みの力が上がったという自負があった。今度こそ、自分の読みが埜口を凌駕できるのか試してみたいという気持ちが強かった。

これまでの二人の対局では見られなかった激しい闘いが序盤から勃発して、それが全局に拡大していった。

緊迫した読み合いで激しい火花を散らしながら、埜口はこのリーグ戦そのものが新時代に突入したことを実感した。

これからは、今まで楽に勝てた相手とも、全く新しい次元の闘いとなることが予想され、自分も院生時代のように必死に勉強を続けなければ、いつか追い着き追い越されてしまうに違いないと警戒を強めた。

ぎりぎりの読み合いが続いた奥井とのこの勝負も、最後は地力の差を見せつけた埜口がなんとか相手を寄り切って、一目差で際どい勝利を収めたが、埜口としても以前ほど楽な対局ではなかったことを認めざるを得なかった。

奥井は奥井で、以前のように為す術もなく負けることがなかったので、勉強の手応えを感じたが、同時に埜口との間にはまだまだ越えられぬ壁があることも痛感した。

それは僅かな違いかもしれないが、永遠に越えることができないほど高い気もした。

奥井はその後、もう一人全勝を続けていた弁護士の矢萩にも惜しくも負けてしまった。

この碁も中盤までリードしていたのに、矢萩の勝負手によって乱戦に引きずりこまれ、結果は僅かに逆転されて惜しくも勝ちを逃したのだった。

これで奥井は三敗となり、一気に優勝戦線から脱落したが、それでも矢萩を相手に終盤までリードしたことは今まで一度もなかったので、大きな自信になった。

この調子で努力を続けていけば、必ずや近い将来、八段に昇格できるだろうとの手ごたえを得たが、そうかといってその確信はすぐに「奥の院」へと直結するものでもなかった。

八段に昇格した後には、互先での四天王との対戦が待ち受けているわけで、名人になるためにはその全てに勝たなければならないのである。

そういった意味では、八段昇格も長い旅路の始まりに過ぎないのだ。

正直なところ、奥井も囲碁に夢中になるあまり、明らかに最近は仕事が疎かになっていた。医者という大事な仕事を犠牲にして、結局何も得るものがないとしたら、自分は物凄い時間の無駄遣いをしているのかもしれないという思いが時々頭をよぎることもあった。それでもこの痺れるような闘いの中に身を置く刺激が奥井にとってはなんとも堪らず、囲碁の魔宮へとのめり込む自分をどうしても抑えることができなかった。

その思いは、奥井に負けた財務官僚の羽田も同じだった。

八段の四天王との間にある、越えられそうで越えられない壁を、いつか必ず越えてみせると強い信念を持って自分自身に言い聞かせながら、羽田もまた官僚としての大事な仕事の時間を犠牲にして、囲碁の迷宮の中をさまよい続けていた。

四天王を追う有力な七段が次々と優勝争いから脱落するなか、残りの四天王の藤浦はすでに二敗しており、星飼も対局数が全然足りていなかったので、三月も半ばを過ぎた段階で、高段者リーグの優勝争いは完全に、全勝を守っている埜口と矢萩の二人に絞られた感があった。

その頃になると、食品加工工場竣工に関わる雑務から解放された井山に、また囲碁に専念できる環境が戻ってきた。それに加えて藤浦から指導してもらった効果が表れるようになると、井山は二段でも勝ち星が先行するようになっていった。

この時期の井山は、互先の相手である「伸び盛り三羽烏」の稲増や村田にも徐々に勝ち越すようになり、さらに三月の終わり頃には、この二人にはもう容易に負けなくなっていた。


二十一日の木曜日は春分の日で祝日なので、井山は得をした気分で一日家にこもって囲碁の勉強に専念した。

いつものようにウォーミングアップ程度に詰碁をこなすと、最近の新しい布石の勉強を始めた。何冊も買い込んだ本を読み始めると驚きの連続で、夢中になって読み続けるうちに、いつの間にか辺りは暗くなり、気がついた時には夜になっていた。それでもそんなことにお構いなく井山は買い込んだ本を夢中になって読み耽っていたが、夜が更けても目が冴えて一向に眠くならなかったので、そのまま集中して読み続けていると、気がついた時にはもう朝になっていた。

図らずも徹夜してしまった井山は、ここで学んだ新しい布石を一刻も早く試してみたくなり、その日は会社を休むことにした。

一旦休むと決めれば、あとは気楽なもので、井山は少し寝てから昼過ぎに「らんか」に向かった。

昼間の囲碁サロンは、夜とは随分と雰囲気が違っていて、年配の客が多かった。

それでも定年を迎えた頭がツルっとした鈴木や、会社をクビになって物書きの真似事をしている白髪交じり中年太りの松木、元銀行員でやはり定年を迎えて囲碁三昧の生活を送っている七段の和多田など、夜も見かける客も多かった。

そしてその中には、まだ若いのに議員辞職をした細名や、ビジネススクールを息子に譲って引退した堀井も含まれていた。

鈴木や松木はいつもカウンターで飲んでいるだけだと思っていたが、昼間に二人が対局している姿を偶然目にした井山は、どこかほっこりとした気分になった。

せっかくの機会なので、久し振りに二人と打ってみたいと思った井山が、対局が終わるのを待って申し込んだところ、二人とも快く受けてくれた。

こうして井山は、立て続けに鈴木と松木の二人と打つことになった。

二人とも五段なので、手合いは三子である。

井山が「らんか」に来て初めてこの二人と打った時は九子だったので隔世の感があった。

二人とも、序盤からあの手この手で幻惑してきたが、他の者ほど「奥の院」に対する執着心が強くないせいか、井山には二人の打つ手がなんとなく淡泊に感じられた。最近はそれほど真剣に勉強もせずに、万年五段で満足しているせいなのかもしれないが、対局中の迫力や厳しさという点においては、細名や堀井ほどの凄味を感じなかった。

それでも、やはり五段は五段である。

しばらくつばぜり合いが続いた末に、激しい斬り合いが始まって乱戦となったが、井山も一歩も引かずに闘いきって、最後はなんとか二人に勝ちを収めた。

「井山さん、それにしても随分と強くなったねえ。最初に星目で教えたのが、僅か八か月前のことだなんて、本当に信じられないよ」

鈴木はつるりとした頭をなでながら感慨深げに目を細めた。

こうして、鈴木と松木に連勝した井山は、気がつくと四連勝となり、あと一勝で三段昇格というところまで迫っていた。

昼間から打っていると、普段と違って一日が長く感じられた。

二局打ち終わってもまだ日暮れ前で、いつも夜に来る客もほとんど来ていなかったので、次の対局までもう少し待たなければならなかった。

春のうららかなひと時をのんびりとカウンターに座って過ごしていると、二局続けて打った疲れが一気に出てきて、前日の寝不足も重なって井山はどこかでひと眠りしたくなった。

こんな時に最適な場所があることを思い出した井山は、一人で雑魚寝部屋へと向かった。

最初に「らんか」に紛れ込んだ際に雑魚寝部屋で怖い体験をして以来、一度も近づくことはなかったが、この日はまだ夕暮れ時だったので、さほど怖ろしいとは思わなかった。

渡り廊下を伝って井山が雑魚寝部屋に入って行くと、薄日が差す部屋の中には誰もいなかった。

一刻も早く横になりたかった井山は、座布団を拾い上げて畳の上に敷くと、そこに腰を下ろした。

ポカポカと暖かい陽気の中でぼんやりと座り込んでいた井山が、何気なく奥の開き戸に目をやると、前回同様、南京錠が外れていることに気がついた。

井山は素早く振り返って辺りを見回してみたが、穏やかな夕暮れのひと時を静寂が占めているだけだった。

井山の眠気は吹き飛び、心臓の鼓動が速くなった。

「井山さん、こっちに来なさい」

誰かが自分を呼んでいるような気がして、思わず立ち上がった井山は、少し迷ったが、中を覗くだけなら構わないだろうと思って、開き戸のほうに近づいて行くと、そっとそこを開けてみた。

井山が恐る恐る中を覗き込むと、玄室のような小さな部屋の真っ白な壁が目に入り、開き戸を開けるにしたがって、黒石板のような大きな黒い扉が視界に入ってきた。

「さあ、早く入ってきなさい」

何かが強い力で、井山を扉の中へといざなおうとしていた。

井山は催眠術にかかったようにふらふらと部屋に足を踏み入れかけたが、丁度その時、唐突に背後から声をかけられた。

「あんた、そんなところでなに覗いているんだい」

ハッと我に返った井山は、慌てて開き戸を閉めて振り返った。

部屋の入口には、ゆり子が薄ら笑いを浮かべて立っていた。

井山は、ひょっとしたら夢を見ているのかもしれないと思ったが、咄嗟に頬をつねって夢でないことを確認すると、次の瞬間、そうなると今回はあかねが助けに来ることもないのだろうという漠とした思いが何故か頭をよぎった。

目の前のゆり子は幽霊かもしれないと改めて思うと、井山の緊張はいやがうえにも高まった。

「ゆ、ゆり子さん、どうしてここにいるんですか？」

「あんたも変なこと訊くね。私が前からここに来てることは知ってるだろ。あんたがこの部屋に入っていくのが見えたから、興味を持って追いかけてきたんだよ」

目をそらすことなくゆり子がゆっくりと近づいて来ると、井山は恐怖を感じ、金縛りにあったようにそこから動けなくなってしまった。

もしゆり子に襲われたら、後ろの玄室に駆け込むしかなかったが、それだけは絶対に避けたいと思った。

井山の目の前で、ゆり子は怪訝な表情で首をかしげた。

「そんなとこ一人でこっそり覗いたりして、あんたやっぱり悪い男だね。なんか楽しいものがあるなら、ちょっと私にも見せておくれよ」

そう言うと、ゆり子は井山が把手の上に置いている手をつかんで開き戸を開けようとした。

ゆり子に初めて触れられた井山は、心臓が止まるかと思ったが、予想に反して、ゆり子の手は冷たくなかった。

「ゆ、ゆり子さん。ここには何もないですから」

「だったら、私にも見せてくれたっていいじゃないか」

井山とゆり子は把手をつかもうとしてもみ合いになった。

好奇の目で真剣に中を見たがるゆり子ともみ合いながら、井山はひょっとしたらゆり子はここに何があるのか知らないのではないかと思った。

そして同時に、ゆり子にそれを見せてはいけないと直感し、咄嗟に外れていた南京錠をガチャリと掛けてしまった。

「なんだ、つまんない。あんた本当につまらない男だね」

ゆり子は恨めしそうに井山を睨みつけながら捨て台詞を吐くと、不貞腐れて雑魚寝部屋から出て行ってしまった。

緊張の糸が切れて大きなため息をついた井山は、その途端にドッと疲れが出て、今度こそもう立っていられなくなった。

そのまま深い眠りに落ちた井山は、二時間ほどで目を覚ましたが、幸いなことに悪い夢を見ることもなく、頭の中はスッキリとして寝覚めも良かった。

井山は慌てて対局部屋に戻ってゆり子を捜した。

翌日が土曜日ということもあって「らんか」には常連客が続々と詰め掛けていたが、ゆり子はどこにも見当たらなかった。もう帰ってしまったのか、あるいはそもそもここには来ていなかったのかもしれなかった。

井山はゆり子の手の温かい感触を思い出しながら、改めて自分の両の手を触れ合わせてみた。

あれは夢ではなかったし、ゆり子には生きている実体感があったが、それはもしかしたら、自分のほうがあちらの世界に取り込まれているからなのかもしれなかった。

あれこれと考えを巡らして、井山の心は乱れた。

井山がゆり子のことを考えている間に、高段者リーグでは大変な「事件」が起きていた。

全勝でライバル商社の埜口と優勝争いの先頭を並走していた弁護士の矢萩が、女性コンサルタントの村松に足をすくわれて、不覚にも一敗を喫してしまったのだった。

七段の村松も確かに強かったが、四天王とは明らかに力の差があり、ここまでですでに三敗していた。その村松を相手にしての一敗は矢萩にとって極めて痛いものだった。

普通に打てば負ける相手ではないが、魔が差したのか、矢萩には珍しい見損じがあり、その一瞬の間隙を衝かれて、逆転負けを喫したのだった。

こうなると矢萩は、優勝するためには埜口との対局で相手を直接叩くしかなくなってしまった。

誰もが最後に埜口と矢萩が優勝をかけた全勝対決を行うことになると予想していたが、これで少し話が違ってきてしまった。

三月末まで残りあと一週間あったが、矢萩は予定変更とばかりに埜口に早々に対局を申し入れて、埜口もこれを受けて立つこととなった。

矢萩にとっては優勝のために絶対に負けられない大一番だが、それ以上に重要なのは、ここで負けて星二つの差となると、名人になるための「他と隔絶した強さ」という条件を、埜口が満たしてしまう可能性が出てくることだった。

そのことは埜口も十分に承知していた。

すでに矢萩が負けているため、たとえ直接対決で埜口が負けても一敗同士で並ぶことになり、対局数が多い埜口が勝率で上回って優勝する可能性が高かった。

勝っても負けても優勝ならば、本来なら気楽に打てるはずなのだが、一敗しての優勝では「他と隔絶した強さ」とはみなされない可能性が出てくるので、名人の称号を得るためには、埜口としても必勝の心構えで臨む必要があった。

そういった意味では、埜口にとっても絶対に負けられない闘いであることに変わりはなかった。

全勝同士の対決とはならなかったが、それでもいよいよ大詰めを迎えつつあるリーグ戦の優勝を決する大一番、いやそれだけではなく、場合によっては早くも名人が誕生するかもしれないという重要な対局が行われることになった。

多くの観戦者が二人の周りを取り囲み、凄まじい熱気に包まれたが、誰もが声を潜めて、咳払い一つしなかった。

自分こそが名人になるのだと、根拠もなく固く信じて疑わない井山も、当然二人の対局を観ることにした。

握りの結果、矢萩が黒番となった。

埜口と矢萩は闘志をむき出しにして、序盤から激しい闘いを繰り広げた。

井山は四天王の藤浦から丁寧な指導を受けていたが、それはあくまでも六子の置き碁なので、八段同士が互先で闘うのを間近で見るのはこれが初めてだった。

自分だったらどこに打つだろうかと考えながら眺めていたが、二人の打つ手は井山が予想もしないものばかりで、その激しさにただ驚くばかりだった。

弱い石を攻められて逃げ出すのかと思っていると、そこには挨拶せずに逆に相手の弱い石を攻める手が飛び出したりして、盤面全体がそんな自己主張で覆い尽くされて、一体どちらが攻めているのか、井山にはさっぱり分からなかった。

お互いに意地を張って一歩も引かないので、生きていない石があちこちで競り合って、どの石が生きていてどの石が死んでいるのか、井山にはよく分からない難解な攻防が、盤面の至るところに広がっていった。

これが限りなくプロに近い八段の芸なのだろう。

両対局者は当然全て読み切って形勢判断をしているのだろうが、これだけ多くの観戦者の中で、勝負どころの死活を正確に理解できている者は、ほとんどいないように思われた。

真剣に「奥の院」を目指している七段の奥井も羽田も村松も、また仕事を辞めた細名や堀井も、改めてそのレベルの高さに、絶望的ともいえる彼我の差を感じているようだった。

特に細名と堀井は、真っ青な顔で放心状態になっていた。

仕事を辞めたからといってこのレベルに到達できるものなのだろうか？

寝る時間以外全てを囲碁に当てたからといって、このレベルに到達できるものなのだろうか？

誰もが不安に駆られ、黄色いモヤモヤとした居心地の悪い感情が身体の中に渦巻いていた。

目の前では、手品のような芸当が繰り広げられて、生きているのか死んでいるのか分からなかった石も、結局は巧みに生きて、無難な分かれとなっていった。

お互いに細切れに地を持つ展開となったが、最後は白番の埜口がしぶとく一目半勝ちを収めた。

対局を終えた二人は全ての力を出し切って疲れた顔をしていた。

特に矢萩の四角い大きな顔は、完全に血の気が引いて、真っ青になっていた。

直接対決で埜口の進撃を止めることができず、不甲斐ない結果に終わった矢萩は、真剣に名人を目指している他のメンバーに対しても、申し訳ないと思った。

一方の埜口は、最大の難敵を降して安堵すると同時に、これでいよいよ「奥の院」が現実味を帯びてきた喜びをかみしめていた。

同時に、埜口はこれまで矢萩を年寄りのロートルと決めつけていたことが、とんでもない誤解だと分かった。

どちらが勝ってもおかしくない難解な碁だっただけに、重要な大一番で、こんな迫力満点の囲碁を打てる矢萩の凄味を、埜口は改めて感じていた。

矢萩と埜口の対局が終わると、カウンターで飲んでいた藤浦が渋い表情で井山に近づいてきた。

「結果は埜口さんの勝ちかね」

「ええ、白番一目半勝ちでした」

「いよいよまずくなってきたな」

これまではさほど「奥の院」に執着していないように見えた藤浦が、露骨に顔をしかめた。

「これで埜口さんの優勝は間違いないだろうけど、問題は『他と隔絶した強さ』と認められるかどうかだな。最後は俺が対局して、何とか土をつけるしかないかな」

「埜口さんは対局を拒否するかもしれないですよ」

「そんなことをしたら周りから名人に相応しくないと言われるだろうから、埜口さんは申し込まれた対局は全て受けると思うよ。問題は俺が彼に勝てるかどうかだな。もし俺が負けたら他に誰かいるかな」

藤浦は辺りを見回した。

「細名さんも勢いがあるけど、五段に昇格したばかりだから、まだ埜口さんに三子で勝つのは難しいだろうな」

確かに細名が三段のままなら、五子で勝てるかもしれなかったが、三子では恐らく勝ち目はないだろう。

「堀井さんも勢いがあるけど、彼も六段に昇段したばかりだから、ますます難しいだろうな」

そう言って、藤浦は井山を見つめた。

「井山さんは、確かまだ二段だったよね」

「ええ、今、四連勝中ですから、あと一勝で三段ですけどね」

「ちょっと他の人と対戦するのを待ってよ。二段のままなら埜口さんに六子か。ひょっとしたら、あんたなら勝てるかもしれないな」

確かに同じ八段の藤浦に六子で随分鍛えてもらっており、最近では大分勝てるようになっていたが、それでも一発勝負で埜口に勝てる自信はあまりなかった。


するとその時襖が開いて、四天王の四人目にして埜口の部下、二十代の星飼が、突然入ってきた。

星飼の顔を見て、それまでご満面の笑みを見せていた埜口の顔が一瞬で曇った。

なんでこんな時に現れるんだ。

この週末も山ほど仕事を与えているので、星飼にこんなところに遊びに来る余裕などあるはずはなかった。

「どうしたんだ、星飼。資料はもう作り終わったのか？」

埜口が険しい表情のまま厳しい口調で問うと、星飼はニヒルでクールな性格そのままに表情を変えることなく淡々と答えた。

「資料は月曜日の朝にはちゃんとお渡ししますよ。徹夜してでも必ず仕上げますから、心配しないでください。それより埜口部長、私と一局打ちましょうよ」

こいつは優勝の可能性もないのに、仕事を放ったらかしにして、俺の全勝を阻止しに来たということなのか？

埜口は星飼を睨みつけた。

星飼は口を歪め不敵に笑った。

その笑みは、お前だけに良い思いはさせないぞと語っていた。

それがこれまで埜口から受けてきた仕打ちに対する、星飼なりの返答だった。

埜口の瞳は、怒りでメラメラと燃え上がったが、衆人環視の中で対局の拒否はできなかった。

「分かった。受けて立とうじゃないか」

どうせ星飼は、最近は連日深夜まで残業が続いて、囲碁から遠ざかっているから大したことはないはずだった。もし星飼が万全なら、結果はどうなるか分からないが、毎日囲碁漬けの生活で鍛えているのだから、今の星飼に負けるわけがなかった。

矢萩との激戦を終えたばかりで確かに疲れてはいるが、星飼の残業疲れと比べたらどうということはなかった。

今度は同じ商社の上司と部下の二人の四天王、埜口と星飼の対局が始まった。

優勝をかけた大一番というわけではないが、埜口が全勝を守って「他と隔絶した実力」の持ち主であることを見せられるかどうかという、注目すべき対局であることに変わりはなかった。

先程の矢萩との対局同様、多くの観戦者が集まってきて、固唾を呑んで勝負の行方を見守った。

対局部屋は不気味な静けさに包まれて、緊張して対局を見つめる観戦者の心臓の鼓動が聞こえてくるかのようだった。

時計の秒針がゆっくりと時を刻む中、力強く石が打ちつけられる音だけが部屋の中に響き渡った。

井山はまたまた胃が締めつけられるような緊張の中で、互いに一歩も引かぬ意地の張り合いを目の当たりにすることになった。

盤上は序盤から、やるかやられるかの激しい闘いとなった。

それは社会的地位や名声はおろか、会社の上下関係も一切忖度されない、生身の人間による、一対一のガチンコ勝負だった。

二人とも眉間に皺を寄せ、真剣な表情で盤上を見つめていた。

長考の末に星飼が放った一手が予想外のものだったとみえ、埜口は思わず身体をのけぞらせた。

埜口より星飼のほうが最新のＡＩを取り入れて、積極的に仕掛けているように見えた。

連日あれだけ残業しているのに、いつこんな研究をしているのだろうか？

顔を歪めながら、埜口は上目使いでチラリと星飼を睨んだ。

星飼も上目使いで埜口の顔を覗き込み、二人の目と目が合った。

「埜口さん、この手を知らないんですか？　国際棋戦で中国の棋士が打った最新の手ですよ」

星飼は口を歪めて不敵に笑みを返した。

星飼の余裕の笑顔を見て心理的に追い詰められた埜口は、無理気味な勝負手を放っては、却って形勢を損ねていった。

淡々と打ち続ける星飼は、埜口の勝負手にも動揺することなく、的確に受けてリードを広げた。

追い詰められた埜口は、必死の形相で盤上を舐めるように見渡しながら、星飼の石の弱点を探した。そして逆転を目指して次々と勝負手を放っていった。

埜口の執念に井山は恐れを抱いた。盤上には本当に色々な手が悪魔のように潜んでおり、最後の最後まで油断も隙もあったものではなかった。

その中には対応を誤ると、星飼の石を取られてしまうような際どい妙手もあったが、星飼は持ち前のクールさで、どの手に対しても冷静に受けていった。

埜口の勝負手の中には実際に手になったものもあり、星飼の地も一部荒らされたが、それも星飼には織り込み済みで、最後は自分に少し残るという計算ができていた。

盤上に手掛かりとなりそうな相手の弱点も全てなくなり、万策尽きた埜口は、黙想を始めた。

どうしても負けを認めたくなかったのだろうが、そうやってしばらく目をつむって心を落ち着かせた埜口は、現実を受け入れる準備を整えると、そこは熟練の打ち手らしく、最後は潔く投了した。

対局が終わると、星飼は検討する間も惜しんで直ぐに職場へと戻っていった。星飼は本当に、埜口を打ち負かすためだけに、ここに来たのだった。

埜口ははらわたが煮えくりかえる思いだった。

昨年末から三か月もの間、これまでの囲碁人生で院生の頃と同じくらいの熱意をもって打ち込んできたというのに、あと一歩のところで名人を阻止されてしまったのだ。

しかもあろうことか、自分の夢を打ち砕いたその憎むべき相手は、普段から「可愛がっている」直属の部下だったのだ。「可愛がっている」の解釈が両人で大分違うのかもしれないが、それにしてもこれでは飼い犬に手を噛まれたようなものだった。

絶対に許さない。

どこか地方に飛ばしてやる。

埜口の瞳には、激しい怒りと共に邪な想念が煮えたぎっていた。

この大勝負を見守った観戦者は埜口に遠慮して口にこそ出さなかったが、一様に安堵していた。

今回のリーグ戦で名人が誕生することはなかったが、今後も埜口は本気でその地位を狙ってくるだろうし、今回のような展開が続けば、埜口がその地位を得る日は案外近いのかもしれなかった。

「これで井山さんも埜口さんと対局する必要がなくなったから、誰とでも対戦して早く三段に昇格してよ」

藤浦にそう言われて我に返った井山は、これでようやく高段者リーグの結果を気にせず、自分の対戦に専念できると思った。

翌週、井山はお互いにライバル視している「伸び盛り三羽烏」の稲増に互先で勝って、三月中に三段への昇格を果たした。

「らんか」に通い始めて以来ずっと目標としてきた「伸び盛り三羽烏」の稲増と村田より、初めて上の段に上がった瞬間だった。

それは井山にとってエポックメーキングな出来事だったが、それでも有段者になって以降、級位者の時とは比べ物にならないほど昇格のスピードが落ちている事実も冷静に受け止める必要があった。

級位者の時は、四か月で十ランクアップさせて十二月の終わりに初段になったが、初段から三段へと二ランクアップするのに、丸々三か月もかかってしまっていた。

もう埜口は待ってくれないだろうから、次のリーグ期間中に高段者リーグに入らなければ手遅れになるかもしれなかった。

しかし、それ以前の問題として、井山が大きな衝撃を受けたのが、埜口の対局内容そのものだった。

正直言って、途中で何がどうなっているのか、今の井山には難解過ぎてよく分からなかったのだ。

しかも最後の最後まで逆転を目指して最善手を探し続ける埜口の執念には鬼気迫るものがあった。

果たして自分もあんな難解な碁を打てるようになるのだろうか？

そして、いつか埜口に追い着くことができるのだろうか？

埜口の互先の対局を初めて目の当たりにした井山には不安しかなかった。

三月末を迎えて、神楽坂の囲碁サロン「らんか」のリーグ戦も幕を閉じた。注目の高段者リーグでは、ただ一人一敗を守った埜口が優勝を果たしたが、名人の称号を得ることはなかった。

そして全てがリセットされ、四月からまたゼロからの闘いが始まることになった。

ここからまた、三か月にわたるレースが続くのである。

全てのリーグ戦参加者が、新たな希望を胸に、四月からの新リーグへと早くも気持ちを切り替えていた。

新たなリーグ戦が始まるこの時期は、誰もが優勝の可能性があるので、皆、必勝の思いにあふれて、実に華やいで見える。

ここから三か月という長いようで短いリーグ期間中に、また数多くの対局が行われ、悲喜こもごもの人間模様が繰り広げられるのであろう。

様々な人間ドラマが展開するうちに、やがてリーグ戦は幕を閉じ、そしてまた次のリーグ戦が華々しく幕を開けるのである。

こうして果てしない勝負のサイクルは、どこまでもどこまでも永遠に続いていくのである。

終章

最大顧客である大手外食チェーンの田中社長から接待を受けることは、大手町の大手商社で四月に入社二年目を迎えた井山は勿論、その上司のパンダ眼鏡や髭ゴジラにとっても初めてのことだった。

田中社長は、三月末に二つの大型買収を無事完了させて、会社全体の食材の仕入が倍増するのを機に、仕入れルートの集約を考えていたが、その巨大な需要を賄えるのは、海外に強力なコネクションを持つ大手商社だけだった。

今回の買収に貢献したと自負しているパンダ眼鏡としては、ここは一気にライバル商社を蹴散らして、取引量を倍増させることが担当の部長である自分の使命だと考えていた。

そういった意味で、この日の接待は田中社長からその確約を得る絶好の機会だったが、一方で今回初めて顧客のほうから招待されたということが、パンダ眼鏡としては気がかりだった。

宴席は、高級ホテルのスイートルームだった。

好奇心旺盛な井山は、ホテルの客室で行われる接待が一体どんなものなのか興味津々だった。本当は囲碁に専念するために断りたかったのだが、最後は好奇心に負けて接待に同行することにした。

パンダ眼鏡と髭ゴジラと共に井山が指定されたホテルの一室を訪れると、福田室長がドアを開けて出迎えてくれた。福田室長の案内で入っていくと、そこは高級感あふれる畳敷きの大きな和室で、田中社長と渡辺部長が座って待っていた。

部屋の中では寿司職人が即席のカウンターをしつらえており、その目の前に置かれた座卓を挟んで、前回と同じように六人が向かい合って席に着いた。

好きな寿司ネタを自由に注文するという、外食の会社らしい贅沢な趣向だった。

パンダ眼鏡と髭ゴジラは、仕入倍増の話を持ち出すタイミングを見計らいながら、同時に田中社長の海外出張の話も聞き出したいと思っていたので、ほとんど食事が喉を通らなかった。そんな二人の上司を尻目に、回転寿司しか行ったことがない井山は、嬉々として高級ネタを注文しては、一人で黙々と食べ続けた。

乾杯の後に、四月一日に発表されたばかりの「令和」という新元号の話題でひとしきり盛り上がったが、一段落すると、パンダ眼鏡が探るように話を切り出した。

「それで田中社長、海外出張はいかがでしたか？」

田中社長はじらすように日本酒をゆっくりと味わっていたが、やがておもむろに口を開いた。

「なかなか良かったよ」

田中社長はゆっくりと日本酒を飲み干すと、はぐらかすように続けた。

「色々と海外を回って一番感動したのは、思った以上に世界で囲碁が普及していることが確認できたことかな」

　そんなことを聞きたいんじゃないと心の中で叫びながら、温厚なパンダ眼鏡は取り敢えず笑顔で相槌を打った。

「そうなんですか」

「私はね、どの国に行っても、地元の囲碁クラブに顔を出して、囲碁交流に励んだんだけど、言葉なんか通じなくても、囲碁で心を通わせることができるんだって、よく分かったよ」

　しみじみと語る田中社長の穏やかな表情とは対照的に、パンダ眼鏡と髭ゴジラは話の裏にライバル商社の影を見て、思わず顔をしかめた。

「色々な国の人と話をして感じたんだけど、初心者にルール説明をする時に、一度置いた石を絶対に動かしてはいけないなどと念押ししなければいけないのは実は日本人だけで、向こうの人はなんでそんな当たり前のことをわざわざ言うんだという顔をするんだよ。日本だと迷ってチョット石を動かしても、初心者のご愛敬とばかりに見逃すこともあるけど、ルールはルールだからね。日本人は一般的には真面目で信用できるイメージがあるかもしれないけど、そういうちょっとしたルールに対する厳しさに欠けるところがあるよね」

　パンダ眼鏡や髭ゴジラは、そんな話はどうでもいいから、早く仕事の話に移りたいと思っていたので、田中社長の言葉はろくに耳に入っておらず、どうやって話題を変えようかとしきりに考えを巡らせていた。

それに対して、井山だけは田中社長の話に大きく頷いて、感心しながら熱心に耳を傾けていた。

確かにそう言われてみると、日本人には仲間内でちょっとした目こぼしをねだる馴れ合い体質があるのかもしれなかった。

そのほうが人間関係で軋轢を生むことなく物事が円滑に進むし、ある意味、それは日本社会全体を覆う「優しい文化」ともいえる。長い歴史の中で培われた生活の知恵かもしれないが、一方で一度決めたルールを厳しく守り抜こうとする気概に欠け、ともすれば甘えの構造を招く元凶となっている面もあった。

「ゴルフでも、日本人は仲間内でプレイする時は六インチルールなんていって、球を動かすことを容認したり、初心者がバンカーから出ない時は、手で出していいよ、なんて声をかけたりするからね」

田中社長の話にいちいち頷いていた井山は、ここで突如としてこの日初めて口を開き、自分の意見を述べ始めた。

「それこそがまさに欧米人が感じる日本特有の『甘えの構造』なんでしょうね。それに日本人には責任の所在が曖昧なところがあって、失敗しても誰も責任を取らないところもありますよね」

パンダ眼鏡と髭ゴジラは、なんでこんな話題に乗っかるんだと難詰するように井山を睨みつけたが、寿司をパクつきながら持論を展開する井山は、面目躍如たる鈍感力を発揮して二人の上司の苛立ちに全然気づいていなかった。

井山が同調するので、田中社長はますます饒舌になった。

「私の信条は、ビジネスでも囲碁でも、いかに誠実であるかということでね。長期にわたる信頼関係こそが一番大事だと思っているんだよ」

その言葉にいたく感動した井山は、再び大きく頷きながら田中社長に酒をついだ。

「さすが田中社長。素晴らしいですね。まさに男の中の男ですね」

井山が田中社長のペースに乗ってどんどんこちらの思惑から外れるのを苦々しく眺めていたパンダ眼鏡は、そろそろ話題を変えようと、姿勢を正すと大きな声で咳払いした。


するとその時突然、楽器を抱えた男性が五、六人、どやどやと部屋の中に入ってきたので、パンダ眼鏡はタイミングを逸してしまった。

どうやら生カラオケをやってくれるようで、広い和室の一角で、キーボード、ギター、ベース、ドラム、トランペットの即席のセッションが組まれた。

「さあさ、皆さん、何でも好きな歌を歌ってください。彼らは大抵の曲は演奏できますから」

田中社長は上機嫌で、呆気に取られている三人の商社マンに歌詞が入ったフォルダーを渡した。

すると今度は、若いコンパニオンが四人、部屋に入ってきた。

カラオケが大好きなパンダ眼鏡と髭ゴジラは田中社長が用意したアトラクションの魅力に抗しきれず、男女十人による大カラオケ大会が始まった。

当然のことながら、ゆっくりと話をする雰囲気ではなくなったので、完全に仕事の話をする機会を逸したパンダ眼鏡は、あとはお開きのタイミングをうまく捉えて話を持ち出すしかないと腹をくくって、それまでは存分に生カラオケを楽しもうと気持ちを切り替えた。

パンダ眼鏡も髭ゴジラも、本来の仕事をしばし忘れて、十八番を歌いまくった。

髭ゴジラが酔った勢いでコンパニオンの胸を触ったとか触ってないと一悶着あったが、宴会そのものは大いに盛り上がったので、概ね満足のいくものとなった。

お開きの時間になって、バンドのメンバーとコンパニオンは先に部屋から出ていった。

ここがタイミングとばかり、再びパンダ眼鏡が姿勢を正して咳払いをすると、その機先を制して、田中社長が大きなダミ声で話し始めた。

「今日は皆さん忙しい中、時間をいただき感謝していますよ。それにしてもさすが天下の商社マンですな。本当に歌が上手で感心しましたよ」

「いやいやとんでもないです。御社も皆さんお上手でビックリしましたよ。それにしても生演奏には驚きましたね。今日は気持ちよく歌わせていただき、ありがとうございました。お寿司も美味しくいただきました。ところで四月に入り新たな年度も始まったので、ひとつご相談なんですが……」

パンダ眼鏡が突然話題を転じて本題に斬り込もうとすると、また田中社長が大きなダミ声で遮った。

「そうそう、今日は御社に大事な話があったんだよ。あまりにも楽しく盛り上がったので、すっかり忘れてしまうところだったよ」

パンダ眼鏡と髭ゴジラはいよいよ来たかと、警戒を強めた。

「今回の海外出張は本当にラッキーでね。たまたま良い話を色々といただいたんだよ」

パンダ眼鏡と髭ゴジラには、嫌な予感しかなかった。

「本当に偶然なんだけど、新たな仕入れルートの話が舞い込んできたんで、そこから一括して仕入れることにしようと思っているんだよ」

「そ、そうだったんですか。それでしたら、相手の名前を教えていただければ、うちが間に入ってお手伝いするようにしますよ。うちも海外のアグリビジネスでは各国に強力なコネクションを持っていますからね」

「そうだよね。御社の実力は十分に承知しているけど、最初に仲介してくれた方の顔をたてなければならないので、今回はそちらにお願いしようと思っているんだよ」

思った通り、完全にライバル商社に先を越されてしまっていた。

パンダ眼鏡と髭ゴジラの顔が引きつった。

「私は古いタイプで、義理堅いところがあるからね。そちらとの信頼関係を大事にしたいと思っているんだよ」

なんという食えないオヤジだ。

大事なのは価格だといって、普段から散々値切ってくるくせに、なにが義理だ、信頼関係だ。

そんな嘘くさいたわごとは笑止千万だ。

「でも田中社長、義理と仰るのなら、うちへの義理はどうなるんですか」

パンダ眼鏡は冷静に反論した。

「おたくとは、長い付き合いの中で大変お世話になってきたから、そのご恩は忘れないつもりだよ。だから全部そちらに切り替えるわけではないんだよ」

それを聞いて、パンダ眼鏡は少し安心した。

「新たに増える分の半分は弊社に回していただけるんですか」

パンダ眼鏡の楽観的な希望的観測をあざ笑うかのように、田中社長は困惑の表情を見せた。

こんなにやんわりと伝えようとしているのに察しの悪い奴だ、とでも言わんばかりに大きなため息をつくと、ならば仕方あるまいとばかりに、田中社長は静かに続けた。

「あなた方もよくご存じだと思うけど、同じところを通じて大量発注すれば、価格が大幅にディスカウントされるので、申し訳ないけど、おたくの扱い量はこれまでの半分にしたいんだよ」

それを聞いて、パンダ眼鏡は卒倒しそうになった。

「田中社長、ちょ、ちょっと待ってください。今までの半分ですか？　そ、そんなご冗談を……」

「いやいや、お気持ちはよく分かるけど、これでもおたくとのこれまでの関係を考えて、少し値段は高くなるかもしれないけど、そこは目をつむって取引を残すことにしたんだよ。これを機に、取引を一切止める先も沢山あるから、そういった意味では、おたくは特別待遇なんだよ」

これではまるで、恩を売っているかのような言い方だった。

納得がいかないパンダ眼鏡は必死に食い下がった。

「勘弁してくださいよ、田中社長。いいですか、よく思い出してほしいんですが、御社がこのように売上倍増できたのも、うちが買収先企業を紹介したからですよね。その貢献に対する義理は感じてないんですか」

するとこれは困ったという表情で田中社長は顔をしかめた。

「今さらそんなことを言われても困るんだけど、おたくのライバル会社も、そこが買収対象だと随分前から教えてくれていたから、必ずしもおたくの貢献とは言えないんだよね」

「ちょっと待ってくださいよ。それじゃ、全然話が違うじゃないですか。我々が候補会社をリストアップして提示した時は、そんな話は全くなかったじゃないですか。それに相手の社長と買収を前提に面談をセットしたのも、うちだったじゃないですか」

「そうだったかもしれないけど、その会社はファンドが保有していたから、いずれ売りに出ることは分かっていたし、そこの社長とは業界の会合で何度も顔を合わせたこともあったからね」

すると突然、それまで席の隅っこで他人事のように黙ってことの成り行きを見守っていた井山が、憤然と立ち上がると、田中社長を指差しながら大声でまくしたてた。

「田中社長、私はね、あなたを見損ないましたよ。ビジネスでは信頼関係が一番大切だとか言ってたくせに、言ってることと、やってることが全然違うじゃないですか。あれは口先だけのことだったんですか？」

そんなものは、口先だけのきれいごとに決まっている。

そのことを重々承知しているパンダ眼鏡と髭ゴジラは、そんな言い方で田中社長に迫ったところで翻意させられるわけがないことがよく分かっていた。二人は冷静に、ここは泣き落としで同情を買うか、あるいはとことん実利を与えて頑張るか、つまり値引きで対抗するか、思案のしどころだとばかりに頭の中で戦術を練っていたのだ。

ところが、まだ書生のような青臭さが消えない井山は、徹底して正論をぶつけた。

「去年の接待の時だって、田中社長が新たなセントラルキッチンのキャパを一気に埋める提案を暗に求めてきたので、こちらは三日三晩徹夜で買収の候補会社を調べ上げてプレゼン資料を作成したんですからね」

それをしたのはお前じゃなくてこの俺だ、よくもそんな偉そうに恩着せがましい言い方ができるものだと、横で聞いていた髭ゴジラは開いた口が塞がらなかった。

しかし今それを言っても仲間割れになるだけなので、髭ゴジラは歯噛みしながら仕方なく黙っていた。

それよりも、いつもあれほど仕事に興味がなさそうにサボってばかりいる井山が、なんでこんな時だけ急に熱くなるのかと、そのことが驚きだった。どんなに売上が落ちようとも、井山には全く興味のない話のように思われたが、単にこのような仕打ちが許せないということなのだろうか？

本当に無駄に正義感だけは強い奴だと呆れながら、髭ゴジラが改めて見ると、井山は一向に興奮が収まる様子がなかった。

「人を利用して、やらせるだけやらせておいて、その努力や成果に見向きもせずに平気で裏切り行為を働くなんて、あなたは言うこととやっていることが大違いの大嘘つきだ」

顧客に対していくらなんでもそれは言い過ぎだと思ったパンダ眼鏡が井山を止めようとした。

「分かったから、井山君。あとは私が話すから、ちょっと君はおとなしくしていなさい」

「いいや、私は黙りません」

パンダ眼鏡が止めようとしても、井山の興奮は収まらなかった。

「本当に見損ないましたよ、田中社長。これであなたの言うことは全く信用できなくなりましたよ」

その程度のことをなんと言われようと、田中社長は全く意に介する様子もなく涼しい顔をしていた。

「ちょっと井山君。もういいから、もう静かにしなさい」

井山のような感情的な物言いでは何の効果もないので、パンダ眼鏡は井山を黙らせて、田中社長の腹を探りながら大人の条件交渉をするつもりでいたのだが、興奮状態の井山はパンダ眼鏡を無視してなおも続けた。

「田中社長、本当にあなたを見損ないましたよ。これではあなたには囲碁をやる資格なんてないですね」

何を言われても、暖簾に腕押しとばかり聞き流す田中社長に、そんな青臭いことを言ってもなんの効果もないと誰もが思ったが、意外にもこの言葉に田中社長が鋭く反応した。

「ちょっと君、それは聞き捨てならないな。そんな失礼な言い方はないだろ。謝って撤回しなさい」

囲碁の話題になると捨ておけない田中社長の反応を見て、井山は意外に思いながらも、徹底的にこの線で攻めていくことにした。

「いいえ、撤回しません。だって本当じゃないですか。囲碁をこよなく愛し、命を懸けているようなことを言っておきながら、こんな卑怯なだまし討ちをするなんて、あなたには囲碁をやる資格がないですよ。こんなずるい手を使う打ち手は囲碁の神様も呆れて見放すでしょうから、あなたは大事なところで一切勝てないでしょうね」

ここで囲碁の神様を持ち出したところで、ビジネスの金勘定とはなんの関係もないので、一笑に付されるだけだと誰もが思ったが、意外にもこの言葉が田中社長の心に刺さったようだった。

井山のこの言葉に自尊心を傷つけられ憤慨した田中社長は、突然立ち上がると、井山と同じように相手を指差しながらなじり始めた。

「囲碁の神様を引き合いにだすなんて、君こそ卑怯じゃないか。そんなことは全然関係ない話だろ。さあ、謝りたまえ」

「いや、私は絶対に謝りませんからね」

頑固な井山をパンダ眼鏡はオロオロしながらなだめようとした。

「ちょっと君も言い過ぎたから、謝ったほうがいいんじゃないか」

「本当のことだから謝る必要ないですよ」

すると井山のふてぶてしい態度に今度は田中社長が完全に切れてしまった。

「なんだと、この若造が。黙って聞いてれば調子に乗りやがって。お前なんか、もう出入り禁止だ。二度とうちに来るな」

井山は、出入り禁止なら、もう営業に行く必要もないので、それはそれでラッキーだと思ったが、乗りかかった船なので、ここで引き下がるわけにいかなかった。

こうなるともう完全に子供の喧嘩だった。

「私を出入り禁止にしたって、囲碁の神様は見てますからね」

そう言いながら、井山は親指と人差し指で輪を作って、そこから田中社長の顔をジッと覗いた。

「な、なんだと」

田中社長は怯えたように身体を震わせた。

怒り狂っている田中社長がひるんだのを見て、井山も少し冷静になって、なんとかこの場を収めようという気になった。

「それでは田中社長、囲碁の神様の話ですから、ここはひとつ、囲碁で決着をつけようじゃないですか」

皆が驚いて一斉に井山を見た。

この若者は一体なにを言い出すつもりなのだろうか。

「それは、どういう意味かね？」

「囲碁勝負で私が負ければ、私の言葉は全て撤回して謝罪します」

「ほー、そうかね。それでもし君が勝ったら?」

「うちの取り扱い量を今の二倍にしてください」

田中社長は素早く損得勘定をしてから、おもむろに頷いた。

「いいだろう。但し、囲碁勝負はうちとおたくの会社同士の対抗戦だ。仕入量を増やすとなると、これはもう立派な会社同士のビジネスの話だからね。だからここにいる三対三で対戦することにしようじゃないか。当然のことながら、オール互先だ」

負けることなどあり得ないと判断した田中社長は、余裕の表情を浮かべて、井山が提示した条件など全く気にする素振りを見せなかった。

パンダ眼鏡と髭ゴジラは渋い顔を見合わせて震えあがった。

そんなもの、どう考えても勝ち目があるとは思えなかった。

相手は、福田室長が八段、田中社長が六段、渡辺部長が五段で、対するこちらは、パンダ眼鏡が五段、井山が三段、髭ゴジラが初段である。

井山が三段でも相当分が悪い話だが、この時、パンダ眼鏡と髭ゴジラは、井山がまだ十級程度だと思っていたのだから、当の井山自身より一層悲観的になるのは当然だった。

こちら側で一番強いパンダ眼鏡が相手の一番弱い渡辺部長と対局すれば、同じ五段同士なので勝つ可能性は五分五分かもしれないが、最大限頑張ってもそこまでで、とても勝ち越すことなど考えられなかった。

組み合わせがどうなるか分からないが、三戦全敗の可能性が一番高そうだった。

しかしたとえそうだとしても、井山には井山なりの計算があった。

考えようによっては、負けたとしても井山が謝れば済むだけの話である。囲碁勝負をしなくても、どうせ取引量を半分にされるのなら、二倍にできる可能性が生じただけましではないか。

「異論がなければ、三対三の囲碁勝負で決着をつけるということで宜しいかな。私はもう四月は時間が取れないので、五月の連休明けはどうかな。場所はいつもおたくと囲碁会を行っている囲碁サロンで宜しいかな」

「はい、『Ｒａｎｃａ』ですね」

髭ゴジラが答えると、井山が条件反射のように反応した。

「神楽坂の『らんか』ですか?」

「違うよ。アークヒルズのインターコンチネンタルホテルにある『Ｒａｎｃａ』だよ。お前、なんでそんなに興奮してるんだよ」

井山は神楽坂の「らんか」ではないと分かって安心した。

「それでは、詳細なスケジュールを確認してまた連絡するから」

自信たっぷりに頷きながら、田中社長は不敵な笑みを浮かべた。

パンダ眼鏡と髭ゴジラはすでに諦め顔で、囲碁勝負を回避する方法はないかと必死に考えを巡らせていた。

結果は目に見えているのに、下手な勝負をして、相手の言い分を全面的に受け入れるくらいなら、直ぐに詫びを入れて、泣き落としで多少なりともお目こぼしを得るほうが、現実的ではないかと思えたのだ。

しかしこの時、何事にも楽観的な井山だけは、もしかしたら勝算もあり得るのではないかと考えていた。

まだ一か月も先の話だし、直前には天からの恵みともいえる十連休がある。その間に自分はまだまだ強くなるだろう。

自分が強くなりさえすれば、勝てるかもしれないなんて、これほどやりがいのある勝負はないではないか。

肝心なことは、いかにして福田室長の対戦相手が髭ゴジラとなるようにうまく仕組むかだった。

井山は着々と頭の中で戦略を練っていた。

常に自分に都合良く考える我田引水型の井山は、この時も夢のような最善の勝ちパターンだけをひたすら心の中で思い描いていた。

※本作品は全てフィクションであり、実在の人物、組織、事件とは一切関係ありません。

※本作品は全てフィクションであり、実在の人物、組織、事件とは一切関係ありません。

著者プロフィール

松井 琢磨

1959年生まれ静岡県静岡市出身。1982年一橋大学経済学部卒業後、富士通入社、SEとして流通業界企業のシステム開発に従事。1990年米コーネル大学経営学修士課程修了しMBA取得後、日本興業銀行入行、主に融資営業、M&Aアドバイザリー業務に従事。2008年マネックスのM&Aブティックにパートナーとして参画。2009年独立し、M&Aアドバイザリー会社を立上げ、代表取締役社長に就任(現職)。M&Aの会社を運営する傍ら作家としても活動している。

爛柯《らんか》の宴《うたげ》 上巻《じょうかん》

2023年6月30日　初版第1刷発行

著　者　松井琢磨
発行者　角竹輝紀
発行所　株式会社マイナビ出版
〒101-0003　東京都千代田区一ツ橋2-6-3 一ツ橋ビル２Ｆ
電話　0480-38-6872(注文専用ダイヤル)
03-3556-2731(販売部)
03-3556-2738(編集部)
E-mail : amuse@mynavi.jp
URL : https://book.mynavi.jp

装　丁　石川健太郎(マイナビ出版)
印刷・製本　中央精版印刷株式会社

定価はカバーに表示してあります。
乱丁・落丁についての問い合わせは、
TEL : 0480-38-6872　電子メール : sas@mynavi.jpまでお願い致します。
　ISBN978-4-8399-8360-4